Jörg Juretzka • Platinblondes Dynamit

Für Cora und Verena

JÖRG
JURETZKA

PLATIN BLONDES DYNAMIT

PENDRAGON

Teil 1

„How much?“ Ohne sein Wissen, ja, ohne es auch nur zu ahnen, trennten Heftromanautor Folkmar Windell noch ganze vier Tage von einem Akt versuchter sexueller Nötigung von und an sich selbst.

„Nein, Elmo, la-lass mich!“ Doch erstmal war er im Begriff, sich in aller Öffentlichkeit zum Idioten zu machen, und nichts und niemand sollte ihn daran hindern.

„Ich weiß genau, was ich tue!“ Energisch schob er seinen Freund beiseite und stützte sich wieder auf die Schulter des Rosenverkäufers. Er brauchte den Halt.

„How-ow much? – For … for the *flowers*“, fügte er erläuternd hinzu, als ob der fliegende Händler, der als frankophoner Muslim für Windells gelalltes Englisch ungefähr so viel Verständnis aufbrachte wie für seine mächtige Alkoholfahne, sonst noch etwas anzubieten gehabt hätte.

„Folle, lass uns abhauen.“ Elmo versuchte ihn wegzuziehen, doch Windell widersetzte sich mit der Sturheit des wahrhaft Beseelten.

Er hatte sich geärgert, das war es. Maßlos. Und wann immer Windell sich maßlos ärgerte, trank er maßlos, und wann immer er maßlos trank, machte er sich anschließend in irgendeiner Form zum Idioten, was ihn im Nachhinein regelmäßig nur noch maßloser ärgerte. Es war ein Teufelskreis, manchmal.

„Ön Ros, ön Öro“, antwortete der Rosenverkäufer mit einem Akzent, den er ebenso geschmeidig an- und abzuschalten verstand wie sein gewinnendes Lächeln.

„No, no“, korrigierte ihn Windell, taub für die gallonasale Sprachfärbung. Rosenverkäufer kamen für ihn aus Pakistan, immer schon, und mit denen sprach man am besten Englisch oder aber Pashtun, und Pashtun konnte er nicht. Also. „I mean: How-ow much for the whole bunch?"

Er hatte sich vor einer Frau blamiert, einer Drogeriemarktkassiererin, deren von der Geschäftsleitung auferzwungene Freundlichkeiten ihm in wahnhafter Verblendung als Signale aufkeimender Leidenschaft erschienen waren, und versuchte nun, maßlos verärgert wie er war, den einen Fehler ausgerechnet durch Wiederholung des exakt gleichen Fehlers zu kompensieren.

Es braucht eine gewisse Größe, sich selber dermaßen auf dem Silbertablett der Lächerlichkeit zur Schau zu stellen, doch Folkmar Windell besaß sie, in Höhe, Gewicht und Haltung.

Der Rosenverkäufer errechnete aus der Atemluft einen Schätzwert für den Blutalkohol und damit die Zurechnungsfähigkeit und multiplizierte diesen mit der Zahl, die ihm als erste durch den Kopf geschossen war.

„Einhundert Euro", antwortete er akzentbereinigt und schaltete sein Lächeln auf Fernlicht.

Windell nickte. Er nickte wie jemand, dem in den gesamten neununddreißig Jahren seines irdischen Daseins noch niemals etwas Vernünftigeres zu Ohren gekommen war.

„Aber das sind doch nie im Leben hundert Rosen!", protestierte Elmo, nur um vom Verkäufer professionell und von Windell geflissentlich ausgeblendet zu werden.

Das einzige Problem war, Windells gesamte Barschaft belief sich, auch nach mehrmaliger Durchforstung sämtlicher Taschen von Jacke wie Hose, von denen nicht wenige nun lappig und entleert nach außen hingen, auf exakt achtundsiebzig Euro zehn und keinen Cent mehr.

„Ha-ast du noch –?“

„Nein“, antwortete Elmo mit der ihm eigenen Routine beim Abblocken jeglicher Anfrage nach von ihm ausgehendem Zahlungsverkehr. Elmo Jock verzichtete aus privaten Gründen auf eine entlohnte Tätigkeit, damit einhergehend auf ein Einkommen und fand es im Umkehrschluss nur logisch und gerecht, dass der Rest der Welt von ihm keinen Beitrag für ihren Unterhalt erwarten durfte.

Der Rosenverkäufer aus einer ländlichen Gegend des Maghreb wusste aus Erfahrung, wann es sich lohnt, der Ziege noch ein wenig den Euter zu kneten, und wann nicht.

Geld und Blumen wechselten die Eigner, Windell vollführte eine flüssige Drehbewegung zur Theke, beugte sich schwungvoll hinüber, leider etwas *zu* schwungvoll, was ihn dazu zwang, sich mit der Linken im Gläserspülbecken abzustützen, wedelte mit dem Strauß in seiner Rechten und sammelte sich.

„Komm, lass uns abhauen“, riet Elmo, im Bemühen, das Unausweichliche zu verhindern. „Denk dran, du hast morgen Abgabetermin!“

Doch Windell hatte nur Augen für die blondgelockte und kurvige Kehrseite von Thekenbedienung Lucy und damit kein Ohr frei für Mitbewohner Elmo.

„Lucy!“, rief er. „Lu-lucy, komm und nimm diesen Strauß von …“ Einer momentanen Unsicherheit folgend vergewisserte er sich noch einmal rasch der Sorte der von ihm geschwenkten Blumen, geriet dabei mit seiner Nase ins Bouquet und brachte sie sichtlich verkratzt wieder zum Vorschein. „… von Ro-hosen als Zeichen meiner unverwässerbaren Zuneigung!“

Lucys genervtes Aufstöhnen war durch die gesamte

Kölner Brooklyn Bar zu vernehmen. Dies war keinesfalls Windells erster Versuch, also nahm sie ihren Kaugummi raus, um die Zunge frei zu haben für ein paar ordentliche Peitschenhiebe mit derselben.

Dabei war Folkmar Windell noch nicht einmal das, was man guten Gewissens als ‚abstoßend' bezeichnen könnte. Okay, seine Züge ließen in ihrer Rundlichkeit einiges an Markanz vermissen, und bei aller Größe hatte er doch die Figur eines sitzend beschäftigten, wenig wählerischen Essers und impulsiven Trinkers.

Doch was ihm im wirklichen, täglichen Umgang sämtliche Chancen beim weiblichen Geschlecht vermasselte, war sein Insistieren, dass kleinkarierte Hemden mit einer Strickjacke, Cordhosen und, ajeh, *Sandalen* zu kombinieren ‚Stil' habe. Oder sei. ‚Intellektuelle Indifferenz' nannte er das Ergebnis. Kritisch angesprochen auf die Sandalen war er nur zu bereit einzugestehen, in jeder anderen Form von Schuh ‚entsetzliche Schweißfüße' zu entwickeln, was mit einem Schlag seinen Hang zu entwaffnender Ehrlichkeit genauso bloßlegte wie einen nicht von der Hand zu weisenden Mangel an Fingerspitzengefühl.

Kurz, Frauen behandelten ihn scheiße, weil sie konnten. In Folkmar Windell hatten sie endlich mal einen Mann, den sie so scheiße behandeln konnten, wie sie wollten, ohne Gefahr zu laufen, dass ihn sich eine Konkurrentin schnappte, den Märchenprinzen in ihm weckte und allen anderen eine lange Nase drehte. Da steckte kein Märchenprinz in Windell, darüber war die Weiblichkeit einhellig, und wer das in Zweifel zog und mit der überlieferten Methode zu testen gedachte, durfte sich frei fühlen, es zu versuchen.

„Du hast den Arsch voll", stellte Lucy mit ätzender

Nüchternheit fest. Sie zielte tief bei ihm, ein Verhalten, geboren aus der Angst – immerhin arbeitete sie in der Gastronomie, einem Gewerbe mit hohem Risikofaktor in diesen Dingen –, geboren also aus der tief sitzenden, der Urangst, eines Tages, aus welchen unvorstellbaren Gründen auch immer, seinem Drängen doch noch nachzugeben. „Du bist komplett strack."

„Na und?", kam es ein bisschen sehr leichthin zurück. „Stell dir, stell dir einfach vor, ich wäre ... ich wäre ... Hemingway!"

Trinken und Schreiben stellten für Windell einen faszinierenden Sinnzusammenhang her, doch Lucy hatte ihn bisher immer nur trinken und noch niemals schreiben gesehen und selbst wenn, blieben schreibende Trinker für sie immer noch Trinker, und von dieser Sorte und ihren klumpfüßigen Anbaggerversuchen erlebte sie hier Abend für Abend für Abend aber nun wirklich mehr als genug.

„Hemingway", sagte sie nachdenklich, ignorierte die Rosen und sah lieber hinab auf Windells weiterhin im Sprudelbad des Spülbeckens abgestützte Linke.

Windell nickte.

„Schriftsteller, nicht wahr?"

Er nickte schwungvoll. Schüsselwort, das. Ich und Hemingway. Hemingway und ich. Schriftsteller, wir.

„Weltberühmt, stinkereich?"

Windell nickte mit Behagen. Dies war exakt das Fahrwasser, in das er gewollt hatte.

„Und dann hat er sich erschossen, oder?"

Windells Nicken büßte seinen Schwung ein und verlor auch merklich an Behagen.

„Super", fand Lucy und wandte sich ab. „Solltest du auch machen."

Von da an nahmen die Dinge ihren Lauf. Abwärts. Mit zunehmendem Gefällegrad.

Ein kurzer Gedankenaustausch zwischen Werbendem und Umworbener endete in beiderseitig geschleudertem Unflat, der Aufforderung zum Begleichen der Getränkerechnung konnte mangels Barschaft nicht nachgekommen werden, Naturalien in Schnittblumenform fanden als Zahlungsmittel keine Akzeptanz, ein Rauswurf der unsanften Ausrichtung folgte.

„Du wirst auch noch angekrochen kommen!“, schrie Windell die vor seiner Nase zugeknallte Tür der Bar an. „Wart's nur ab!“

Die Tür als solche schien mit der Prognose zufrieden und zum Warten entschlossen, doch von einem Fenster in der gegenüberliegenden Häuserfront regte sich Widerspruch. Es flog auf und eine Männerstimme mahnte in barschen Tönen die Einhaltung der Nachtruhe an.

Das führte augenblicklich zu einem hartnäckigen verbalen Scharmützel, das erst ein Ende fand, als sich die Szene in Blaulicht tauchte.

„Nächtliche Ruhestörung in der Altstadtgasse.“

„Ich bin schon dran.“

Wahrscheinlich Betrunkene, wie üblich. Polizeiobermeisterin Sabrina Zahn kickte den Seitenständer raus und stieg von ihrer Maschine. Sie kannte sich aus mit Betrunkenen. Und sie wusste Bescheid mit Männern. Vor allem betrunkenen. Sie zückte ihren Gummiknüppel, hielt ihn fest mit der Rechten und umspielte ihn leicht mit den Fingern der Linken.

Die beiden Ruhestörer hatten sich in ein Auto geflüchtet. Sabrina Zahn näherte sich dem Wagen ohne Hast. Sie kannte ihn gut. Nur zu gut. Auf einer beinahe täglichen Basis wurde sie nicht müde zu bestaunen, was für eine hohe Spannung die Feder des Scheibenwischers bei diesem alten Modell noch vorzuweisen hatte. Was man von der des elektrischen Bordnetzes allerdings nicht behaupten konnte. Der Anlasser orgelte müde vor sich hin, unfähig, dem Motor mehr als nur eine gelegentliche Flatulenz zu entlocken.

Polizeiobermeisterin Zahn baute sich neben der Fahrertür auf und klatschte ihren Gummiknüppel von einer weißbehandschuhten Hand in die andere. Mehr tat sie erstmal nicht, verließ sich ganz auf die Wirkung ihres Auftritts.

Männer!

Kaum ein Kollegenspind in der ganzen Republik, in dem nicht ihr Foto hing, und selbst der Regierungspräsident hatte sich bemüßigt gesehen, die Aufnahmen in dem Männermagazin als ‚ästhetisch' zu verteidigen.

Der Anlasser gab das Orgeln dran.

Die Seitenscheibe ruckelte herunter.

Der Fahrer, groß, mondgesichtig, kahl wie eine Pampelmuse und in schönster Offensichtlichkeit betrunken, blickte bockig heraus.

„Was ist? War ich etwa zu schnell?", fragte er, geradezu pampig.

„Nein, zu laut. Ihre Papiere."

Sie kannte nicht nur den Wagen, sondern selbstredend auch seinen Halter. Er war vor etlichen Jahren als ‚Der Schwanzwedler vom Dom' zu polizeilicher Aktenaufnahme und einigem an medialem Unruhm gekommen, war ihr persönlich allerdings eher bekannt als einer der hartnäckigsten und argumentierfreudigsten Falschparker der Stadt.

Der auf dem Beifahrersitz war sein Sidekick, ebenfalls in den Vorfall auf der Domplatte verwickelt gewesen. Klein, bebrillt, wieselig, mit einer an nervöse, kurzbeinige, glubschäugige Hunde erinnernden Tendenz, sich permanent die Lippen zu lecken. Zumindest solange sie sich in seinem Blickfeld aufhielt.

„Fahren unter Alkoholeinfluss ist ein ernstes Vergehen, Herr Windel."

„Wind*ell!* Das heißt Wind*ell!* Da ist ein doppeltes Ell-ell-ell am Ende!"

„Ein doppeltes L-L-L?", fragte Sabrina, die sarkastisches Nachhaken schon für Humor hielt. Eine Berufskrankheit.

„Und ich fahre überhaupt nicht. Dieses Fahrzeug ist sta-hationär und war es seit Stunden."

„Und sta-hationär wird es auch bleiben."

„Aber wieso das denn? Ich bin voll… vollkommen nüchtern und habe morgen einen unglaublich wichtigen A-habgabetermin."

„Sie steigen sofort aus diesem Auto, oder ich zerre Sie heraus und werte das als Widerstand. Dann wandern Sie und Ihr A-habgabetermin in die Ausnüchterungszelle, und ich kann Ihnen versichern, meine männlichen Kollegen mögen es überhaupt nicht, wenn mir Betrunkene an die …", sie sah einmal an sich herunter und wieder hoch, „… Wäsche gehen."

Windell folgte ihrem Blick und schluckte. Fluchte. Stieg aus. Knallte die Tür, nahm seine Papiere brüsk und unversöhnlich entgegen und entfernte sich mit hoheitlicher Miene, schwankendem Gang und unter sehr viel mauligem Gebrabbel.

Sein Beifahrer zögerte noch, ihm zu folgen. Er stand am Bordstein und sah drein, als sei er entschlossen, sich beim geringsten Anzeichen von Ermutigung oder auch nur Unachtsamkeit auf eines von Sabrina Zahns Beine zu klemmen und dort in hektisches Rammeln zu verfallen.

Sie hob eine ihrer Lefzen, und schon hechelte er davon, hinter Windell her.

Wie stramm diese Feder doch ist, dachte sie noch und klemmte stillvergnügt einen weiteren Strafzettel unter den Wischer.

„Weiber!“ Windell warf die Wohnungstür ins Schloss. „Fertig bin ich mit denen, mit dem gesamten Geschlecht, der ganzen Gattung und ihren sämtlichen Ausgeburten. Fertig! Ein für allemal! Fertig!“

„Was lässt du dich auch immer so runterputzen“, meinte Elmo und riskierte einen Blick in den Kühlschrank, seufzte. „Frauen gegenüber muss man sofort klarstellen, wer der Boss ist. ‚Unverwässerbare Zuneigung‘, mein Arsch! Das muss heißen: ‚Lucy, komm her. Lass uns nicht lange drum rumreden: Ich will dich.‘ Peng, fertig. ‚Und du, Knöllchenfotze, nimm deinen Gummiknüppel und schieb ihn dir … ‘“ Elmos Augen entwickelten einen glasigen Überzug, während er im Geiste die verschiedenen Möglichkeiten durchging, diesen Satz zu vollenden.

Windell hörte nicht zu. Er war mit den Gedanken schon einen Schritt weiter.

„Abgabetermin! Die verdammte Heckenschere von Schuster kann mich mal!“

Ein Scheingefecht, wie Elmo wusste. Folkmar hatte noch nie eine Deadline verstreichen lassen.

„Alle … alle können mich mal. Weiber! Dreckspack!“

Wie gegen seinen Willen schraubte er den Deckel von einer Dose Instant-Kaffee, stach mit dem Finger durch die Top-Hülle, kippte das gesamte Pulver in einen Literhumpen, drehte den Warmwasserhahn auf und hielt den Humpen unter den Strahl.

„Denen werd ich's zeigen", murrte er noch, wankte ins Wohnzimmer, an seinen Arbeitsplatz, ließ sich in den Bürostuhl fallen und schlug mit der Faust auf die Schreibtischplatte, was seinen Monitor weckte, der eine angefangene Seite Text zeigte.

Windell atmete einmal tief durch.

Und vollzog im Zeitraum dieses einen Atemzuges seine Metamorphose vom tragischen Frauenhelden Folkmar Windell zu ‚Will B. Everhard', dem in Kreisen seiner Fans nahezu mythisch gehandelten Autor der düsteren Jack-Knife-Krimireihe.

Er las die letzten Zeilen –

… und im Zimmer 1446 des weltberühmten Plaza-Hotels machte Jack ihrem mörderischen Treiben ein Ende.

– verschränkte seine Finger ineinander, bis sie knarzten, nahm noch einen größeren Schluck vom lauen, gallebitteren Sud und legte los.

Der faulige Atem der Stadt wehte durch das offene Fenster herein und blähte die blassblauen Seidenvorhänge. Jack Knife hatte Juicie rücklings gegen die Wand des luxuriösen Hotelzimmers gepresst und nahm sie im Stehen. Er war ein Mann, der seinen Scotch pur, seine Steaks roh und seinen Sex derb mochte, und er wusste, die Frauen vergötterten ihn dafür.

Juicie reagierte begeistert auf seine machtvollen Beckenstöße. Sie japste, sie stöhnte, sie keuchte, sie wimmerte, sie schrie. Sie war eine Frau, die genommen werden wollte, und genommen wurde sie, bei Gott.

Doch Jack wäre nicht der Profi, der er war, wenn er sich durch eine schlichte Nummer mit einer blonden Barschlampe von seiner eigentlichen Aufgabe ablenken ließe.

„Sag mir, Juicie“, forderte er an seinem wie immer im linken Mundwinkel festgeschraubten Zigarrenstumpen vorbei, „dass du es warst, die Ida Shyst angestachelt hat, diesen Juwelier zu vergiften, damit du ungestört bei ihm einbrechen konntest.“

„Ja, Jack, ja, es ist wahr.“ Juicie wusste, dass sie sich um Kopf und Kragen redete, doch der Sex mit Jack Knife raubte ihr jede Willenskraft.

„Und als dir mein Freund Sam auf die Spur kam ...“

„Ja, ja, oh ja!“, brach es aus Juicie heraus, sie konnte nicht anders.

„... hast du dich mit Wanda Molanski, der Brooklyn-Würgerin zusammengetan ...“

„Ja, ja, oh mein Gott, ja!“

„... und gemeinsam habt ihr Sam dann in der Badewanne ertränkt.“

„Oh, Jack, *Jack*!“ Juicies Stimme war nur noch ein einziges, atemloses Flehen. „Ich habe es für *uns* getan. Für uns beide!“

Jack unterbrach seine gekonnten Bewegungen für einen Moment und betrachtete Juicie, die ihn anflehte, nicht aufzuhören, nicht jetzt, nachdenklich.

„Nein, Juicie“, entschied er dann und machte einen Schritt zurück, Juicie, nach wie vor aufgepflanzt auf sein imposantes, immerhartes Glied, mit sich nehmend. „Du hast es nicht für uns getan, sondern einzig und allein für dich.“

Er machte einen Schritt auf das offene Fenster zu, durch das man die nächtlichen Geräusche der großen Stadt hören konnte.

„Du hast diesen Juwelier umgebracht und meinen Freund Sam und weiß der Teufel wen noch, nur um dir allein den Roosveldt-Diamanten unter den gierigen Nagel zu reißen."

„Und, kriegst du's fertig?", fragte Elmo von der Tür seines Zimmers her. Rhythmisches Stöhnen und routiniert klingende Lustschreie aus quäkelnden Lautsprechern ließen darauf schließen, dass er wieder mal damit beschäftigt war, dem Gott der Internetpornographie zu opfern, wie nur er es vermochte.

„Ja, ja", antwortete Windell. „Und mach die Tür zu."

„Ja", gestand Juicie, unfähig, länger zu lügen, nicht jetzt, so kurz vor ihrem Höhepunkt, „ja, Jack, ja, nur hör nicht auf, bitte!"

„Und, hast du ihn, den Diamanten?"

„Ja, Jack, ja, ja, ja!"

„Na, dann noch viel Spaß damit!"

Der Lustschrei von Juicies Orgasmus mischte sich mit einem Kreischen reinen Entsetzens, das erst vierzehn Stockwerke tiefer ein abruptes Ende fand.

„Wenn du's morgen früh abgibst, sieh zu, dass du 'nen ordentlichen Vorschuss an Land ziehst", meinte Elmo von der Badezimmertür her, begleitet von einem erdigen Rülpser. „Bier ist nämlich alle. Also lass dich bloß nicht wieder verarschen."

„Ja, nein", sagte Windell. „Und mach die Tür zu."

Jack Knife war noch dabei, seinen Gürtel zu schnallen, als ein Kontingent der New Yorker Polizei in ihren schwarzen Uniformen ins Zimmer gestürmt kam, Trommelrevolver im Anschlag.

„Hände hoch!“, forderte einer von ihnen mit nervöser Stimme.

„Na, na“, kam es belustigt von der Tür her, und Chief Inspector Ellroy ‚Evil‘ McIntyme schob sich in den Raum, vom Hut in seinem Nacken über die Daumen in seinen Hosenträgern unter dem offen getragenen Schulterholster bis runter zu den festen Schuhen ganz sein übliches, gelassenes Selbst. „Der, auf den ihr da anlegt, Leute“, knurrte er gutmütig, „ist Jack Knife!“

Verlegenes Hüsteln machte sich breit, als die Beamten ihre Waffen wegsteckten und sich, einer nach dem anderen, diskret aus dem Zimmer entfernten.

McIntyme trat neben Jack, und gemeinsam blickten sie aus dem Fenster, hinunter auf die liegende Gestalt im Schein einer einsamen Laterne. Sirenengeheul näherte sich.

„Hässliche Art zu gehen“, meinte McIntyme.

„Sie hat Sam getötet“, sagte Jack.

McIntyme nickte, verstehend. „Und was ist mit dem Stein?“

Jack deutete mit dem Kinn nach unten, wo nun eine Polizistin dabei war, Juicies in Blut schwimmenden Leichnam zu untersuchen.

„Na, wenigstens der Diamant dürfte damit sichergestellt sein“, meinte McIntyme zufrieden.

„Du hast doch nichts dagegen, dass ich das letzte Stück Pizza esse, oder?“ Hörbar, geradezu spürbar am letzten Bissen vorbeigefragt.

„Nein, nein“, sagte Windell. „Und mach die Tür zu.“

„Wenn Sie sich da mal nicht täuschen“, meinte der Detektiv.

Der Chief Inspector runzelte die Brauen, folgte Jacks Blick und fluchte, als die Polizistin einmal kurz und triumphierend zu ihnen aufblickte, den riesigen rosa Diamanten mit ihrer blutverschmierten Faust umklammernd.

Denn es war Sabie Tooth, die steckbrieflich gesuchte ‚Falsche Polizistin‘, und sie entschwand unter hämischem Gelächter in die nächste dunkle Seitengasse.

„Das bedeutet, die Jagd geht weiter“, meinte McIntyme und klang müde dabei.

„Sie wird niemals zu Ende sein“, stellte Jack fest. „Dieser Diamant ist nicht umsonst rosa. Er zieht Blut.“ Nach einem Blick auf seine Uhr wandte er sich zum Gehen.

„Äh, einen Moment noch“, bat der Chief Inspector. „Was soll ich denn jetzt in meinen Bericht schreiben? Ich meine“, er deutete über seine Schulter zum offenen Fenster, „zur Todesursache?“

„Selbstmord“, sagte Jack. „Aus niederen Beweggründen.“

„Okay, ich geh dann mal pennen.“

„Ja, ja“, sagte Windell. „Und Tür zu.“

Said Wainda erwartete ihn schon im Aufzug. Der kleine bebrillte Inder hatte alles dabei, was nötig war, um Jack Knife im Laufe einer einzigen Aufzugfahrt von der Erdoberfläche verschwinden zu lassen. Nur er, und eine Handvoll handverlesener Vertrauter, wusste um das geheime Doppelleben seines Meisters.

Jack trat vor den Spiegel. Er nahm seinen Hut ab, schraubte die Zigarre aus seinem Mundwinkel. Er war ein großer Mann, doch seine leicht gerundeten Gesichtszüge hatten schon manchen Gegner dazu verleitet, ihn zu unterschätzen. Ein Fehler, den niemand zweimal beging. Der mächtige Schnäuzer kam herunter und die grobe Jacke machte Platz für einen glänzenden Smoking. Noch rasch die Hose und die Schuhe getauscht, die Frisur nach hinten gegelt, das Einstecktuch zurechtgezupft, und die Verwandlung war vollkommen. Jack Knife mochte oben in den Aufzug gestiegen sein, doch was unten der Kabine in ein von tosendem Applaus begleitetes Blitzlichtgewitter entstieg, war Jarvis Chevalier, der erfolgreichste Schriftsteller seiner Zeit.

Windell unterdrückte ein Gähnen, überprüfte die Seitenzahl. Noch zwei. Er hob den Humpen. Leer.

Ein abschließend klingendes Grunzen aus Elmos Zimmer deutete an, dass sein Mitbewohner sich endlich in die wohlverdiente Erschöpfung masturbiert hatte.

Vögel begannen zu piepen, Licht sich durch die Vorhangspalten zu schleichen. Zwei Seiten noch. Ein Klacks.

Jarvis Chevalier lächelte geschmeichelt und bescheiden, während er sich seinen Weg durch das Spalier von Jubelnden bahnte. Überall in der kostbar dekorierten Lobby des Plaza hingen Fotos von ihm und seinem neuesten Werk, ‚Amor Mortis'.

Eine weitere Millionenauflage, ein weiterer, sensationeller Erfolg, und doch …

William Asslick, der Bürgermeister, kam auf ihn zu, schüttelte seine Hand, strahlte ins blendende Blitzlicht dutzender Kameras und nutzte die Gelegenheit für eine kurze Ansprache, in der er die baldige Verleihung der Ehrenbürgerschaft der Stadt New York an Jarvis Chevalier ankündigte, zu überwältigendem Applaus.

Ein weiterer Mächtiger dieser Welt, begierig, etwas von seinem Glanz abzustauben, eine weitere Ehrung, und doch …

Jarvis ließ sich an dem großen Schreibtisch nieder, auf den pausenlos neue Stapel seiner Bücher gewuchtet werden mussten, so rasant war ihr Absatz, und augenblicklich stürzten aus allen Richtungen Leserinnen auf ihn zu, noch ehe er überhaupt Zeit gehabt hätte, seinen Füllfederhalter aufzuschrauben.

Und, natürlich, nicht zu vergessen, eine weitere Hundertschaft von New Yorks Schönsten, bereit, *alles* zu tun, nur um einen Augenblick, eine Minute, eine selbstvergessene Nacht lang die gleiche Luft wie er atmen zu dürfen. Man hätte also meinen sollen, dass er glücklich war. Und doch …

Und doch …

Sicher, sie hatte bekommen, was sie verdiente, und doch …

Vielleicht, musste er sich eingestehen, vielleicht hatte er Juicie letzten Endes doch mehr als nur körperlich geliebt. Vielleicht, ging ihm auf, war er der Einzige gewesen, dem sie je Einblick in ihr wahres Ich gewährt hatte … So hart und gleichzeitig so verletzlich, gefangen in einem Strudel aus Gier, wie eine ertrinkende Rose aus Stahl …

Und, scheinbar aus dem Nichts heraus, fiel ein Tropfen hinab auf die erste vollendete Signatur, eine von Hunderten an diesem Tag …

Ende

Ein hörbares Schlucken, ein verstohlenes Abtupfen der Augen, ein raues Hochschniefen von Rotz, und Windell sank über der Tastatur zusammen.

*

„Eine ‚ertrinkende Rose aus Stahl'?" Isadora Schuster hob eine Braue, ihren Blick vom Manuskript und sah Windell über den Rand ihrer Lesebrille hinweg starr an. „Bitte, korrigieren Sie mich, aber habe ich nicht schon des Öfteren mein Missfallen über Ihren Hang zu allzu gewagt kombinierten Metaphern zum Ausdruck gebracht? Von meinen Ansichten zu Ihrer kruden Mischung aus abstoßender Gewalt und mindestens ebenso repulsiven Sentimentalitäten einmal ganz abgesehen?"

Windell fühlte sich einer argumentativen Auseinandersetzung mit seiner Verlegerin im Moment nicht wirklich gewachsen.

Er fühlte sich etwas angegangen, regelrecht halbverdaut. Ja, er fühlte sich wie etwas, das ein aasfressender Vogel heruntergeschlungen, in seinem Magen zurück zum Nest transportiert und nun vorhatte, zur Fütterung seiner Jungen wieder hochzuwürgen.

„Das … das ist Poesie", versuchte er sich zu verteidigen. „Poesie der Straße", fügte er lahm hinzu.

Außerdem plagte ihn der Verdacht, dass der Abdruck der Tastatur auf seiner linken Wange noch immer sichtbar war, was ihn zu einer unnatürlich verdrehten Haltung in dem ebenso unbequemen wie niedrigen Sitzmöbel gegenüber Isadora Schusters Schreibtisch zwang.

„Poesie der Straße! So etwas gibt es nicht." Isadora Schuster spie ihre Sätze gern von sich, so wie bestimmte Schlangenarten ihr Gift. „Poesie, wie ich sie verstehe, entspringt dem Geist. Was man dagegen von der Straße aufliest, ist meistens übelriechend, wenn nicht ekelerregend und nur unter Widerwillen und Schwierigkeiten wieder von der Schuhsohle zu entfernen."

Abgesehen von ihrer Giftigkeit hatten die Äußerungen seiner Verlegerin auch die unselige Tendenz, eine Fortsetzung der Diskussion nahezu unmöglich zu machen.

„Ich bräuchte dringend einen Vorschuss", wechselte Windell deshalb das Thema und schraubte damit in aller Unschuld den Deckel von einer weiteren Flasche Vitriol.

„Einen *Vorschuss*?" Ein Ruck fuhr durch Isadora Schuster. Wenn es etwas gab, das ihr die kalte Rage ins Gebein trieb, dann war das die Impertinenz mancher Autoren, neben dem Glück, ja, der Gnade, verlegt zu werden, auch noch Geld für ihre meist armseligen Bemühungen zu erwarten.

Glücklicherweise hatte sie sich in weiser Voraussicht eines solchen Angriffs von der Buchhaltung mit Munition zum Kontern versehen lassen.

Sie schob ihre Halbgläser ein Stück weit höher für einen besseren Blick auf die vor ihr liegende Akte. Vor allem auf die Zahlen.

„Vorschuss?", fragte sie dann mehr als nur ein bisschen pointiert. „Wie hieraus hervorgeht, haben Sie davon schon mehr als genug kassiert. Tatsache ist, Sie schulden uns mittlerweile einen kompletten …" Sie konnte machen, was sie wollte, aber Isadora Schuster brachte es nicht über sich, eines von Windells Machwerken als ‚Roman' zu bezeichnen. „… *Text*. Doch damit haben Sie dann erstmal Ruhe vor uns", meinte sie im nicht wirklich gelungenen Bemühen, dem Gespräch einen ‚leichten Touch' zu verleihen.

Windell machte „Hä?".

„Ja, Sie haben recht gehört. Wir stellen die ...", sie blätterte suchend, „... die Jack-Knife-Reihe ein." Sie seufzte. Seit ihr Gatte es tatsächlich fertiggebracht hatte, sein gesamtes Vermögen an der Börse durchzubringen, forderte ihr Verlegerinnendasein urplötzlich ein vorher nie nötig gewordenes Maß an Unternehmertum von ihr.

Windell kam es vor, als ob er sein Hirn an der Tastatur vergessen hätte und es nun nur schleppend, zögerlich, mithilfe des Öffentlichen Personennahverkehrs zum Beispiel, dabei sei, zu ihm aufzuschließen. Alles, was er sich vorzubringen imstande sah, war ein weiteres „Hä?".

„War da irgendetwas an meinem Statement, das sich Ihrem Verständnis entzieht? Nur zur Erläuterung: Wir sehen uns gezwungen, dem Trend zu ständig schwindender männlicher Leserschaft nachzugeben und uns voll und ganz der wachsenden Zahl von Leserinnen zu widmen. Diejenigen unserer Autoren, die diese Wende nicht mitzumachen bereit oder imstande sind, werden sich anderswo umschauen müssen."

Windells Gesicht spiegelte das gegen innere Widerstände nur langsam einsetzende Begreifen eines Hurrikan-Opfers vor dem Fundament seines in alle Winde verstreuten Hauses.

Er wusste nichts zu sagen.

Selbst Isadora Schuster spürte die Notwendigkeit der Moderation. Etwas Milde im Tonfall schien angebracht, bei gleichzeitiger Festigkeit in der Sache, natürlich.

„Wenn Sie meinen, dass Sie das vermögen, dann schreiben Sie uns ruhig etwas, von dem Sie glauben, dass es ein feminines Publikum ansprechen könnte. Wir werden es wohlwollend prüfen. Doch bis dahin liefern Sie uns erstmal noch den ausstehenden ... *Text*. Da wir die Rechte an der Figur des ...", sie stockte, blätterte, „... des *Jack Knife* besitzen, ist jeder Widerspruch Ihrerseits sinnlos. Doch wir geben Ihnen gerne die Freiheit, Ihrem Protagonisten ein würdiges Ende zu bereiten. Von nun an wird es in diesem Hause nur noch weibliche Hauptfiguren geben."

„Nur noch Weib-" Windell fing sich, gerade noch rechtzeitig. „-liche Hauptfiguren? Soll das ein Scherz sein?"

„Seit wann belieben wir zu scherzen?"

„Wer um alles in der Welt soll diesen Sch..." Windell fing sich, mit Mühe und Not. „... soll das denn lesen?"

„Unsere Leserinnen. Haben Sie mir die ganze Zeit nicht zugehört? Kann das sein, dass Sie getrunken haben? Was ist denn das für ein seltsames Muster auf Ihrer Wange? Haben Sie auf Ihrer Tastatur geschlafen?"

„Das ist das Ergebnis Ihrer unmenschlich eng gesetzten Abgabetermine."

„Unmenschlich? Wir? Also, ich muss schon bitten. Für das Geld, das wir Ihnen zahlen –"

„Geld?" Windells Stimme hob sich ganz von allein. „Welches Geld denn? Sie rücken ja noch nicht mal einen Vorschuss raus!"

„Ich beende hiermit diese Diskussion."

„Das können Sie überhaupt nicht, weil Sie keine Diskussionen führen, sondern Monologe halten!"

„Gehen Sie, Herr Windell, und schreiben Sie uns den ... Text, den Sie uns noch schulden. Danach werden sich unsere Wege dann wohl trennen. Denn, machen wir uns nichts vor: Frauenfiguren sind nun einmal nicht Ihr Forte."

„Ach, nein? Und was ist mit Juicie und und Sabie Tooth und Wanda Molanski und …" Windell fing sich, so gerade noch, und sagte sich dann: Ach, scheiß drauf. „… und Ida Shyst?"

Isadora Schuster schnaubte. „Ein Flittchen, eine Berufsverbrecherin, eine Würgerin, eine Giftmischerin. Antagonistinnen, eine wie die andere. Das ist Ihr Frauenbild. Ich kann mich nicht entsinnen, dass Sie jemals eine positive weibliche Figur entwickelt hätten, und ich könnte es mir von Ihnen auch nicht vorstellen. Doch niemand kann Sie hindern, uns zu überraschen zu versuchen. Wenn Sie uns nun entschuldigen würden?"

Windell sprang auf die Füße. Er schäumte. Was hier auf dem Spiel stand, worauf diese alte, verknöcherte Zicke da an ihrem Brieföffner von einer Nase vorbei herabblickte, war nichts anderes als seine Ehre. Als Künstler, Kreativer, als Schriftsteller, als – jawohl – als *Mann*.

„Ich werde Ihnen eine Heldin schreiben, die Ihnen die Schuhe auszieht und sie Ihnen den gierigen Rachen hinabschiebt, zusammen mit Ihrem affektierten Pluralis Majestatis!"

„Hinaus!"

Der Wagen stand noch vor der Brooklyn Bar, und Windell hatte Sabrina Zahns Strafzettel gerade erst unterm Wischer weggezogen und den Schlüssel noch nicht mal zur Hälfte ins Türschloss geführt, als ihm jemand in den Nacken atmete. Jemand, der wesentlich mehr Wert auf die ständige Zufuhr von Alkohol und Nikotin legte als, sagen wir mal, die regelmäßige Anwendung von Zahnpflegemitteln.

Ed. Vorname: Ed. Für seine Freunde: Ed. Nachname unbekannt, Vorname bekannt als Betreiber der Brooklyn Bar und berüchtigt als Eintreiber ausstehender Deckel.

„Folle", freute er sich hinter Folkmar, drückte ihn beidarmig an sich und ging zeitgleich beidhändig durch sämtliche Taschen, und das nicht unbedingt materialschonend. „Folle Windel!"

Unnötig zu erwähnen, dass Folkmar Windell Zeit seines Lebens nichts unversucht gelassen hat, die Etablierung dieses Spitznamens zu unterbinden und jeglichen Anwender nach Kräften zu entmutigen. Nur bei Ed drückte er, wie man so sagt, ein Auge zu. Besser, als Ed das für einen erledigen zu lassen, denn er mochte keinen Widerspruch, der Ed, und führte eine äußerst gerade Rechte.

Nachdem trotz einigem an reißendem Stoff und viel Herumgewühle in allen greifbaren Kleiderverstecken kein Bares ans Licht wollte, sah Ed sich einmal rasch nach allen Seiten um, erblickte Polizeiobermeisterin Sabrina Zahn ihren Patrouillengang auf sie zu machen und lud einen widerstrebenden und von Vorahnungen geplagten Windell mit äußerster Liebenswürdigkeit und unauffällig verdrehtem Arm in sein Etablissement.

Peng, Tür zu und alle Liebenswürdigkeit verrauchte schlagartig. Der Griff um den verdrehten Arm wurde ergänzt um einen ins Genick und beide schoben Windell in direkter Linie zur Theke, wo seine Leibesmitte und unteren Extremitäten abrupt verhielten, während der Oberkörper noch eine kurze, bogenförmige Weiterreise antrat, bis Windells Haupt schäumend die Wogen des Spülbeckens teilte.

Einiges an Blasenbildung später lockerte Ed den Nackengriff.

„Lucy hat sich über dich beschwert“, sagte er leise in das aus den Fluten auftauchende linke Ohr. „Wegen sexueller Belästigung.“

Windell hustete und spuckte einen nonverbalen Kommentar dazu.

„Doch ich sag zu ihr: Freu dich, dass dich überhaupt noch einer belästigt, du pferdeärschige Schabracke.“ Nun husteten beide Männer, wenn auch nur einer vor Lachen, gegen teerhaltige Widerstände. „Dann“, fuhr Ed um einiges ernster fort, und seine Rechte fand ihren Weg zurück in Windells Genick, „hat sie mir deinen Deckel gezeigt.“

„Ich zahle, ich zahle, ich zahle“, beeilte sich Windell zu versichern.

„Schön“, fand Ed. „Heute noch.“

Das war keine Frage gewesen, Windell antwortete trotzdem mit „Nein“, hätte dann gerne rasch etwas Erklärendes hinzugefügt, was allerdings unterging im erneuten Aufblubbern der Blasen.

Drei oder vier Tauchgänge später hatte man sich auf den völlig unrealistischen Zeitpunkt von übermorgen geeinigt und Windell, die Ohren voll mit Drohungen und Spülwasser, wankte hinaus auf die Straße, wo er gerade noch mitbekam, wie Sabrina Zahn von seinem Wagen abließ, unter dessen Wischer sie ein weiteres Ticket geklemmt hatte.

Es gibt solche Tage.

„Meine Miete, meine Miiete, meine Miiiete!“ Mit letzter Kraft schaffte Windell es, über die Schwelle zu hechten und die Tür vor der Nase von Mattka Wolanski, seiner unfassbar schrillgestimmten Vermieterin ins Schloss zu

werfen. Völlig außer Atem von vier Etagen Hetzjagd sank er mit dem Rücken zur Tür zu Boden. Gehämmer drang von draußen herein, rhythmisch verbunden mit weiteren gekreischten Forderungen nach Miete, Miete, Miete.

„Hast du Bier mitgebracht?", fragte Elmo, noch ein wenig knittrig vom Schlaf.

„Nein." Atemlos, resigniert, fertig mit der Welt.

„Vorschuss?"

„Auch nicht. Ich muss erst noch einen Roman abliefern, sagt Frau Schuster."

„Also. Was hält dich?"

„Gute Frage." Aufgestanden, rübergewankt, hingesetzt, Faust auf den Schreibtisch gekloppt, durchgeatmet. Los.

DER TOD IST WEIBLICH

von Will B. Everhard

Jack Knife polierte seine Schuhe und lud seine 45er Smith & Wesson mit der ganzen Sorgfalt eines Mannes, der weiß, dass er an diesem Tag …

„Elmo, geht das auch ein bisschen leiser?"

„Folkmar, mein Junge, ich bin hier im Begriff, im Schweiße meines Angesichts diesen maroden Haushalt aufrechtzuerhalten und unser beider Ärsche vor dem Verdörren zu retten, und das lässt sich nun mal nicht völlig geräuschlos bewerkstelligen."

Ein Bindeglied ihrer seltsamen Lebensgemeinschaft bestand darin, dass Elmo Folkmar in beständigem Glauben echter Freundschaft und gleichzeitig im dauerhaften

Irrglauben seiner ebenso echten Unentbehrlichkeit hielt.
„Ich meine, wir reden hier über ein zu bewegendes Leergutkontingent von dreistelligem Ausmaß."
„Dann mach zumindest die Tür zu."

… dass er an diesem Tag die Manifestation des Bösen zum Tanz auffordern wird.

„Ich brauch den Wagen."
„Ja, ja. Schlüssel hängt am Brett. Und mach die Tür zu. Schließ ab, am besten. Mattka Wolanski ist wieder in einer ihrer Stimmungen."
„Brauchst du sonst noch was? Außer Bier?"
„Nein. Doch, warte: Bring mir eine Perücke mit."
„Eine Perücke." Elmo klang ernüchtert, erstaunt, besorgt. Alles auf einmal.
„Ja, eine Perücke. Blond, üppig, lockig. Und mach die Tür zu."

… zum Tanz auffordern wird. Zu einem Pas de deux im Pulverdampf, an dessen Ende nur einer weitertanzen wird.

Die Tasten ratterten gleichmäßig vor sich hin, das Tageslicht nahm zu und dann wieder ab. Seite legte sich auf Seite, stur, geradezu blindwütig heruntergehauen von einem Autor auf der Suche nach Betäubung durch Arbeit.
Diese Demütigung! Dieser eklatante, unkaschierte Mangel an Respekt, vor ihm und seinem Werk! Und, andererseits, diese Machtlosigkeit! Und doch war er selbst es gewesen, der einst diesen verfluchten Vertrag unterzeichnet hatte. Jack Knife gehörte Schuster &

Schuster, daran war nichts zu ändern. Das verdammte Kleingedruckte! Doch Windell war damals so versessen darauf gewesen, endlich verlegt zu werden, endlich veröffentlicht, endlich gelesen zu werden, dass er alles unterschrieben hätte.

Und daraus drehte man ihm jetzt einen Strick.

Nun denn. Er hatte Jack Knife aus der Taufe gehoben, er würde ihn auch ins Grab bringen. Doch erstmal …

Es war eine dieser finsteren Seitengassen, in die man besser nur mit dem Revolver voran hineinging, wollte man nicht mit den Füßen zuerst wieder herausgetragen werden. Eine Sackgasse, obendrein. Und an ihrem Ende …

Elmo kam zurück, Bierkasten in Händen, Pizzakartons unter den Armen.

… umgeben von hohen Mauern, hatte er sie in der Falle, endlich. Ein einziger gekonnter Schuss aus der Hüfte und er hatte sie entwaffnet, ein weiterer Schuss knapp über ihre Uniformmütze hinweg und er hatte sie auf den Knien, und der legendäre Roosveldt-Diamant wanderte in seine linke Faust, wo er fest und sicher ruhte. So fest und sicher wie die Mündung von Jacks Revolver auf der Stirn von Sabie Tooth, der mörderischen ‚Falschen Polizistin'.

Elmo brachte ihm einen Pappdeckel voll in kleine Dreiecke geschnittener Pizza, und Windell mampfte, während er weiterschrieb. Elmo brachte ihm einen Humpen Kaffee und Windell schlürfte, während er weiterschrieb.

Er musste das Unvorstellbare tun, und je eher er es hinter sich brachte, desto besser.

Schwarz und nass glänzte das Pflaster unter Sabies Knien im schwachen Licht einer einsamen Laterne.

„Oh, Jack", flehte sie, wie sie es alle tun, konfrontiert mit ihrem schlimmsten Feind und hilflos seiner Willkür ausgeliefert, „hab ein Herz! Verschone mich!"

Jack lachte rau. Doch es klang nicht richtig. Sein Lachen hatte niemals zuvor ein Echo produziert, nicht in seinem Hinterkopf.

„Du wirst es nicht glauben, Folle, aber ich hab den Wagen nur fünf Minuten abgestellt, und als ich zurückkomme, steckt da eine Knolle unterm Wischer. Und du wirst niemals raten, wer sie unterzeichnet hat." Elmo rülpste gefühlvoll. „Hat diese Frau was gegen dich?"

„Ja, nein, was weiß ich. Mach die Tür zu."

„Du wirst nie wieder ein Ticket schreiben", höhnte er und fühlte seinen Abzugsfinger zittern. „Im Gegenteil: Dieses Ticket hier habe ich für dich ausgestellt. Und es wird dich schnurstracks auf den elektrischen Stuhl befördern."

Was war mit seinen Fingern? Was mit seinen Knien? Woher kam dieses Zittern? Woher dieser plötzliche kalte Schweiß auf seiner Braue? Gift!, war das Erste, das ihm durch den Kopf schoss. Doch er hatte nur diesen einen Kaffee …

„Ich bin nicht so schlecht, wie du denkst, Jack …" Sabie Tooth sah hoch zu ihm, sah direkt in seine Augen. Ihr Blick war forschend, abwartend, das Lächeln um ihre rotgeschminkten Lippen kühl und wissend …

Der Kaffee! Niemals hätte er sich auf ein Treffen in diesem heruntergekommenen Diner einlassen dürfen. Ein Treffen mit einem Informanten, der dann nie erschien. Eine

Falle! Und wenn, ging ihm auf, hätte er der Kellnerin mit mehr Misstrauen begegnen müssen. Doch er war abgelenkt gewesen von der ungeheuerlichen Schlagzeile in der Zeitung vor ihm …

„AUSBRUCH! HUNDERTE VON KILLERFRAUEN ENTKOMMEN!

New York, 18.11.1941: Beim größten Massenausbruch in der Geschichte des Landes ist in der letzten Nacht eine noch unbekannte Zahl von hochgefährlichen Verbrecherinnen aus dem Lindsay State Frauengefängnis im Bundesstaat New York in die Freiheit entkommen. Unter ihnen so berüchtigte Straftäterinnen wie Wanda Molanski, die ‚Brooklyn-Würgerin' oder Ida Shyst, der Dutzende von Giftmorden zugeschrieben werden. Obwohl sofort Großalarm ausgelöst wurde, fehlt bisher jede Spur …"

Ida Shyst! Jetzt, wo er daran zurückdachte, war ihm an der Kellnerin etwas bekannt vorgekommen. Plötzlich begriff er das schändliche Komplott in seinem gesamten Ausmaß. Doch – zu spät! Jack Knifes Knie schlotterten jetzt. Das Licht der einsamen Laterne begann zu schwanken, und aus der Gasse kamen Geräusche näher, schleichend, flüsternd, wie von einer großen Menschenmenge, die sich heimlich zu verhalten versucht. Jack blinzelte, er schwitzte, er keuchte vor übermenschlicher Anstrengung, die Auswirkungen der tödlichen Substanz in seinem Blut unter Kontrolle zu halten.

„… sondern ich bin noch hundertmal schlechter", brachte Sabie Tooth ihren Satz in triumphierendem Tonfall zu Ende. Sie erhob sich, schlug ihm die Waffe aus der Hand und krallte den Roosveldt-Diamanten wieder aus seiner

Faust. Und er, Jack Knife, war machtlos, war kaum noch in der Lage, sich auf den Beinen zu halten, diesen Beinen, die ihn all die Jahre lang so sicher getragen hatten.

Er wandte den Kopf. Die Menge, die sich herangeschlichen hatte, trat nun lauernd ins Licht. Frauen, ausnahmslos Frauen, die meisten noch in Häftlingskleidung, bewaffnet mit Messern, mit Beilen, mit Knüppeln, mit Mistgabeln und einem Bügeleisen, ihre Mienen verzerrt zu Fratzen entmenschlichten Hasses. Und er kannte sie alle. Angeführt von Ida Shyst und Wanda Molanski waren sämtliche Frauen, die er jemals der Gerechtigkeit zugeführt hatte, angetreten, ihn zu vernichten. Dies also war sein Ende. Am Ende eines Lebens im Kampf für das Gute und gegen das Verbrechen siegte nun der brodelnde Abschaum. Wie erbärmlich.

Ida Shyst war die Erste, die ihm den Dolch in den Leib rammte, danach gab es kein Halten mehr. Sie stachen ihn nieder, sie hackten ihn nieder, sie knüppelten ihn nieder. Und als sie ihn auf dem Boden hatten, stürzten sie sich auf ihn wie die Tiere und rissen ihn in Stücke.

Doch als Jack die Augen aufschlug, war alles hell und friedlich und er allein in der Gasse. Allein bis auf einen kapuzenverhangenen, sensentragenden Reiter, der Jack schweigend und respektvoll zunickte, ihm hochhalf auf sein weißes Pferd und dann mit ihm davonritt.

In die Ewigkeit.

Elmo kam, den Reißverschluss auf halber Höhe verklemmt, aus seinem Zimmer gestürzt. Sein Freund Folkmar hatte eben ein Geräusch von sich gegeben, wie man es sonst nur von einem waidwunden Tier erwarten

würde, einem tödlich getroffenen Kaffernbüffel etwa. Ein stöhnend hervorgepresstes Schluchzen, das in einem Aufschrei gipfelte.

„Ich habe ihn umgebracht!"

Elmo, der bis vor einem Augenblick noch hochkonzentriert dabei gewesen war, sich an den Ergebnissen der Suchbegriffeingabe ‚Interracial Transsexual Water Sports' zu delektieren, begriff nicht gleich. Er sah sich wild um, suchend und verwirrt. Vor allem das ‚Ihn' irritierte ihn.

„Wen?", fragte er. Eigentlich hatte er immer erwartet, dass, sollte Folkmar eines schönen Tages wirklich mal jemanden vom Leben zum Tod befördern, es sich um eine Tat im Affekt und bei dem Opfer mit an Sicherheit grenzender Wahrscheinlichkeit um eine Frau handeln musste.

„Na, Jack!"

„Jack?"

„Jack! Jack Knife!"

„Ja ... und?" Elmo zuckte die Achseln. Ein vorgetäuschter Tod, natürlich, beliebtes Mittel der Spannungserzeugung, vor allem bei Autoren von – widersinnig, wie es ist – Serienhelden.

„Was heißt hier: *Na und?!*"

Gleichzeitig hatte sich Folkmar noch bei keinem einzigen Taumel seines Helden in den Strudel aus Dunkelheit und Vergessen so aufgeführt. Er blökte regelrecht, heulte Rotz und Wasser.

„Ich versteh nicht ganz", gestand Elmo.

„Ich habe ihn umgebracht! Jack, Jack Knife! Er ist tot! Vergiftet, erstochen, in Stücke gerissen!"

„Ja, aber, warum?"

„Weil ich *muss*! Schuster & Schuster stellt die Serie ein!“

Es mag herzlos klingen, doch das Erste, was Elmo durch den Kopf schoss, war die ausstehende Miete. Und wie zugig so ein Heim unter der Brücke doch sein kann.

„Aber … das ist ja furchtbar“, sagte er, um etwas zu sagen.

„Furchtbar? *Ha!* Ich fühle mich, als ob ich mir das lebende, schlagende Herz mittels eines stumpfen Messers aus der eigenen Brust geschnitten, es auf den Boden geschmissen und dann draufgepisst hätte.“

Genau die Art von Gemütszustandsbeschreibung, dachte Elmo, zu der sich nur schwer etwas beisteuern lässt.

Mit sanfter Gewalt entwand er Folkmar die Karaffe mit dem großen, geschliffenen, rosa Kristallstöpsel. Er hatte sie vor Jahren unter etwas nebulösen, oder sagen wir vielleicht besser umnebelten, Umständen auf einem Basar erworben und sich schon am nächsten Morgen nicht mehr entsinnen können, ob ihm empfohlen worden war, den Inhalt in Tropfen-, Teelöffel-, Esslöffel- oder welcher Form auch immer zu dosieren. Auch die versprochene Wirkung war ihm entfallen, er wusste nur noch, dass sie ihm seinem Naturell entgegenkommend erschienen war.

Doch zum Glück hatte er für Notfälle wie diesen in der Futterluke der ‚Goldenen Zellentür‘ noch eine Flasche Whisky versteckt, und die ging er nun holen.

Okay, die ‚Goldene Zellentür‘: ein Literaturpreis, eine Replik im Maßstab 1:1, verliehen für ‚herausragende Leistungen auf dem Gebiet der Kriminalliteratur‘ von der Firma Beltz & Boob, dem Hersteller von ‚Celldoor

Anticrisis', einem Rechnerprogramm zur ‚selbständigen Lösung von Krisensituationen innerhalb des kreativen Prozesses', so die Werbung. Windell hatte den Einsatz der ebenfalls in der Luke untergebrachten CD bis heute hartnäckig für unter seiner Würde erachtet, den Preis aber gern entgegengenommen und die ganz in goldenem Kunststoff gehaltene Zellentür voller Stolz direkt gegenüber der Eingangstür an die Wand gelehnt.

Elmo zog die Luke auf, griff hinein, holte die Flasche hervor und Folkmar hatte sie im nächsten Augenblick gepackt, geöffnet und senkrecht gestellt.

„Ja, und jetzt?", fragte Elmo und sah den Inhalt in beängstigendem Maße schwinden. „Wie soll es weitergehen?"

„Und jetzt?" Folkmar keuchte und schwankte, immer noch vollkommen außer sich, ließ sich die Flasche aber abnehmen. „Jetzt? Soll ich dir sagen, was ich ihnen jetzt schreiben soll? Eine *Frau!*"

Und Elmo spie Whisky durch das halbe Wohnzimmer.

Hohl klang die kleine Glocke im Turm der Kapelle am Rande des Friedhofs von Red Hook, Brooklyn, hohl und verloren. Auch sie schien sich schwer zu tun mit diesem Verlust.

Said Wainda wusste selbstredend um die letzten Wünsche seines gemeuchelten Meisters, und so erwartete die Trauernden in der kleinen Kapelle ein offener Sarg.

Man durfte davon ausgehen, dass zu der Trauerfeier eines solchen Mannes nur Weggefährten der hartgesottenen Sorte erscheinen würden, und doch war Said Wainda bei weitem nicht der Einzige, der sich erbrochen hatte beim Anblick des aus dem Schädeldach ragenden Bügeleisens. Selbst

McIntyme war sichtlich erbleicht. Er war es auch, der die Trauerrede hielt. Schweigen senkte sich über die kleine Kapelle, das Schweigen zusammengebissener Zähne über Gefühlen von Schmerz und Wut und Gedanken an Rache, als der Chief Inspector vortrat.

„Leute“, rief er, wie er es von Reden gewohnt war, mit denen er seine Männer hinausschickte in den Kampf, in dem Jack Knife ihm so lange zur Seite gestanden hatte, „wir trauern hier um einen Mann, wie es keinen Zweiten geben wird.“

Beifall brandete.

„Sein ganzes, hartes Leben lang schwebte Jack Knife wie ein unbestechlicher, bleispeiender Zeppelin über dem Abschaum dieser Stadt. Wer, frage ich, wer nur soll jemals in seine Fußstapfen treten? Wer?“

Und eine mannhafte Träne bahnte sich ihren Weg die versteinerten Züge des Chief Inspectors hinab.

Ein letzter Tribut.

Ende

*

„Ein ‚unbestechlicher bleispeiender Zeppelin‘?“, fragte Elmo, das Manuskript in Händen. „Ist das dein Ernst?“

„Das … das ist Poesie“, verteidigte sich Windell halbherzig und versuchte gleichzeitig, die Tastaturabdrücke von seiner Wange zu massieren. „Und im zeitlichen Kontext.“

„Schön und gut. Aber was mich ein wenig stutzig macht, ist der Umstand, dass das unbestechliche Luftschiff auch noch Fußstapfen hinterlässt.“

„Davon verstehst du nichts. Gib her. Ich bring's rüber zu Schuster & Schuster."

„Wartewarte." Elmo hatte eine bessere Idee. Elmo hielt nicht unbedingt viel von Folkmar Windells Talent im Umgang mit der Weiblichkeit und noch weniger von seinem Verhandlungsgeschick mit einer gewissen Isadora Schuster. Elmo wusste da jemand Besseren. Frisch geduscht, rasiert, gekämmt, eaudecolognisiert, so gut es ging, manikürt und sportlich-lässig gekleidet. Maskulin, wenn auch mit Bügelfalte. „Warum bringe *ich* das Manuskript nicht rüber und stopf es dem alten Drachen in … wohin auch immer, während du in der Zwischenzeit schon mal, äh, versuchst …" Elmo Jock ging die Puste aus. Er sah und sah und sah Folkmar Windell und noch weniger Will B. Everhard, er sah keinen von beiden eine Frau schreiben, nicht in einem Jahr mit dreihundertfünfundsechzig Weihnachten. Als Folkmar nichts entgegnete, klemmte Elmo sich einfach das Manuskript unter den Arm und flüchtete aus der Tür.

„Versuchst … was?", rief Windell ihm noch nach, schüttelte dann den Kopf und setzte sich an seine Tastatur.

Der letzte, hohle Ton der Friedhofsglocke war verklungen wie die letzten Worte von Chief Inspector Ellroy ‚Evil' McIntymes ergreifender Rede voll Schmerz und Respekt, der letzte, schluchzende Trauergast hatte die kleine Kapelle am Rande von Red Hook, Brooklyn verlassen.

Nur Said Wainda, der engste Vertraute der feierlich aufgebahrten berühmten Detektivin, wartete noch. Er wusste, worauf.

Doch selbst er, der einzige Eingeweihte, zuckte zusammen,

als auf sein geflüstertes „Die Luft ist rein“ erst eine beringte Hand am Rande des offenen Sargs erschien, dann noch eine auf dem anderen und schließlich Pussy Cat Kopf und Oberkörper aufrichtete, ihre Miene alles andere als fröhlich. „‚Zu viel Rouge‘“, knurrte sie. Ächzend wälzte sie sich bäuchlings aus der Holzkiste. Wütend spie sie ihren Zigarrenstumpen von sich.

„‚Zu viel Rouge‘!“, bellte sie. „Fast hätte ich die Augen aufgemacht, um zu sehen, welche Schnepfe es gewagt hat, das an meinem offenen Sarg zu sagen!“

„Immerhin, du lebst“, beeilte sich Said festzustellen. „Dein genialer Plan ist dabei aufzugehen.“

Pussy Cat nickte finster. Bis hierhin lief alles perfekt. Breitbeinig dastehend reckte sie ihre vom langen Liegen steifen Knochen, griff in ihren Schritt, um ihr Gemächt zu ordnen, stutzte. Hob den Rock, beugte sich vor für einen prüfenden Blick zwischen ihre Beine, sah wieder hoch und schrie gellend auf.

„Oh, verdammt!“ Windell hieb mit der Faust auf die Tasten. Eine Frau! Was für eine Scheißhausidee! Wer, verdammt noch mal, wollte so was lesen? Außer anderen Frauen, natürlich? Vielleicht noch eine Handvoll Schwuchteln.

Er sprang auf, ging ins Bad, blickte in den Spiegel. Was er sah, war kein Mann, der für Schwuchteln schrieb.

Er knipste das Licht aus und ging zurück zu seinem Schreibtisch, regelrecht gebeutelt von Unwillen.

Eine Frau! Wie um alles in der Welt sollte sich ein Mann in dieses hormongesteuerte, janusköpfige, heimtückische Geschlecht hineindenken?

Hemingway schrieb auch keine Frauen. Sie waren für

ihn das, was sie sein sollten, Beiwerk, das bewundernd an den Lippen des Protagonisten hing oder an ihm verzweifelte, doch niemals, *niemals!*, nahmen sie den Vordergrund ein, warum auch.

Hemingway wäre nie auf so einen Deal eingegangen, das alte Raubein hätte vermutlich nur gelacht über einen solchen Vorschlag, und das zu Recht. Aber der hatte wahrscheinlich auch einen Verleger, keine Verlegerin, und wenn, keine wie Isadora Schuster.

Und doch ... Wenn man ihn herausgefordert hätte ...

Windell setzte sich wieder an die Tasten.

Wenn man Hemingway auf den Kopf zugesagt hätte, er könne es nicht, er sei nicht fähig, sich in eine Frau zu denken und das entsprechend zu Papier zu bringen? Mit Hohn in der Stimme? Ernest hätte die Ärmel aufgekrempelt, sich ordentlich einen zur Brust genommen und es der Welt gezeigt.

Pussy Cat schlug erst das eine, dann das andere ihrer lapislazuliblauen Augen auf. Der letzte, hohle Ton der Totenglocke war verklungen wie die letzten Worte von Chief Inspector Ellroy ‚Evil' McIntymes tränenerstickter Rede. Das Defilee der Trauergäste hatte den offenen Sarg passiert und dann die kleine Kapelle verlassen, sprachlos vor Entsetzen.

Nun, die meisten.

Es war Genoveva, die spargeldürre Gattin von Bürgermeister Asslick gewesen, die „Zu viel Rouge" geraunt hatte, da war Pussy Cat sich vollkommen sicher. Nun, Genovevas Zukunft beinhaltete eine Stiletto-Punktur eines ihrer immer in viel zu kleine Schuhe gezwängten Füße, da war Pussy sich ebenfalls vollkommen sicher. Mit festem Griff packte sie den Sargrand und zog sich hoch.

Zu viel Rouge! Schon hatte sie ihr Puderdöschen aufgeschnackt und …

Und *was*? Windell sprang auf und suchte herum, bis er die Plastiktüte fand, in der Elmo die Perücke mitgebracht hatte. Blond, lang, üppig, lockig. Er probierte sie auf. Ordnete das etwas strohige Haar. Hm.

… und richtete als Erstes ihre vom Liegen etwas außer Form geratene, üppige Lockenpracht. Zu viel Rouge, pah! Doch Genoveva war nicht die einzige Frau in der Stadt mit einer schmerzhaften Zukunft, erinnerte sie sich grimmig. Da war noch eine bestimmte ‚Falsche Polizistin', die sich nun, mit Pussy totgeglaubt, in ebenso falscher Sicherheit wog. Entschlossen flankte Pussy über den Sargrand und fluchte, als sich der Rock ihres Kostüms an einem der Tragegriffe verhakte und unvorteilhaft hochrutschte, bis die Front ihres Slips sichtbar wurde. Hastig strich sie den Stoff wieder herunter, über die mächtige Wölbung ihres … ihres … Sie stutzte, zögerte, sah noch einmal nach. Sah wieder hoch und schrie gellend.

„Niemals!", schrie Windell, sprang auf und gab seinem Papierkorb einen Kick, der ihn quer durch den Raum schickte. „Niemals."

„Niemals – was?", fragte Elmo von der Tür her, seine Miene ein Spiegel der Entgeisterung.

Folkmar fuhr herum, doch die Perücke, die er trug und ihm etwas schwer Gewöhnungsbedürftiges gab, fuhr nicht zur Gänze mit, so dass sie nun quer auf seinem Schädel saß.

„Ich werde niemals eine Frau schreiben können!",

brüllte er, speichelblasig und generell schwer außer Fassung.

Elmo war erschüttert. Wenn auch aus anderen Gründen.

Isadora Schuster, um einen, um den wichtigsten zu nennen.

„Ach Unsinn“, widersprach er und wünschte sich, er klänge überzeugender.

Er hatte ihr das Manuskript übergeben und angedeutet, von nun an als Will B. Everhards Agent zu fungieren.

Und sie, Isadora Schuster, hatte ihn über ihre Halbgläser hinweg angesehen, als ob er ihr ein obszönes Angebot gemacht hätte.

Dann – die Frau las in einem Tempo, das atemberaubend war – hatte sie ein paar wirklich tiefschürfende Dinge über unbestechliche Luftschiffe fallengelassen.

Elmo hatte selbstredend zugestimmt und sich von da ganz aufs Einschleimen verlegt. Galant, natürlich. Hatte jeden zweiten Satz mit ‚Eine Frau wie Sie‘ begonnen, vielsagend mit seinen Brauen gewedelt, unverhohlen durchblicken lassen, auf Damen mit Erfahrung zu stehen, hatte dann wie selbstverständlich damit begonnen, über das neue Buch vom Leder zu ziehen, das Will B. Everhard in Arbeit hatte.

Frauenroman, Melodram, hochromantisch, hochdramatisch, herzerweichend. Und erst dann, nach all dieser sorgfältigen Anfütterung, war er geschmeidig auf das Thema Vorschuss zu sprechen gekommen.

Die Idee dahinter war natürlich gewesen, der alten Schnalle so viel wie möglich aus dem Kreuz zu leiern, um damit die Zeit zu überbrücken, bis er für Folkmar und seinen – wenn es rechtlich nicht anders ging, eben umbenannten – Jack Knife einen anderen Verlag gefunden hatte.

Doch er hatte das Wort ‚Vorschuss' noch nicht ganz ausgesprochen, und Isadora Schuster war … sie war … über ihn hergefallen. Verbal, rein, ausschließlich verbal. Und trotzdem … Sie hatte ihn angeblafft, angeschnauzt, zurechtgestutzt, beschimpft, verhöhnt, beleidigt, hatte ihn in einem kalten und berechnenden und zutiefst verächtlichen Tonfall zur Sau gemacht.

Und Elmo – er war sich nicht sicher, ob und wem er das jemals würde gestehen können oder wollen – war einer abgegangen. In der Hose, einfach so. Daher seine anhaltende Erschütterung.

Er musste, wurde ihm mit einem Schauder klar, er musste sie wiedersehen.

„Das kann doch nicht so schwer sein", behauptete er.

Und dazu – es traf ihn wie ein Hammer – brauchte er das Manuskript. Das versprochene, das angepriesene, hochromantisch und alles. Und das auch noch schnell. Denn Isadora hatte selbstverständlich nicht einen einzigen Cent herausgerückt, das kneifige alte Aas.

„Zeig doch mal her, was du bis jetzt produziert hast."

„Hm", meinte er, zwei Minuten später. „Ich verstehe, was du meinst." Sein Hirn arbeitete fieberhaft. Was macht ein Autor, der sich auf ihm unbekanntes Neuland vorwagt?

„Recherche!"

Folkmar machte „Hä?", wie er es gerne tat. Doch Elmo war schon aus der Tür und keine fünf Minuten später zurück.

„Das hier sollte alle deine Fragen beantworten", meinte er optimistisch. „Wenn du wissen willst, was

Frauen denken, fühlen, wovon sie träumen und wie sie ticken – hier sollte alles zu finden sein." Damit teilte er einen Stapel Magazine zwischen ihnen beiden auf.

Sie begannen zu lesen. Erst leise. Doch das hielt nicht lange.

„‚Längs oder quer?'", las Elmo vor, „‚– Der Sommer wird streifig!', Gut zu wissen", meinte er. „Kann ich endlich mein altes MSV Duisburg T-Shirt wieder hervorkramen."

„‚Hungern war gestern! Die neue Frühjahrs-Diät!'"

„‚Von Bubi bis Zopf! – 150 Trendfrisuren!'"

„‚Kinder *und* Karriere? Wir sagen, wie's geht!'"

„‚Die flinke Nadel! 20 Häkelmuster zum Selbermachen!'"

„‚Heiße Accessoires – kühl kombiniert!'"

„‚Ist ER der Richtige? Der große Partnerschaftstest!'" Windell sah auf. „Stell dir vor, du bist verheiratet. Du kommst von der Arbeit nach Hause, machst die Tür auf, und da steht deine Frau, quergestreift mit einer selbstgehäkelten neuen Trendfrisur, dazu vollkommen verheult und mit gepackten Koffern. Du fragst natürlich, was los ist, und sie schmeißt dir dieses Heft vor die Füße und schreit: ‚Lies doch selbst! Von hundert möglichen Punkten erreichst du nur siebeneinhalb!'"

„Und dann musst du noch feststellen, dass es *deine* Koffer sind, die sie gepackt hat."

Die beiden Männer seufzten.

„Alles was ich als angehender Frauen-Autor hieraus lerne, ist, jeglicher Zurückhaltung im Umgang mit dem Ausrufezeichen ein für allemal Lebewohl zu sagen."

„Das ist doch schon mal ein Anfang!", meinte Elmo, doch es klang selbst für ihn etwas sehr erzwungen fröhlich.

„Nein, es hat keinen Zweck. Ich kann niemanden schreiben ohne ... ohne was in der Hose, wenn du verstehst, was ich meine.“

Elmo schluckte. Irgendwann hatte Isadora Schuster sich halb in ihrem Schreibtischsessel aufgerichtet, mit eisiger Geringschätzung auf ihn hinabgestarrt und „Sie sind doch nichts als ein windiger kleiner Schmarotzer!“ gezischt. Die Erinnerung daran war genug, ihn in sichtliche Unruhe zu versetzen. Er musste ... er brauchte ... er brauchte jetzt ... sie beide brauchten jetzt erstmal einen ordentlichen Schluck.

Mit drei schnellen Schritten war Elmo an der Luke der Goldenen Zellentür und kam langsam, tief in Gedanken, zurück, eine goldene CD in Händen.

„Nein“, sagte Folkmar. „Niemals! Nur über meine Leiche. Ich habe meinen Stolz. Und das –“, er deutete mit spitzem Finger, „– ist damit unvereinbar.“

Diesen Augenblick nutzte Vermieterin Wolanski, sich draußen im Flur mit ihrem ganzen Gewicht gegen den Klingelknopf der Herren Windell und Jock zu lehnen.

„So wie ich das verstehe, ist das Ganze sackeinfach.“ Elmo, der seit seinem fünften Lebensjahr mehr Zeit vor flimmernden Bildschirmen als im Bett zubrachte, hatte die Aufgabe der Installation von ‚Celldoor Anticrisis‘ übernommen. Sein computerphober Freund Folkmar saß nur da, blickte skeptisch und presste Tasten nach Anweisung. „Du gibst erstmal nur den Namen und ein paar andere Eckdaten deiner Hauptfigur ein, dann das Genre – zum Beispiel ‚*Melodram*‘“, betonte Elmo mit einigem an Suggestion, „Zielpublikum, plus Ort und Zeit, wo das Ganze spielt, und schließlich das, was du schon an Text hast. Anschließend kannst du dich zurücklehnen und erstmal das Programm weiterschreiben lassen."

Folkmar tippte ‚Kriminalroman' in die Genre-Spalte, zögerte beim Zielpublikum. „Und wenn mir das nicht gefällt, was es produziert?"

„Kannst du alles wieder löschen oder aber drinlassen und nach deinen Vorstellungen modifizieren. Das ist doch genial."

„Trotzdem ist mir nicht wohl dabei, so ein übergriffiges Programm auf meinem Rechner zu haben."

„Wenn es nichts taugt, hauen wir es wieder raus, okay?" Und Elmo schickte noch den wohl unheilschwangersten Satz hinterher, den die Geschichte der Menschheit kennt: „Glaub mir, da kann überhaupt nichts schiefgehen."

Folkmar zuckte die Achseln, klickte ‚Start' und der Bildschirm wurde mit einem Schlag schwarz. Pechschwarz.

„Na, das war wohl nichts", meinte er nach einer, wie er fand, beachtlichen Weile. „Jetzt können wir nur noch beten, dass es mir nicht die Festplatte in den Orkus gerissen hat."

„Warte", meinte Elmo. „Da kommt was."

Und tatsächlich. Schwach erst, doch dann immer deutlicher, lodernder, erschien eine orangerote Flammenschrift auf dem schwarzen Untergrund.

CONTRACT

„Und jetzt?", fragte Folkmar nach einer weiteren Weile.

„Das ist nur irgendeine Nutzungsvereinbarung, wegen Kopierschutz oder so was. Scroll mal ein Stück runter."

Folkmar scrollte ein Stück, und Kleingedrucktes wurde

sichtbar, lief den Bildschirm hinauf in immer rasender werdendem Tempo.

„Nur ein Stück, hab ich gesagt."

„Ich mach doch gar nichts."

Eine weitere, nicht unerhebliche Weile und erstaunliche Menge an Text später stoppte die Bewegung mit der Zeile

IF YOU AGREE, PRESS ‚ENTER'!

Wobei ‚Enter'! einladend auf- und abblinkte.

„Na also, worauf wartest du?"

„Meinst du nicht, ich sollte mir das nicht besser erstmal durchlesen?"

„Was denn? Hundertfünfzig Seiten Fachchinesisch? Bist du panne? Klick ‚Enter' an. Ich will sehen, was das Programm draufhat."

Folkmar zuckte die Achseln, klickte.

Die Schrift verschwand, zurück blieb erneut der schwarze Bildschirm, so dunkel, so absolut tiefschwarz, dass man meinen könnte, in ein endlos tiefes Loch zu blicken. Dazu erschallte ein schauderhaftes, kieksendes Lachen, das nicht so sehr aus den Boxen zu kommen schien, sondern aus dem Boden unter ihren Füßen.

„Dolby", meinte Elmo beeindruckt. „Hast du auch gemerkt, wie die ganze Hütte gezittert hat?"

Folkmar nickte beklommen. Irgendwas an der Sache war ihm nicht geheuer.

„Okay, jetzt musst du deinen Text öffnen."

Pussy Cat
und das Böse in Uniform
Von Hermine Inaway

„‚Hermine Inaway‘?“

„Ich werd mir doch meinen Ruf nicht versauen. Also brauche ich ein neues Pseudonym. Da hab ich gedacht, schreib ich's gleich unter einem weiblichen Namen.“

„Warum auch nicht“, sagte Elmo unschuldig, streifte die weiterhin schief auf Folkmars Kopf sitzende Perücke dabei höchstens mit einem Seitenblick.

Hohl und tragisch verhallten die letzten Klöppelschläge der Totenglocke. Pussy Cat schlug ihre blauen Augen auf und seufzte zufrieden. Sie hätte noch stundenlang zuhören können! Vor allem Ellroy McIntymes Trauerrede war so respektvoll, so tiefempfunden und so voll echten Schmerzes gewesen. War es möglich, dass der raubeinige Chief Inspector heimlich in sie verschossen war?

Ein kleiner Schubs mit der Hüfte – und sie *hatte* Hüften – warf den Sarg auf die Seite. Leise verfluchte sie den irgendwie jedes Mal etwas enger aus der chemischen Reinigung zurückkommenden Rock ihres Business-Kostüms.

Erst ein Bein – und sie *hatte* Beine – langsam voran, dann das andere, setzte sie sich grazil auf. Ihre Mutter wurde nicht müde, ihre kurzen Röcke zu kritisieren, doch wie Pussy ihr wohl schon hundertmal erklärt hatte, war Business immer auch zur einen Hälfte Showbusiness, was bedeutete: Willst du den Erfolg, dann zeig, was du hast.

„Sie hat eine Mutter?“

„Ja, das verblüfft mich jetzt auch ein wenig. Hängt möglicherweise damit zusammen, dass ich als Zielpublikum ‚weiblich‘ eingegeben habe.“

Said Wainda schluckte und sah woanders hin. Wie alle

Männer war er geblendet von Pussy Cats fantastischer erotischer Ausstrahlung.

„Oh, verflucht. Musstest du den Kurzarsch übernehmen? Den konnte ich noch nie ab. Von wem ist der überhaupt abgeleitet?“

„Abgeleitet?“ Folkmar tat sein Bestes, ahnungslos zu wirken.

„Na komm, so gut wie alle deine Figuren haben irgendeine Bezugsperson in deinem Bekanntenkreis. Selbst deine New Yorker Locations sind doch samt und sonders eins zu eins von hier übernommen.“

„Das … das kommt dir nur so vor.“

„Was denn? Die ‚Olde Cologne Bar‘? Da sieht's doch aus wie bei Ed. Oder Jack Knifes Appartement? Das hat ja selbst den gleichen Grundriss wie die Hucke hier.“

„Mit einer vertrauten Umgebung zu arbeiten hilft mir eben, mich auf den Plot zu konzentrieren.“

„Ah“, machte Elmo und hakte nicht weiter nach.

Pussy richtete mit zwei raschen, routinierten Griffen ihre vom langen Liegen doch etwas derangierte blonde Lockenpracht. Dann inspizierte sie noch mal die Front ihrer Kostümjacke. Die von einem Spezialisten anatomisch angepasste Bleiweste darunter hatte Wunder gewirkt, doch – ihr Finger fand das Loch und glitt glatt hindurch – die Jacke war ein für alle Mal ruiniert.

„Sieh dir das an“, forderte sie.

„Hauptsache, du lebst“, fand Said, tröstend.

„Das ist Chanel!“, wütete Pussy. „Dafür wird sie mir büßen, die ‚Falsche Polizistin‘!“ Mit einem Ruck hatte sie ihre 45er Smith & Wesson aus dem Schulterholster und überprüfte die Trommel. „Als Erste schnappen wir uns Wanda Molanski“, entschied sie, mit langen Schritten ihrer seidigen Beine unterwegs zum Ausgang der Kapelle.

„Wanda Molanski?“, fragte Said, sorgenvoll. „Die Brooklyn-Würgerin?“

„Genau die! Solange alle glauben, ich sei tot, haben wir leichtes Spiel!“

„Leichtes Spiel?“, echote Said, ängstlich. Immerhin hatten sie es hier mit ein paar der hartgesottensten Verbrecherinnnen des Kontinents zu tun.

„Jawohl! Dies ist unsere Chance, diesen skrupellos wuchernden Sumpf der Niedertracht ein für alle Mal trockenzulegen!“

„Selbst die Metaphern wirken geradezu authentisch“, fand Elmo. „Erstaunlich.“

Folkmar grunzte. Er fand das Ganze weniger erstaunlich als vielmehr beängstigend. Es juckte ihn in den Fingern einzugreifen. Gleichzeitig war der Vorgang aber auch auf eine perverse Art faszinierend. Und der Textzuwachs rasant.

Said Wainda hielt die Tür zu Pussy Cats Appartement auf und Wanda Molanski kam langsam herein, Hände im Genick, ihre Miene starr vor mühsam unterdrücktem Hass. Ihr folgte Pussy, die Waffe gezückt.

„Okay“, befahl sie. „Said, schließ die Zelle auf. Wanda wird uns Gesellschaft leisten, bis sie sich zur Kooperation bereit zeigt. Und wenn es für immer dauern sollte. Aber vielleicht will sie uns ja jetzt schon verraten, in welches Loch sich ihre Komplizin Sabie Tooth, die ‚Falsche Polizistin‘ verkrochen hat?“

„Nur über meine Leiche“, knurrte die Brooklyn-Würgerin, verstockt, wie man sie kannte.

„Dann ab in die Zelle.“

Said hielt galant die Türe auf und lächelte einladend, ein Lächeln, dass ihm augenblicklich vergehen sollte, als Wanda sich blitzartig auf ihn stürzte, ihn am Hals packte, wie einen Kugelfang vor ihre Brust riss und so zu Pussy herumwirbelte.

„Waffe weg oder ich breche deinem kleinen Helfer das Genick wie eine Salzstange.“

Keine leere Drohung, wie jeder wusste, der Wanda Molanski und ihre tödlichen Arme jemals in Aktion erlebt hatte. Said strampelte verzweifelt mit den Beinen, seine Augen quollen hervor, sein Gesicht lief blau an, doch kein Ton verließ seinen wie zum Schreien geöffneten Mund, so dicht zusammengepresst war seine Luftröhre unter Wandas berüchtigtem Würgegriff.

„Das wirst du noch bereuen, Wanda“, sagte Pussy und legte ihren Revolver zögernd aus der Hand.

„In die Zelle“, befahl die Brooklyn-Würgerin, und es knirschte hörbar, als sie ihren Griff um Saids Hals noch mal verfestigte.

Pussy tat, wie ihr befohlen, und die Tür ihrer eigenen, von ihr selbst absolut ausbruchssicher entworfenen Zelle fiel hinter ihr ins Schloss. Schweigend, ganz kalte Wut, hörte sie noch, wie der Schlüssel dreimal herumgedreht wurde, und dann Wanda Molanskis schrilles, hämisches Lachen.

„Na, was sagt sie nun, die große Detektivin?“, höhnte die Brooklyn-Würgerin, wohl in der Hoffnung, Pussy möge um Gnade winseln.

Sie hoffte vergebens. Denn Pussy war abgelenkt. Niemals zuvor war ihr aufgefallen, dass ihre Zelle so lang war. Und am hinteren Ende eine zweite Tür besaß. Sogar mit Klinke.

Sie trat heran, prüfte den Griff, und die Tür schwang auf in einen weiß gekachelten Raum.

„Eine zweite Tür? Mit Klinke? In einer *Zelle*? Ist das nicht ein bisschen sehr an den Haaren herbeigezogen?“

Elmo hatte recht. Was für ein Schwachsinn! Folkmar griff zur Maus. Sie reagierte nicht. Er zog die Tastatur zu sich heran. Keine Eingabe funktionierte, kein Tastenklick und keine Kombination zeigte auch nur das geringste Resultat.

„Ich denke, ich kann jederzeit etwas ändern?“, beschwerte er sich.

„Wir können immer noch den Stecker ziehen“, meinte Elmo. „Doch lass uns noch ein, zwei Seiten abwarten.“

„Als Nächstes trommle ich die anderen zusammen“, jubelte Wanda, während sie den mühsam wieder zu Atem kommenden Said an einen Stuhl fesselte. „Sabie und Ida werden sich kringeln vor Lachen. Und eins schwöre ich dir, Pussy: Deine nächste Beerdigung, die wird …“

Wanda brach ab. Die Geräusche aus der Zelle waren befremdlich. Da war erstmal das Klack-klack-klack sich gemessen entfernender Schritte von hochhackigen Schuhen. Sie entfernten sich weiter und weiter. Hastig zog sie einen letzten Knoten fest, ging rüber zur Zellentür. Zögerte. Und wenn das ein Trick war? Sie ließ die Luke noch zu. Legte ein Ohr an den Panzerstahl des Türblatts. Auf der anderen Seite quietschte ein schlecht geöltes Scharnier. Eine Tür fiel hörbar ins Schloss. Stille folgte.

Mit einem Ruck hatte Wanda die Luke offen, starrte durch die Gitterstäbe. Die Zelle dahinter war leer.

„Ja, und jetzt?“, fragte die Brooklyn-Würgerin und sah sich ratlos um.

„Wie – ‚Ja, und jetzt?‘? Was soll das denn heißen?“

„Völlige Idiotie“, fand auch Folkmar. „Los, wir ziehen den Stecker und anschließend schreibe ich den ganzen Text neu. Und zwar alleine.“

Elmo war schon auf den Knien und kam nach kurzem Ächzen mit dem Stecker in der Hand wieder hoch.

Bloß, der Monitor leuchtete, der Rechner summte weiter vor sich hin.

Und das schon bekannte, absolut schauerlich kieksende Lachen ließ das ganze Gebäude zittern.

„Ein Rechnerprogramm mit einem beschissenen Sinn für Humor“, fand Elmo und begann sich das erste Mal zu fragen, worauf sie sich hier eingelassen hatten.

‚NAME/REINSTALL THE PROTAGONIST‘

erschien in Flammenschrift und begann zu blinken, zusammen mit der Zahl 66:59 in einem Rahmen im rechten oberen Eck des Bildschirms und begleitet von einem absolut entnervenden elektronischen Quäken.

„Ja, was soll das denn?“, brüllte Folkmar, außer sich, und entdeckte erst da, dass er die Kontrolle über Maus und Tasten zurück hatte. „Das steht doch wohl außer Frage, wer hier die Protagonistin ist! Und was heißt hier ‚reinstallieren‘?“ Wütend scrollte er hoch. Und stutzte. Da fehlte etwas an Text. Einiges, um ehrlich zu sein.

Hohl und tragisch verhallten die letzten Klöppelschläge der Totenglocke. Said Wainda schluckte und sah woanders hin.

Wie alle Männer war er geblendet von fantastischer erotischer Ausstrahlung.

„Hauptsache, du lebst“, fand er, tröstend.

„Wanda Molanski?“, fragte Said, sorgenvoll. „Die Brooklyn-Würgerin?“

Und so ging es weiter. Ein vollkommen sinnlos zusammengestoppelter Text, in dem Pussy Cat nicht die geringste Erwähnung fand. Entschlossen zog er die Seiten ganz herunter, zum Anfang.

Das Böse in Uniform

Von Hermine Inaway

„Sie ist weg“, stellte er fest. „Pussy. Einfach weg. Ich kapiere es nicht. Was soll der Scheiß?“

„Trag sie wieder ein“, riet Elmo.

Folkmar versuchte sich am Titel, doch das Programm verweigerte die Annahme. Gleichzeitig ging das elektronische Quäken weiter. Und das Display zeigte nur noch 66:57 an.

„Versuch mal, den Text zu schließen.“

Folkmar versuchte, der Text schloss, das Quäken erstarb.

Die beiden atmeten auf.

Nur die rückwärts zählende Uhr blieb weiterhin in ihrer rechten oberen Ecke des Bildschirms sichtbar.

„Okay“, resümierte Elmo. „Fakt ist: Deine Hauptfigur, Pussy Cat, ist weg. Verschwunden. So viel wissen wir. Doch – auch auf die Gefahr hin, dass das jetzt bescheuert klingt – aber wo, bitte schön, ist sie hin?“

Pussy Cat schloss die Tür hinter sich. Der weiß gekachelte Toilettenraum war ihr nur zu vertraut, obwohl es sie schon ein wenig irritierte, bis heute nie bemerkt zu haben, dass ihr Wohnhaus quasi Rücken an Rücken mit dem Gebäude der Olde Cologne Bar dastand.

Und dann traf es sie, mit Wucht diesmal: Sie spreizte ihre Finger, starrte. Natürlich war ihr immer bewusst gewesen, roten Nagellack zu tragen. Nur, plötzlich konnte sie es auch *sehen*. Mit einem Schritt war sie beim Spiegel und hob ihre Rechte auf Höhe ihrer Wange, Nägel nach außen. Und atmete erleichtert auf. Das Rot von Nagellack und Lippenstift harmonierte. Was ihr etwas weniger gefiel, war das Mauve ihres Kostüms. Nicht einhundertprozentig ihre Farbe, musste sie feststellen, doch das wurde, mal ganz ehrlich, aufgewogen vom Platinschimmer ihres Haares. So viel echter, so viel lebendiger als in Schwarz-Weiß.

Beschwingt machte sie sich auf in die Bar. Jetzt ein steifer Drink, dann von irgendwoher eine Schusswaffe aufgetrieben und anschließend würde sie Wanda Molanski auf direktem Weg zur Hölle schicken. Doch erst ein Drink.

Elmo goss den letzten Rest vom Notfall-Whisky in zwei Gläser. Die Stimmung war, alles in allem, etwas gedrückt. Die vollständige Abwesenheit jeglicher Barschaft gekoppelt an mangelnde Aussicht auf Einkommen hat schon mal diesen ernüchternden Effekt, der am besten mit der Einnahme geistiger Getränke bekämpft wird.

Folkmar sah sich obendrein zusammen mit seiner Hauptfigur auch noch seiner Arbeit beraubt, während Elmo ohne ein vorzeigbares Manuskript kein vernünftiger Grund einfallen wollte, bei Isadora Schuster vorzusprechen.

Es war verfahren. Und gruselig zugleich. Genauso wenig, wie sich der Rechner herunterfahren oder lahmlegen lassen wollte, konnte man das Celldoor-Programm deinstallieren. Zwei Versuche hatten sie gestartet. Beim ersten waren sämtliche Glühbirnen der Wohnung durchgebrannt. Beim zweiten war der Fernseher implodiert. Einen dritten Versuch wagten sie nicht, und sei es nur, weil keiner mehr diese grausame Lache hören wollte, die jedes Mal den Fußboden zum Beben gebracht hatte.

Und nicht nur, dass Celldoor sich seiner Deinstallation widersetzte – es ließ sich auch nicht austricksen.

Folkmar hatte alles Mögliche probiert – Pussy Cat umbenannt, eine komplett neue Story angefangen, schließlich sogar versucht, einfach mit Said Wainda weiterzumachen –, jedes Experiment endete nach kürzester Zeit mit der Forderung, die ursprüngliche Protagonistin wieder einzuführen, begleitet von viel entnervendem Gequäke.

Jetzt saßen sie da bei Kerzenlicht und wrangen ihre Hirne.

Von einem Augenblick auf den anderen schien es für sie ohne Pussy Cat keine Zukunft zu geben. Ein Gedanke von solcher Abstrusität, dass der Griff zur Flasche geradezu zwangsläufig wirkte.

„Irgendwas ist hier anders“, sagte Pussy und ließ sich grazil auf einem Barhocker nieder. Sie hatte schon so manchen Modewandel miterlebt, doch dass von heute auf morgen kein Mann – kein einziger – mehr Wert auf Hut und Anzug legte, war reichlich befremdlich.

„Das kannst du wohl laut sagen", meinte die Blonde hinter der Bar und starrte sie an. Genau wie ein Großteil der Trinker an der Bar. Aber Männer starrten immer und überall, wo Pussy auftauchte, das war sie gewohnt. Triebgesteuert, einer wie der andere. Ein Augenaufschlag, ein Fingerschnippen, und sie lagen auf dem Bauch und leckten ihr die Füße. Peinlich.

„Ihr habt umdekoriert", stellte Pussy fest. „Wo ist denn der Dom geblieben?" Das Wandgemälde hinter der schmalen Bühne zeigte plötzlich die New Yorker Skyline, was keinen Sinn machte in einer Bar mit dem Namen ‚Olde Cologne'.

„Umdekoriert", echote Lucy höhnisch und betrachtete den komplett umdekorierten Folkmar Windell wie schwimmendes Grün oben auf einem Erdbeerjoghurt. „Wir." Endgültig durchgeknallt, war ihr Eindruck. Sie hatte es lange kommen sehen, nur wann und wie es dann tatsächlich passiert, ist doch immer überraschend. „Und seit wann weißt ausgerechnet *du* nicht mehr, wo der Dom ist?"

Die Thekenschlampe, die der verdienterweise bei einem Fenstersturz ums Leben gekommenen Juicie erstaunlich ähnlich sah, begleitete diese Frage mit einer Geste, die Pussy sich genauso zu verstehen weigerte wie den möglichen Sinn. Dieser blondierte Wanderpokal verhielt sich auffällig merkwürdig. Wahrscheinlich bekam sie ihre Tage. Das warf manche Frauen ja regelrecht aus der Bahn. Die labileren zuerst, natürlich.

„Ach vergiss es", meinte Pussy großzügig. „Mach mir lieber einen Highball." War wahrscheinlich nur neidisch, eifersüchtig, das billige Weibsstück, wie die meisten.

Lucy schnaubte. „Ed hat gesagt, solange du deinen

Deckel hier nicht bezahlst, kriegst du gar nichts mehr." Sie machte einen unwillkürlichen Schritt zurück. Diesen Blick hatte sie bei Folkmar Windell noch nie gesehen. Knallhart, der Blick, und mehr als nur ein bisschen irre. „Was ist mit deinen Augen?", fragte sie kritisch. „Hast du was genommen?"

„Mascara, von Revlon, was sonst?", fragte Pussy spitz zurück. „Und wenn hier aus welchen Gründen auch immer meine Kreditwürdigkeit angezweifelt wird, geh und hol mir Eddy her!"

Lucy zögerte. Der Letzte, der Ed mit ‚Eddy' bekosenamt hatte, war mit zwei zugeschwollenen Augen aufgewacht. Doch dann ging sie ohne ein weiteres Wort nach hinten. Schlecht verkleidete Gäste auf Droge und mit aggressiver Attitüde waren ganz eindeutig Eds Ressort.

„Ich hatte gedacht, wir könnten eventuell den Fernseher in die Pfanne bringen und dafür einen neuen Rechner anschaffen, aber ..." Elmo betrachtete trübsinnig den schwarz verräucherten, bildschirmlosen Rahmen mit seinem verschmurgelten Inneren. „Auf dem Konto ist auch nichts mehr?"

„Nur Miese."

„Einen PC könnten wir doch bestimmt mit Kreditkarte bezahlen."

Folkmar lachte bitter beim Gedanken an die leichtsinnigen ersten Monate mit der Karte und was für einen Rattenschwanz an hochnotpeinlichen Zahlungsschwierigkeiten die mit sich gebracht hatten.

„Zeig die irgendwo vor", meinte er säuerlich, „und du hast anschließend zwei."

„Okay, aber – reg dich jetzt nicht auf, aber ... wenn du

den Wagen verkaufst, könnten wir davon die Miete *und* einen neuen Rechner –"

„Niemals!"

„Folkmar, nimm's mir nicht übel, aber das Ding ist ein Schrotthaufen und finanziell gesehen ein Fass ohne Boden. Nimm nur allein die Strafzettel, die …"

„Dafür kann doch der Wagen nichts!" Folkmar blickte finster drein, regelrecht biestig. Der Wagen – ein VW Käfer der allerersten Baureihe, mit ‚Brezelfenster' hinten – war exakt das gleiche Fahrzeug, mit dem Jack Knife durch sämtliche seiner sechzig Abenteuer gerast war. Und es hatte ihn nie im Stich gelassen. Selbst im dichtesten Kugelhagel nicht. So etwas verscherbelt man nicht einfach.

„Nein", sagte er. „Ehe ich diesen Wagen verkaufe, ziehe ich lieber unter die Brücke."

Und ich ziehe mit, dachte Elmo gallig. Oder – er schauderte von Kopf bis Fuß – oder zurück zu … *Mutter.*

„Vielleicht sollten wir das Programm noch mal starten", schlug er vor. „Es muss einfach einen Trick geben, Pussy Cat zurück in die Story zu zwingen."

„Du nennst mich noch einmal ‚Volle', Eddy", knurrte Pussy, „und ich reiße dir ein Ohr ab und geb's dir anschließend zu fressen."

Ed kochte. Er brodelte innerlich. Erst holte ihn dieser lächerlich kostümierte Fatzke vom Spieltisch weg und jetzt bettelte er auch noch um Schläge. Und das – Ed fächerte es noch mal kurz und verstohlen auf –, das ausgerechnet mit einem Blatt wie diesem auf der Hand.

„Also, was willst du?", fragte er barsch. „Und nenn mich nicht ‚Eddy'", fügte er drohend hinzu.

„Einen Highball. Wie oft muss ich das noch wiederholen?“

„Mach ihm einen“, sagte Ed leise zu Lucy. Er gab nach, aber das brauchte keiner von den ganzen Hängern am Tresen mitzubekommen. „Und wenn es sein muss, noch einen zweiten“, fügte er noch leiser hinzu. „Hauptsache, der Clown ist noch hier, wenn ich die Runde zu Ende gespielt habe.“

Und dann werden wir sehen, wer wem was zu fressen gibt, dachte er, mit einem kurzen, kalkulierenden Blick auf Windells überbordende Lockenpracht. Da möchte ich nicht dabei sein, dachte er noch auf dem Weg zurück an den Spieltisch, wenn er die wieder ausscheißt.

Pussy nahm ihren Highball huldvoll entgegen, kippte ihn in einem Zug, sagte erst: „Noch einen“, und dann: „Ahh.“ Viel hätte nicht gefehlt, und sie hätte sich den Mund mit dem Ärmel ihrer Kostümjacke gewischt. Doch dann erinnerte sie sich ihrer Manieren, schnickte rasch ihr Handtäschchen auf, zupfte ein Kleenex hervor und tupfte sich damenhaft die Lippen. „Jetzt geht's mir schon besser. Hier, sieh dir das an“, forderte sie und nahm der nun um einiges höflicher auftretenden Blonden den zweiten Drink aus der Hand. „Kommt dir dieses Weibsbild irgendwie bekannt vor?“

Lucy warf einen Blick auf das Foto und nickte. Man soll bei Verrückten immer mitspielen, hatte sie irgendwo gelesen. „Die geht hier im Viertel oft Streife“, sagte sie, als ob Windell das nicht am besten wüsste. „Wenn auch in einer anderen Uniform. Ist übrigens gut möglich, dass sie den Abschleppwagen gerufen hat, der draußen gerade dein Auto an den Haken nimmt.“

Pussy, mit dem zweiten Drink gerade am Hals, fuhr herum.

„Die Sache ist ganz einfach“, erklärte Arthur Knochenmüller, der Abschleppwagenfahrer, der diese Art von Gespräch rund fünfzig Mal in der Woche führte. „Entweder du zahlst mir die Anfahrt, Herzchen, oder …“

„Habe ich recht gehört?“, unterbrach ihn Pussy. „Haben Sie mich gerade ‚Herzchen‘ genannt?“

„Ja, das hast du“, antwortete Arthur, einer von drei grobschlächtigen Brüdern, die gemeinsam ein Abschleppunternehmen, einen Schrottplatz und eine Kampfhundezucht betrieben und sich ihr Leben lang noch von niemandem hatten den Mund verbieten lassen. Schon gar nicht von – ha! – von einer perücketragenden Transe mit einem Gesicht wie ein Teller Vanillepudding. Seine Hand fand wie von alleine das unter der Bracke seines LKWs verstaute Reifeneisen. „Ich hab dich tatsächlich gerade ‚Herzchen‘ genannt“, bekannte er dann, „*Herzchen.*“

Folkmar schlug entnervt mit der Faust auf seinen Schreibtisch. Elektronisches Quäken war alles, was sie erreichten. Said Wainda und Wanda Molanski standen beziehungsweise saßen antriebslos in Pussy Cats Appartement herum und keiner wusste, wie es ohne Pussy weitergehen sollte. „Was mich dabei fast am meisten fuchst“, meinte er, „ist der Umstand, dass ich im Grunde noch total am Anfang stehe, was Pussy Cats Entwicklung angeht. Wenn ich ehrlich bin, erscheint sie mir in ihrem momentanen Stadium noch etwas, tja, burschikos.“

Arthur Knochenmüllers Reifeneisen segelte davon und

er schlug seitwärts aus wie das Pendel eines Metronoms, als Pussy ihm mit ihrer Handtasche eine Breitseite gegen den Schädel verpasste. Der sich direkt anschließende Tritt in die Weichteile hob ihm die Füße vom Boden und ließ ihn beim Runterkommen zusammenklappen wie zwei Buchdeckel, doch ein hochgerissenes Knie gegen den Zinken richtete ihn wieder auf und brachte ihn so in die perfekte Stellung für eine wirklich deftige, genau aufs Auge gezielte rechte Gerade.

Barkeeper Ed kam aus dem Hinterzimmer in keiner üblen Laune zum Töten. Diese scheiß Unterbrechung durch Folle Windel hatte ihn die Konzentration und damit – trotz des fantastischen Blatts – das Spiel und damit einen gottverdammten Haufen Kohle gekostet. Einen Riesenhaufen Kohle, um ehrlich zu sein.

„Wo ist er?“, bellte er Lucy an.

Die deutete mit dem Kinn zum großen Fenster der Bar. Ed drehte den Kopf und bekam so gerade noch mit, wie draußen der Trumm von einem Abschleppwagenfahrer schlagartig von der Senkrechten in die Waagerechte wechselte, in der er rücklings den nächsten Blumenkübel ansteuerte, ohne unterwegs auch nur noch einmal den Boden zu berühren.

„Ich brauch was zu trinken.“ Folkmar spürte, wie ihn der Ärger übermannte. Er ärgerte sich maßlos. Erstmal darüber, sich gegenüber seiner Verlegerin nicht durchgesetzt zu haben, dann, dieses verdammte Programm installiert zu haben, und schließlich ärgerte er sich darüber, sich mit diesen beiden Schritten direkt in eine kreative wie finanzielle Sackgasse manövriert zu haben. Trinken, das musste er jetzt. Scheißegal, was. Er stand auf, schnappte sich die rosa Kristallkaraffe, hatte den geschliffenen Stöpsel schon gepackt, als Elmo ihm in den Arm fiel.

„Lass, Folle! Das Zeugs ist irgendeine Medizin, und ich bin mir nicht sicher, wofür oder wogegen. Wenn mich damals mein Arabisch nicht getäuscht hat und heute mein Gedächtnis, hat es entfernt irgendwas mit Hormonen zu tun. Wir wollen doch nicht, dass dir Titten wachsen, oder?“ Und er lachte, wie man so lacht, wenn einen das Gegenüber zeitgleich finster anstarrt.

„Dann gehen wir eben in die Kneipe“, entschied Folkmar.

Ihr Autochen an den Haken zu nehmen! Ihr treues Käferchen!

Pussy hob das Reifeneisen auf und feuerte es in die Heckscheibe des Abschleppwagens, dass es durch die Frontscheibe wieder ins Freie fand.

Dann probierte sie die Bedienungshebel der Hebevorrichtung durch, bis einer ihr Autochen wieder hinab auf seine vier Räder ließ. Zufrieden rauschte sie zurück in die Bar, um ihr Glas auszutrinken und nachzufragen, in welche Richtung die ‚Falsche Polizistin‘ entschwunden war.

Die Auskunftsfreude von Ed und Lucy hätte nicht größer sein können.

Der Käfer mit dem Brezelfenster jagte die Straße hinunter und bog schlitternd ums nächste Eck.

„Isch schie weg?“, fragte die reglose Gestalt im Blumenkübel, die offenbar soeben ein bis dahin verborgenes

Talent zum Bauchreden an sich entdeckt zu haben glaubte. „Isch schie wirklich weg? Schicher?“

Es sollte das letzte Mal gewesen sein, dass Arthur Knochenmüller eine Frau oder, so gesehen, *irgendjemanden* mit ‚Herzchen‘ angesprochen hatte.

„‚Selbstmord‘? ‚Aus niederen Beweggründen‘? Dieser selbst ernannte *Hobbydetektiv* stößt einfach eine Frau aus einem Fenster im vierzehnten Stock, und diese Nulpe von Chief Inspector McIntyme geht hin und küsst ihm auch noch den Arsch dafür!“

„Führen Sie wieder Selbstgespräche, Meckenheim?“, kam es knarzend aus dem Lautsprecher hoch über seinem Schreibtisch.

„Nein, ich probe für mein Seminar zum Thema ‚Permanente Realitätsferne in der Kriminalliteratur‘.“ Kriminalkommissar Emil Meckenheim hatte es schon lange aufgegeben, seine solitären Gedankenäußerungen als peinlich zu empfinden. Ein Mann kann nur so und so viele Jahre allein in einem winzigen, fensterlosen Büro hocken, ohne damit anzufangen.

„Nun, das müssen Sie später weiterproben. Sie haben einen Einsatz.“

Kommissar Meckenheim stand, ohne den Vorgang des Aufstehens mitbekommen zu haben. Ein Einsatz war ein seltenes Glück für den mit Abstand unterbeschäftigsten Beamten der Kölner Polizei.

„Wo?“, fragte er.

„Altstadtgasse.“

Okay, es war Nacht und das Licht ihrer Scheinwerfer nicht das hellste, und doch wurde es Pussy mit jedem gefahrenen Meter klarer, dass dies nicht New York sein konnte. Und schon gar nicht das New York der vierziger Jahre. Gut, sie erkannte eine Menge wieder – da vorn war das Plaza, auch wenn es hier ‚City-Hotel' hieß, und durch eine Seitenstraße hatte sie gerade einen Blick auf den Fluss erhascht, ganz da, wo er sein sollte, auch wenn sie sich jetzt schon so gut wie sicher war, dass es sich nicht um den Hudson handelte.

Dann ragte er plötzlich vor ihr auf, der hässliche schwarze Kasten mit den spitzen Zwillingstürmen, und mit einem Schlag begriff sie, wo sie nach Passieren der hinteren Zellentür gelandet war: in Cologne, somit auf einem fremden Kontinent und obendrein in einer anderen Zeit, in der Zukunft. Sie stoppte den Wagen, momentan überwältigt.

Ein anderer Ort, eine andere Zeit, das … das eröffnete ganz neue Möglichkeiten. Dies war ihre Chance, eine andere Person, eine andere … Frau zu werden. Vielleicht – der Gedanke hatte etwas Elektrisierendes –, vielleicht könnte sie sich in der neuen, bunten Umgebung komplett neu erfinden! Möglicherweise sogar die Verbrecherjagd an den Nagel hängen und … Das Wort ‚Familie' griff mit sachter Hand nach ihrem Herzen und ließ ihren Busen über einem unwillkürlichen Seufzer wogen. Doch keinesfalls – da brach sich die toughe, pragmatische Pussy in ihr wieder Bahn – keinesfalls würde sie sich in die Abhängigkeit von einem Mann begeben. Sie war eine selbständige Frau und würde es bleiben, doch dafür brauchte sie Kapital. Und sie wusste, wo Kapital auf sie wartete. Jede Menge davon. In Form eines fetten Diamanten. Der Roosveldt-Diamant, um genau zu sein, ein Stein von solchem Feuer, dass er selbst im Schwarz-

Weiß als rosa zu erkennen gewesen war. Und Pussy wusste auch, wer sie zu diesem Klunker führen würde. Sabie Tooth, die ‚Falsche Polizistin'. Sie musste sie nur finden, und dann … Dann würde sie weitersehen.

Pussy klopfte mit grimmiger Entschlossenheit den Gang rein und machte sich auf die Jagd.

„Nein, nein, da war nichts. Alles … alles in Ordnung."

Arthur Knochenmüller war ein dreister, wenn auch nicht unbedingt begnadeter Lügner.

„Wie, da war nichts?!" Kommissar Meckenheim spürte seinen Kamm schwellen. Da schickte man ihn mal zu einem Einsatz, und dann verweigerte ausgerechnet das Opfer die Kooperation. „Wir haben einen Notruf erhalten und ich habe hier die Aussagen gleich dreier Anwohner und Passanten, wonach Sie in Ausübung Ihrer Tätigkeit von einer PKW-Halterin zusammengeschlagen worden sind, offenbar damit diese Person sich den rechtlichen Konsequenzen einer Verkehrsordnungswidrigkeit entziehen konnte."

Das wäre jetzt selbst an einem seiner besseren Tage doch etwas sehr viel Text auf einmal gewesen für Arthur Knochenmüller.

„Unsinn", entgegnete er, pauschal.

„Was ist denn dann mit Ihrem Auge passiert?" Meckenheim hatte einen Fall, und den würde er sich nicht von einem bockigen Zeugen zunichte machen lassen.

„Da hab ich mich beim Rasieren ge… gestoßen." Knochenmüller war wirklich nicht der Kreativste, wenn es um Unwahrheiten ging.

„Und wo, bitte schön, ist der Wagen, den Sie auf polizeiliche Anweisung hin abzuschleppen hatten?"

„Kann das sein, dass Sie hier von einem braunen VW-Käfer reden?“, mischte sich Folkmar Windell ein. „Kennzeichen K-JK 45? Der sollte nämlich genau hier parken. Ist doch richtig?“, wandte er sich an seinen Freund Elmo. Elmo bestätigte, das Auto nach dem Einkaufen an genau dieser Stelle abgestellt zu haben.

Meckenheim drehte sich langsam, ganz langsam zu dem Duo um.

„Sie ...“, sagte er, wie man ‚Sie ...‘ zu jemandem sagt, den wiederzutreffen man nicht glauben kann oder vielleicht ganz einfach nicht wahrhaben will.

„Hey, hallo, Meckenheim“, grüßte ihn Windell, der nicht wusste, ja noch nicht einmal ahnte, dass er, er ganz allein, für die andauernde berufliche Misere Meckenheims verantwortlich war und deshalb, wann immer sie sich begegneten, etwas linkisch und verunsichert auf den tiefen Groll und die bodenlose Verachtung in der Haltung des Beamten reagierte.

„Für Sie ‚Kommissar Meckenheim‘“, knurrte der Polizist.

„Hey, hat man Sie endlich zum Kommissar befördert? Glückwunsch!“

Ja, hatte man. Endlich. Nach zig Anträgen, nach Ablegung sämtlicher Prüfungen mit Bestnote, nach zahllosen Schreiben an den Regierungspräsidenten, nach der Drohung mit Klage und nachdem seine Vorgesetzten über Jahre nichts, aber auch gar nichts unversucht gelassen hatten, ihm aus dem ‚Vorfall am Dom‘ einen Strick zu drehen. Schließlich hatten sie ihn ernennen müssen, und als Resultat saß er nun tagaus, tagein in einem Zehneinhalb-Quadratmeter-Verlies, von dem die wenigsten Kollegen wussten, dass es überhaupt existierte. Doch sein Tag würde kommen, da war sich Emil Meckenheim sicher, und das würde der Tag sein, an dem er Folkmar Windell persönlich die stählerne Acht um die Handgelenke legte und strammzog.

Der Abschleppwagenfahrer zupfte ihn am Ärmel und murmelte etwas, offenbar im Versuch, dabei nicht die Lippen zu bewegen.

„Hab ich das gerade richtig mitbekommen", erkundigte sich Windell mit einem Unterton von Empörung, „Sie haben sich mein Auto praktisch unter der Nase wegklauen lassen?"

„Daschischer", zischte der Abschleppwagenfahrer zwischen zusammengepressten Zähnen hervor und blickte angestrengt in eine Richtung, in der es eigentlich nichts zu sehen gab.

„Moment", sagte Meckenheim zu Windell und ließ sich ein Stück fortziehen.

„Daschischer", wiederholte Knochenmüller in fortgesetztem Bemühen seines – neben dem zum Lügen – zweiten mangelnden Talents, dem Bauchreden.

„Das ist wer?", fragte Meckenheim.

„Daschischer, nä, daschisch*ie*, *schie*! Die Furie, die mich umgeschmiert hat", raunte der Fahrer etwas klarer.

„Aber, Moment mal – ich habe gleich drei Aussagen, dass es eine Frau war, die Sie attackiert hat. Und obendrein haben Sie den Umstand bis gerade noch geleugnet."

„Mann, Frau – sind wir hier in Kölle, oder wo?"

Ein Ruck ging durch den Kommissar. Unwillkürlich tastete er nach den Handschellen an seinem Gürtel, nach der Dienstwaffe in ihrem Holster. „Also", er hob die Stimme, „Sie beschuldigen hiermit diesen Mann dort", Meckenheim zielte mit ausgestrecktem Arm und Finger auf Windells verständnislosen Gesichtsausdruck, „Sie in Ausübung Ihrer von behördlicher Seite angeordneten Tätigkeit attackiert und erheblich verletzt und im direkten Anschluss das von Ihnen beschlagnahmte Fahrzeug entwendet und zur Flucht genutzt zu haben?"

Arthur Knochenmüller achtete darauf, den Kommissar sicher zwischen sich und dem Beschuldigten zu haben, bevor er mit fester Stimme „Jawohl", sagte. Seine beiden Brüder würden sich für den Rest ihrer Tage nicht mehr darüber einkriegen, dass er von einer Transe vermöbelt worden war, aber Schmerzensgeld ist Schmerzensgeld und da war ja auch noch die Frage der kaputten Scheiben am LKW. Von den Kosten der Anfahrt mal ganz zu schweigen. „Er war's, hundertprozentig. Buchten Sie ihn ein. Der ist gefährlich."

Und Emil Meckenheim sprach die Worte, die ihm schon seit Jahren unter den Nägeln brannten, die er schon hunderte von Malen in fiebrigen Träumen gesprochen hatte: „Folkmar Windell, Sie sind hiermit verhaftet."

Wo blieb nur Knochenmüller? Im absoluten Halteverbot abgestellt, halb auf einer schraffierten Fläche und mit zwei Reifen eindeutig auf der unter allen Umständen freizuhaltenden Rampe zum Rhein, schrie dieses Fahrzeug nur so danach, abgeschleppt zu werden. Polizeiobermeisterin Sabrina Zahn war noch mit dem Ausfüllen des Formulars für die Beweisaufnahme beschäftigt, als sie aus dem Augenwinkel ein schlecht beleuchtetes Fahrzeug wahrnahm, das mit hoher, ja – gemessen am Zustand der unebenen Straßenoberfläche aus Blaubasalt-Kopfsteinpflaster –, halsbrecherischer Geschwindigkeit näher kam. Der Wagen passierte eine

Laterne und sie erkannte ihn unzweifelhaft als den Volkswagen, der sich vorhin der Beschlagnahme entzogen hatte und der nun, wie man ihr per Funk mitgeteilt hatte, zur Fahndung ausgeschrieben war. Polizeiobermeisterin Zahn hob den Arm und stellte sich dem Käfer in den Weg.

Dies war nicht sein Tag, und seine Nacht war es auch nicht, dämmerte Kommissar Meckenheim mehr und mehr. Er rannte. Und er haderte. Er rannte zum nächsten Einsatz, zum nächsten Tatort, und er haderte mit seinem Schicksal dabei.

Windell hatte, die Handschellen schon stramm um die Gelenke, ein Alibi aus der Tasche gezaubert! Für die Tatzeit! Sein Kumpel Elmo Jock hatte geschworen, einen heiligen Eid geleistet und jederzeit zu wiederholen versprochen, sie seien zusammen zuhause gewesen, als der Abschleppwagenfahrer verprügelt wurde. Und dieser Wirt und seine Thekenschlampe, aus deren Bar heraus der Täter auf sein Opfer losgegangen war und die etwas von dem Vorfall gesehen haben *mussten*, die hatten bei der Gegenüberstellung mit Windell nur herumgedruckst und ihn de facto weiter entlastet.

Und – hier fing die Geschichte an, vollkommen in einen Bereich abzudriften, der sich der Protokollierung entzog – noch während er zähneknirschend dabei war, dem Dreckskerl die Handschellen wieder abzunehmen, hatte ihn ein Notruf ereilt, in dem Windell, *derselbe* Windell, den er praktisch beim Händchen hielt, bei einem versuchten Totschlag durch Überfahren einer Kollegin zweifelsfrei erkannt worden war, wenn auch wieder in seiner weiblichen Kostümierung. Meckenheim rannte, und er haderte. Oh Mann, wie er haderte.

Sabrina Zahn, nach außen hin die Ruhe selbst, registrierte einiges an Aufruhr in ihrem Inneren. Sie hatte ihre Dienstwaffe abgefeuert! Die Schüsse sangen noch in ihren Ohren. Der Schreck, das Realisieren, dass das Fahrzeug keineswegs auf ihr Handzeichen reagieren und anhalten würde, sondern ungerührt mit Vollgas, mit *Absicht*, weiterhin genau auf sie zuhielt, war gewaltig gewesen. Nur ihrer Sportlichkeit und ihren Reflexen war es zu verdanken, dass sie sich auf die Haube des falschparkenden Geländewagens hatte retten können. Buchstäblich dem Tod noch mal von der Schippe gesprungen, doch als Resultat davon fühlte sie sich jetzt lebendig und auf eine schwer zu beschreibende Art erregt wie selten zuvor.

„Versuchter Totschlag, Angriff mit tödlicher Intention auf eine Polizeibeamtin“, resümierte Kollege Meckenheim mit Blick auf den Rhein, in dessen braunen Fluten zwei Feuerwehrtaucher damit beschäftigt waren, Arthur Knochenmüllers Windenseil am vollständig versunkenen Käfer Windells zu befestigen.

Tödliche Intention, wohl wahr. Da war Mordlust, unverblümte Mordlust zu erkennen gewesen in den blauen Augen unter der lächerlichen Perücke.

Ein Raunen ging durch die Menge der Schaulustigen, als das geteilte Heckfenster des Wagens aus den Fluten auftauchte.

„Die Taucher sagen, es befindet sich niemand mehr im Fahrzeug, aber warten wir noch ein paar Minuten ab“, meinte Meckenheim, über das hochdrehende Motorengeräusch der Winde hinweg. „Alles okay mit Ihnen?“

Polizeiobermeisterin Zahn nickte, schenkte dem untersetzten, rotnasigen, etwas stoffeligen Kommissar ein tapferes Lächeln.

Sie war die Ruhe selbst, ihre Gedankengänge ein Muster an Klarheit, die Ehrlichkeit mit sich selbst dabei ein Novum. Sie hatte diese Attacke in gewisser Weise selbst verursacht, ging ihr auf. Die Gründe für das Abschleppen des Käfers waren juristisch zumindest anfechtbar. Es war ihr dabei auch gar nicht so sehr um die Durchsetzung der Straßenverkehrsordnung gegangen als vielmehr darum, diesen windelweichen Windell zu provozieren, ihn mal richtig zum Ausrasten zu bringen. Das war ihr gelungen, musste sie sich eingestehen, mit einem leichten Zittern in Erinnerung an dieses heißkalte Glühen in seinen Augen. Leider hatte er anschließend die Kontrolle über sein Fahrzeug verloren, war die Rampe hinab in den Fluß gerauscht und dann, wie es aussah, angesichts der offenen Fahrertür und des menschenleer vor sich hintriefenden Innenraums des Käfers, Opfer der tückischen Strömung des Rheins geworden.

„Und Sie sind sich wirklich sicher, in der Fahrerin Folkmar Windell erkannt zu haben? Ganz sicher?"

„Einhundert Prozent", antwortete Sabrina. Er war es gewesen, diese bisher immer so schlaffe Socke. Doch diesen einen Moment, diesen einen, geteilten Sekundenbruchteil kurz vor dem erwarteten Zusammenprall hatte er gelebt, ja, gestrotzt vor Leben, der Schundromanpoet. Das, fand Sabrina, sollte es ihm wert gewesen sein.

„Und wenn Sie damit fertig sind", wies sie den Abschleppwagenfahrer an, „nehmen Sie den Geländewagen hier an den Haken."

„Sag mal, Elmo. Denkst du, was ich denke?", fragte Folkmar, mehr oder weniger in sein Glas hinein.

„Was denn? Dass Ed sich heute Abend irgendwie seltsam verhält? Was ist nur aus seinem üblichen ‚Zahl-deinen-Deckel-oder-ich-reiß-dir-den-Sack-ab'-Gehabe geworden? Hat er uns gerade allen Ernstes einen ausgegeben? Hat er …" Elmo nahm einen Schluck, er brauchte ihn, aber echt. „… hat er wirklich, tatsächlich, *ernsthaft* vorgeschlagen, dir zur Überbrückung deiner Zahlungsschwierigkeiten einen Job als Disco-Türsteher zu vermitteln?" Folkmar Windell als Türsteher. Der einzige in ganz Deutschland mit Sandalen an den Füßen. Die Welt war in den letzten vierundzwanzig Stunden verrückt geworden und nur hohe Dosen von Alkohol schienen einen davor bewahren zu können, mitgerissen zu werden. Elmo nahm noch einen Schluck. Winkte Lucy. Die – beim ersten Winken! Nicht erst nach zwanzigfachem Wedeln und mindestens dutzendfachem Rufen ihres Namens – *augenblicklich* zu ihnen kam und unaufgefordert ihre Gläser füllte. Verrückt, die Welt, kein Stein mehr, wie er war, und alles.

„Nein, mich beschäftigt etwas ganz anderes", meinte Folkmar, auch verrückt geworden, wie alle und alles um Elmo herum. „Die Frau, die den Abschleppwagenfahrer niedergeschlagen hat und dann mit meinem Auto auf und davon ist: Kam dir die Beschreibung nicht bekannt vor? Die blonde Lockenpracht?"

Die blonden Locken, oh ja. Elmo hatte Folkmar erinnern müssen, sie wieder abzunehmen, oder er wäre so aus dem Haus gegangen.

„Dazu ein Chanel-Kostüm, hochhackige Schuhe und ein, na ja, immer noch ein bisschen sehr maskulines Temperament?"

Elmo nahm einen nachdenklichen Schluck. Auch

nicht der übliche Terpentinersatz, den Lucy ihnen da verpasste, sondern etwas, das man tatsächlich trinken konnte, ohne dabei heimlich um sein Augenlicht fürchten zu müssen. Dann ging ein Ruck durch ihn.

„Du meinst ..." Er sprach es nicht aus. Oh nein. Das war zu verrückt, eindeutig, selbst in einer aus den Fugen geratenen Welt voller Bekloppter. Undenkbar. Trotzdem blieb der Gedanke hängen, kitzelte seine Zunge, wollte geäußert werden, nagte an ihm. „Du meinst ... diese Frau, das war ... Pussy Cat?"

Noch ehe Folkmar antworten konnte, schlug die Tür und Kommissar Meckenheim drängte sich zwischen sie.

„Sie leben", sagte er zu Windell und weder Tonfall noch Miene ließen den geringsten Zweifel an seinem Mangel an Frohsinn über diesen Umstand. „Ich bin extra noch mal hergekommen, nur um mich davon zu überzeugen. Polizeiobermeisterin Zahn nimmt es auf ihren Diensteid, dass Sie vor einer halben Stunde erst versucht haben, sie mit Ihrem Auto zu überfahren und anschließend vermutlich tödlich im Rhein verunglückt sind, und hier sitzen Sie, äußerlich trocken, wenn auch innerlich offenbar gut durchfeuchtet. Wie erklären Sie das?"

„Ed hat einen ausgegeben", sagte Windell, entschlossen, nur das Erklärbare zu erklären und das Unerklärliche unerklärt zu lassen, „und die Begleichung meines Deckels als ‚nicht so dringend' bezeichnet. Das muss man ausnutzen. Auch einen?"

Der Kommissar winkte schroff ab. „Sie wissen ganz genau, dass ich nicht trinke. So genau wie ich weiß, dass Sie sich bei jeder Gelegenheit volllaufen lassen, so dass Sie mich mit der Entstehungsgeschichte Ihres momentanen Rauschzustandes verschonen können und mir stattdessen erläutern sollen, wie Sie es schaffen, an zwei Orten und in zwei Kostümierungen gleichzeitig gesehen zu werden."

„Wissen Sie, dass Sie einen Hang zur Bildung langer Sätze haben?"

„Nein."

„Haben Sie gerade ‚tödlich verunglückt' gesagt?"

„Dem Anschein nach. Eine Leiche ist bisher allerdings noch nicht geborgen worden. Wie denn auch. Sitzen Sie doch offensichtlich lebend vor mir. Doch Sie haben meine Fragen unbeantwortet gelassen."

„Und was ist mit der ‚Fal...', was ist mit der Polizistin?"

„Äußerlich unverletzt."

Windell grunzte missmutig.

„Wenn Sie jetzt meine Fragen beantworten würden?"

„Welche Fragen?" Windell trank Scotch, obwohl er noch nicht mal Bier besonders gut vertrug, und ab etwa dem dritten war es mit seiner geistigen Klarheit nicht mehr weit her.

„Wo genau haben Sie sich in den letzten fünfundvierzig Minuten aufgehalten?"

„Hier."

„Haben Sie dafür Zeugen?"

Windell sah sich fragend um, der Kommissar folgte seinem Blick und registrierte eine Menge nickender Köpfe.

Wenn ich die Ergebnisse meiner Ermittlungen in diesem Fall so, wie ich sie in Erfahrung gebracht habe, ins Protokoll schreibe, dachte er, lande ich erst vor dem Dienstpsychologen, dann vor dem Amtsarzt und anschließend vor dem für ‚M' zuständigen Sachbearbeiter der örtlichen Arbeitsagentur.

Er starrte Windell an, der sich aller angetrunkenen Widerborstigkeit zum Trotz unter diesem Blick sichtlich unwohl zu fühlen begann.

Ich treffe auf diesen schlaffen, versoffenen Typen, dachte Meckenheim, und meine ganze Existenz gerät in Schieflage, ja regelrecht in Gefahr. Und das jedes einzelne gottverdammte Mal. Es müsste eigentlich unter den Notwehr-Paragraphen fallen, wenn ich ihn hier und jetzt über den Haufen schieße.

„Und was ist mit meinem Auto?"

„Das werden wir vorläufig sicherstellen." Knochenmüller hatte sich rundheraus geweigert, den Wagen auf seinem Gelände zu deponieren, warum auch immer. „Es müsste noch diese Nacht auf dem Hof des Präsidiums ankommen. Dort können Sie es wieder abholen, sobald unsere Ermittlungen abgeschlossen sind."

Damit machte der Kommissar auf der Hacke kehrt. Immer gut, sich mit einer ominösen Note zu verabschieden. Sollte die Gegenseite ruhig rätseln, was es noch zu ermitteln gab.

„Los", entschied Folkmar, kaum dass Meckenheim weg war. „Wenn sie tot ist, wenn sie wirklich im Rhein ersoffen ist, haben wir vielleicht die Chance eines Neuanfangs."

„Du glaubst also, das war tatsächlich Pussy?"

„‚Glauben' ist das falsche Verb. Nach allem, was wir wissen, sieht sie aus wie ich und agiert wie Jack Knife. ‚Fürchten' wäre angebracht."

„Aber ich denke, sie ist tot?"

„Hoffen. Lass es uns hoffen. Inständig."

Es gibt einfach keine damenhafte, züchtige und schon

gar keine elegante Art, sich in einem klatschnassen Kostüm eine senkrechte Sprossenleiter hoch und oben über die Kante auf einen Hafenkai zu ziehen. Bäuchlings, dann wälzen, dann am nächsten Laternenmast Griff für Griff hoch in die Senkrechte. Gottseidank hatte sie zumindest ihre Schuhe und ihre Handtasche retten können. Doch sie troff. Wie eine frisch ersäufte Katze. Wenn sie jemand sah! An ihre Frisur durfte sie noch nicht mal denken. Und sollte das Kostüm am Körper trocknen, gab es nur zwei Möglichkeiten: Entweder es hing anschließend an ihr wie ein Sack, oder aber es zog sich zusammen, bis Atemnot und Glubschäugigkeit unausweichlich wurden.

Und alles nur wegen Sabie Tooth! Heimtückisch zur Seite gesprungen, die verdammte Verbrecherin in Uniform, und dann hatte sie noch den Nerv gehabt, das Feuer zu eröffnen. Pussy spie die Riemen ihrer Schuhe von sich. Sie brauchte dringend trockene Klamotten. Und einen Spiegel und eine Bürste und einen Fön. Und dann brauchte sie eine Wumme. Irgendwas Großkalibriges mit hundert Schuss Munition. Denn wenn es nach ihr ging, würden weder Sabie Tooth noch Wanda Molanski das Licht des neuen Tages sehen.

Entschlossen zog sie ihre Schuhe an und goss das Wasser aus ihrer Handtasche. Stoppte mit dem Fuß die herauskullernden Billardkugeln. Bückte sich dann nach ihrem … Schlüsselbund. Natürlich! Plötzlich wusste sie, wo alles, was sie brauchte, auf sie wartete. Plötzlich wusste sie, wohin.

Nach Hause, dachte sie und schritt drauflos.

„Na, Wanda“, sagte die berühmte Detektivin, strich sich

durch ihr rabenschwarzes Haar und senkte dann ihre große Sonnenbrille ein Stückchen für einen klareren Blick auf das verdutzte Gesicht der Brooklyn-Würgerin, „überrascht?“

„Oh, Mann.“ Folkmar stöhnte auf. „Ich kann so nicht arbeiten.“ Trotz geschlossener Flurtür war das rhythmische Schrillen der Türklingel genauso unüberhörbar wie die im Halbminutentakt wiederholten schrillen Aufforderungen ihrer Vermieterin, die Tür zu öffnen. „Was will diese Furie?“

„Sie hat irgendeinen Wisch, dessen Empfang wir quittieren sollen“, antwortete Elmo.

„Aber nie im Leben. Stell ’ne Matratze vor die Tür. Und kneif den Klingeldraht durch.“

‚Überrascht‘ war gar kein Ausdruck. Wanda Molanski war baff.

„Hä?“, machte sie schrill. „Wer sind Sie denn?“

„Man nennt mich ‚Queen Bee‘, antwortete die Detektivin kühl, stellte eine ihrer schlanken Fesseln auf Said Waindas Oberschenkel, strich ihren Rock hoch bis über das Strumpfband, was dem an den Stuhl gefesselten Inder sichtlich die Augen weitete. „Die Bienenkönigin. Und dies“, sagte sie und zückte den Dolch, den das Strumpfband gehalten hatte, „ist mein Stachel.“

„Ich weiß genau, dass Sie zuhause sind“, tönte Frau Wolanski. „Also machen Sie auf, oder ich rufe einen Schlüsseldienst!“

„Kann sie das wirklich machen?“

„Blödsinn“, meinte Elmo. „‚Queen Bee‘?“, fragte er dann.

„Ja“, sagte Folkmar, der die Kraft des Schöpferischen spürte und den kritischen Unterton in Elmos Stimme missbilligte. „Sie trägt immer diese großen Sonnenbrillen. Und ihre Waffe ist der Dolch. Doch was ist mit der Matratze? Diese Frau macht mich wahnsinnig. Womit um alles in der Welt hämmert sie da gegen die Tür?“

„Sieht aus wie einer ihrer Schuhe“, meinte Elmo nach einem kurzen Blick durch den Spion.

Der Anblick des Dolches stoppte die Brooklyn-Würgerin mitten in ihrer Attacke.

„Aber, aber“, machte sie beschwichtigend und ließ den Arm mit ihrem Schuh wieder sinken. Der kurze, plumpe Absatz war mit Blei gefüllt und ein einziger Hieb damit konnte tödlich sein. „Was soll das denn?“

„Das werden wir gleich klären“, meinte Queen Bee kühl und bedeutete Wanda Molanski, sich ein paar Schritte zurückzuziehen. Mit einem raschen, sicheren Schnitt entfernte sie Saids Knebel. „Wieso ist mein Vertrauter an diesen Stuhl gefesselt?“

„Ihr *was?*“ Said blickte ratlos. „Ihr Vertrauter? Ich habe Sie noch nie gesehen. Kennst du sie?“, wandte er sich an Wanda.

„Nö.“ Wanda Molanski ließ ihren Schuh zu Boden fallen, schlüpfte mit dem Fuß hinein. „Kommt einfach hier reingestürmt, fuchtelt mit ’nem Käsemesser herum und benimmt sich, als ob das ihre Bude wäre. Kapier ich nicht.“

„Aber das *ist* mein Appartement“, ereiferte sich die Detektivin. „Sag’s ihr“, forderte sie, an Said gewandt.

Doch der schüttelte stur den Kopf. „Irrtum“, meinte er. „Diese Wohnung gehört Pussy Cat. Und bevor die nicht zurück ist …“

„Scheiße, Scheiße, Scheiße." Folkmar schob die Tastatur von sich. Das elektronische Quäken erstarb, wenn auch zögernd. Es schien ausgesprochen gerne zu quäken.

„Haut's nicht hin?"

„Das verfluchte Programm hat wieder eingegriffen. Ohne Pussy Cat lässt sich die Geschichte nicht fortschreiben."

„Aber ich denke, sie ist tot?"

Folkmar grunzte. „Wunschdenken. Sie ist eine Serien-Heldin, Elmo, vergiss das nicht. Diese Figuren sind nur sehr schwer umzubringen. Und im Grunde", fügte er düster hinzu, „nur von einem: ihrem Schöpfer."

Beide starrten eine Weile auf den blanken Bildschirm, versuchten die letzte Bemerkung in irgendeiner Form an die augenblickliche Situation anzupassen und kamen in Bereiche, die so hart an den Rand des Undenkbaren herantraten, dass es einem unwillkürlich die Zehen kräuselte.

„Na, wenigstens hat das Gehämmer aufgehört", meinte Elmo schließlich.

Nur ein leises Klappern war noch zu vernehmen, das sich dankenswerterweise aber rasch entfernte. Treppab, wie es klang.

Die eine am Fuß verbliebene Gesundheitslatsche klapperte, als Pussy die reglose Frauengestalt die Treppen hinabzerrte. Wanda! Die Brooklyn-Würgerin war so darauf fixiert gewesen, sich Zugang zu Pussys Wohnung zu verschaffen, dass sie die geschwungene Handtasche nie bemerkte. Nun, das würde ein schmerzhaftes Erwachen geben für die Gewohnheitsverbrecherin. Hinter Gittern und auf direktem Weg zum elektrischen Stuhl.

Pussy hatte kurz mit dem Gedanken gespielt, Wanda Molanski zu fesseln und dann zum Reden zu bringen, doch die nur allzu bekannte Verlogenheit der Würgerin hatte sie die Idee als Zeitverschwendung verwerfen lassen. Gleichzeitig musste sie die heimtückische Konkurrentin bei der Jagd nach dem Diamanten aus dem Weg räumen. Und dann hatte sie sich der ausgeschriebenen Belohnung erinnert.

Glücklicherweise war es nicht weit bis zum 48th Precinct, dem Brooklyn Police Headquarter, aus dem heraus McIntyme operierte, auch wenn hier ‚Polizeipräsidium Köln' über dem berühmten Portal stand.

Wanda Molanski kam zu sich, mimte Verwirrung, und Pussy hievte sie auf ihre Beine, verdrehte ihr geschickt den Arm und schob sie vor sich her durch die Panzerglastür.

‚Da der Verdächtige Folkmar Windell allen Unterlagen zufolge über keinerlei leibliche Geschwister oder sonstige nähere Verwandte gleichen oder zumindest ähnlichen Alters verfügt, bleibt bis zu einer nochmaligen exakten zeitlichen Abgleichung der Ereignisse nur die Schlussfolgerung, dass ein Doppelgänger des Beschuldigten in Köln …'

Kriminalkommissar Emil Meckenheim bekam sich so gerade noch gebremst. Fast hätte er ‚sein Unwesen treibt' geschrieben.

Finster blickte er auf das angefangene Blatt in der seines Wissens nach letzten im bundesdeutschen Polizeidienst verbliebenen mechanischen Schreibmaschine. Wenn er diesen Bericht ablieferte, und es stellte sich später heraus, dass er irgendetwas übersehen hatte, dass Windell es wie auch immer gelungen war, ihn zu leimen, dann brauchte er keinen Gedanken mehr an Mittagessen in der Polizeikantine zu verschwenden. Außer natürlich, er fand einen Weg, das ‚Doppelgänger'-Getuschel hinter seinem Rücken irgendwie auszublenden. Und doch hatte er Folkmar Windell direkt vor sich gehabt, in Handschellen!, als der Notruf von Polizeiobermeisterin Zahn …

Auf dem Gang draußen vor seinem Büro näherte sich ein Tumult. Kommissar Meckenheim sprang auf. Randalierer in die Zellen zu verbringen ging nicht immer ohne Gegenwehr vonstatten, und in solchen Fällen stand man bedrängten Kollegen automatisch zur Seite.

Er hätte sich nicht zu bemühen brauchen. Der Tumult war auf dem Weg zu ihm und brach durch die Tür, noch bevor er die Klinke erreichte. Es war der Wachhabende, und wie zu erwarten gewesen war, kam er nicht allein. Was den Tumult ausgelöst hatte, war sein Versuch, einen offenbar tobsüchtigen und befremdlich ausstaffierten Folkmar Windell daran zu hindern, mitsamt einer gewaltsam geführten Frau mittleren Alters bis zu Kommissar Meckenheim vorzudringen.

Das war gründlich misslungen.

„Schließen Sie die Tür. Und bewachen Sie sie", befahl Meckenheim dem Wachhabenden.

„Sie …", sagte er dann zu Windell. Wie er es immer sagte. Gedehnt. Ungläubig. Abgestoßen. Und das mit Fug und Recht. Windell trug eine blonde Perücke, die von irgendwoher eine Menge Wasser abbekommen und es nur schlecht vertragen hatte. Dazu ein Kostüm, in das er hineingeschrumpft zu sein schien, denn es war ihm rund drei oder vier Nummern zu klein.

„Da ist sie", sagte Windell mit künstlich hochgeschraubter Stimme und stieß die Frau auf Meckenheim zu. „Legen Sie sie in Ketten, und dann lassen Sie die Belohnung rüberwachsen."

„Belohnung?"

„Jetzt tun Sie nicht so, als ob Sie sie nicht erkennen!"

Emil Meckenheim betrachtete die Frau, die sich den Kopf hielt und einen verstörten Eindruck machte. Sie kam ihm vage bekannt vor, aber das mochte am Typus liegen. Sie war eine dieser Frauen mit fassförmiger Figur, die als Fünfzigjährige auf die Welt zu kommen scheinen und die man sich nicht ohne ihre geblümten Kittelschürzen vorstellen kann – oder will, so gesehen.

„Wer soll das sein?", fragte er und formulierte im Stillen schon mal eine Anzeige wegen Körperverletzung und Freiheitsberaubung.

Anstatt zu antworten, sah ihn Windell nur an, als ob die Frage unmöglich ernst gemeint gewesen sein konnte.

„Sind Sie verletzt?", wandte Meckenheim sich an die Frau. „Sind Sie gegen Ihren erklärten Willen gewaltsam hierher gebracht worden?"

„‚Verletzt'? ‚Gegen ihren Willen'? Aber das ist Wanda Molanski!"

Ein kleines, helles Glöckchen machte ‚Bing' im Hinterstübchen des Kommissars. Wanda Molanski war die ‚Brooklyn-Würgerin' aus den Romanen Will B. Everhards. Meckenheim begann, sich unauffällig nach der Versteckten Kamera umzusehen. Die Situation nahm sehr rasch die Züge einer inszenierten Farce an.

Windell zerrte derweil ein feuchtes Plakat aus seiner Kostümjacke, entfaltete es und warf es auf Meckenheims Schreibtisch. Es war mit ‚Wanted' überschrieben. Die ausgelobte Summe betrug 5.000 US-Dollar. Und das

Foto ähnelte verblüffend der Person in der Kittelschürze vor ihm.

Nun, wenn er ins Fernsehen kommen sollte, dann bestimmt weder als Spielverderber noch als ein Beamter, der sich einer solchen Situation nicht gewachsen zeigt.

„Sind Sie das?“, fragte er die Frau, hielt ihr das Plakat hin.

„Nein. Ich heiße Wolanski. Nicht Molanski. Mattka Wolanski. Und wenn das alles hier ein Scherz sein soll, dann kann ich für meinen Teil nicht darüber lachen.“

„In welcher Beziehung stehen Sie zu Herrn Windell?“

„Keine *Beziehung*.“ Frau Wolanski spuckte auf den Boden. „Ich bin seine *Vermieterin*. Aber nicht mehr lange, das sag ich Ihnen.“

„Gibt es Unstimmigkeiten?“

„Das könnense laut sagen. Zwei Monate keine Miete, da werd ich unstimmig. Ich hab die Räumung beantragt.“

„Nun denn“, wandte sich Meckenheim an den Raum und die möglicherweise versteckte Kamera gleichzeitig. „Der Straftatbestand der Freiheitsberaubung als solcher ist ja wohl kaum zu leugnen, die Frage nach dem Motiv ist mit dem Disput über das Mietverhältnis auch beantwortet, die nach dem Geisteszustand des Beschuldigten muss an anderer Stelle und von anderer Seite geklärt werden. Herr Folkmar Windell, ich verhafte Sie hiermit wegen Körper …“

Die Tür zu Kommissar Meckenheims Büro ging auf. Und die Situation eskalierte.

Pussy schnaubte vor Wut. Ein Komplott! Ein ausgewachsenes Komplott! Sie hätte es gleich ahnen müssen. McIntyme war überhaupt nicht er selbst gewesen. So zu tun, als sei ihm Wanda Molanski oder, so gesehen, sie, Pussy Cat, noch nie begegnet! Was für eine jämmerliche Vorstellung. Er wurde erpresst, war die einzige logische Erklärung. Oder er stand unter Rauschgift. Ob Ida Shyst auch hier ihre Giftmischerfinger im Spiel hatte? Und wer verdammt noch mal war *Folkmar Windell*? Nie gehört.

Und dann war SIE zur Tür hereingekommen. Unglaublich. Nicht nur, dass sie sich die Uniform überzog und so tat, als ob sie tatsächlich im Dienst wäre, sie schien den halben Apparat davon überzeugt zu haben, eine echte Polizistin zu sein. Selbst McIntyme!

Schritte kamen ihr entgegen, eilige, laufende Schritte, also bog Pussy in den nächsten abzweigenden Gang ab.

Eine Unterwanderung der Polizei durch kriminelle Elemente! Das war ihr in diesem Moment klar geworden, als Sabie Tooth in das Büro gekommen war und McIntyme sie wie eine Kollegin begrüßte, anstatt auf sie anzulegen. „Ist das die Person, die versucht hat, Sie bei der Ausübung Ihres Dienstes mit dem Auto zu überfahren?", hatte er dieses Luder gefragt und dabei auf sie, auf Pussy gezeigt. Und das nach all den Fällen, die sie schon zusammen gelöst hatten!

Da war ihr nichts anderes übrig geblieben, als ihre treuen Billardkugeln zum Klackern zu bringen wie schon lange nicht mehr. Dieser Skandal schrie nach Aufklärung, und sie war die Frau, die die Wahrheit ans Licht zerren würde, koste es, was es wolle. Sie schulterte eine Tür auf, fand sich in einem Hof wieder und – da machte sich dieser impertinente Abschleppwagenfahrer doch schon wieder an ihrem Autochen zu schaffen! Pussy krempelte ihre Ärmel auf und versetzte ihre Handtasche in Rotation.

Sie hatte es kommen sehen. Genau wie die Vermieterin. Vielleicht wissen Frauen einfach mehr über den potentiell letalen Wirkungsgrad von Handtaschen in den richtigen Händen. Die Männer waren dagegen unvorbereitet gewesen. Als Folge davon lief Meckenheims linke Gesichtshälfte nun blaurot an und zeigte mehrere halbkugelförmig eingedellte Stellen, während der Wachhabende, den es von oben herab auf die Mütze getroffen hatte, von Glück sagen konnte, wenn er ohne Schädelbruch davongekommen war. Im Moment konnte er allerdings erstmal gar nichts sagen. Sirenengeheul von draußen zeigte an, dass ein Notarzt unterwegs war. Sabrina Zahn, ihre Dienstwaffe immer noch in beidhändigem Griff, blickte ernst und gefasst. Niemand sollte ihr den inneren Jubel ansehen. Sie kam sich vor wie ... wie Dr. Frankenstein, in gewissem Sinne. Sie hatte ein dämmerndes Etwas geweckt, hatte einen menschförmigen Klumpen unter Strom gesetzt, und nun lief er herum und stellte sich als Monster heraus. Alles, was je über die Macht des geschriebenen Wortes gesagt worden war, es stimmte. Was für eine Energie sich doch freisetzen ließ mit nichts als einem schlichten Kugelschreiber!

Und einem Strafzettelblock, nicht zu vergessen.

„Er ist in der Fahndung“, sagte Meckenheim und legte den Telefonhörer auf. „Personenbeschreibung mit und ohne Verkleidung. Sämtliche Streifen sind alarmiert. Der kommt nicht weit.“

„Besser wär das“, knarzte die Lautsprecherstimme. „Vor allem für Sie, Meckenheim.“

Das Namensschild auf der Brust von Per Chartreuse las

sich ‚P. Hugenboltz', weil die Leitung des City-Hotels der Ansicht war, ein Nachtportier bräuchte keinen Künstlernamen, auch wenn er im wahren Leben und an seinen freien Abenden als Burlesque-Künstler auftrat.

Die Drehtür drehte sich und Per ließ das Heft aus seinen Händen in die wartende Schublade fallen, die er mit einem gekonnten Stoß seiner Hüfte schloss. Die Leitung des City-Hotels war der Ansicht, dass nicht unbedingt jeder Gast Verständnis dafür aufbrachte, wenn sich der Rezeptionist in Momenten der arbeitsmäßigen Unterforderung am Anblick kräftiger, bestenfalls spärlich bekleideter Männer mit üppigen Brüsten und auffallend reichlichem und ungewöhnlich dichtem Körperhaar erfreute. Unverständlich, sicher, aber so war sie nun mal, die Leitung.

Die Drehtür drehte sich und Per Chartreuse spürte ein Zittern in seinen Knien, wie es selbst das Lampenfieber vor einem Auftritt im Coq d'Or nicht verursachen konnte.

Die Drehtür drehte sich und Per Chartreuse war danach, auf sie zu sinken, seine Knie. Für ein Stoßgebet. Oder mehrere.

Die Drehtür drehte sich und entließ eine Erscheinung in die Empfangshalle. Ein Wesen von changierendem Wesen, zumindest vor dem geistigen Auge direkt hinter Pers fieberfeuchter Braue.

Die Drehtür drehte sich und entließ …

Einen Klempner.

Einen Maurer.

Einen Holzfäller.

Einen Trucker.

Einen mit Handschellen und Sechsschüsser und

einem gewaltigen schwarzen Gummiknüppel armierten, uniformierten Cop, dessen barschen Anweisungen sich niemand zu widersetzen wagen würde. Niemand auf Erden.

Per räusperte sich mühsam. „Einen wunderschönen guten Abend", flötete er dann, „schöne Frau."

„Einen wunderschönen guten Abend", sagte Kommissar Meckenheim und hatte Mühe, dabei einen Unterton von Selbstzufriedenheit zu unterdrücken. Abwegig, hatte sein Vorgesetzter geurteilt, völlig abwegig, dass jemand nach mehrfachen tätlichen Angriffen gegen Beamte und Auftragnehmer der Ordnungsmacht seelenruhig nach Hause ging und sich schlafen legte. Und doch – wer öffnete die Tür, wenn nicht Folkmar Windell persönlich. Trunken, sichtlich trunken, und ganz eindeutig von mehr als nur Schlaf. Er machte: „Hä? *Abend?* Ham Sie mal auf die Uhr gesehen?"

„Dürfen wir reinkommen?", fragte Meckenheim, der um die frühe Morgenstunde selbstredend keinen Durchsuchungsbefehl ausgestellt bekommen hatte, liebenswürdig.

„Nein, auf keinen Fa..."

„Vielen Dank", meinte Meckenheim und ehe Windell sich versah, hatten sich Meckenheim, Sabrina Zahn und auch Mattka Wolanski an ihm vorbei in die Wohnung gedrängt, wobei Frau Wolanski es noch fertigbrachte, ihm einen auf die Leber gezielten Ellbogencheck zu verpassen.

Nur der gegen seinen Willen mit hierhin geschleifte Arthur Knochenmüller zögerte sichtlich. Sein linkes Auge war komplett zugeschwollen und oben auf seinem

Kopf pressten sich gleich mehrere hühnereigroße Beulen durch die Haartracht. Seine Miene spiegelte eine tiefe Verwunderung. „Ich war doch dabei, ihn runterzulassen“, wiederholte er, gebetsmühlenartig. „Runterzulassen“, sagte er und seine zitternde Rechte suchte und fand den Halt des Treppengeländers. „Runter.“

„Kann mir mal jemand sagen, was das soll?“, fragte Windell, dessen Schlaftrunkenheit jetzt ziemlich schnell wachsender Irritation wich.

„Wir sehen uns nur um“, sagte Meckenheim und öffnete Windells Kleiderschrank.

„Wer hat Ihnen eigentlich erlaubt, Teile der Wohnungseinrichtung golden anzustreichen?“, fragte Frau Wolanski, ehe sie sich erinnerte, dass diese Tür gar nicht zur Wohnung gehörte. „Wo führt die hin?“, fragte sie argwöhnisch und probierte die Klinke. Abgeschlossen.

Windell machte „Hä? Wo die hinführt? Das ist eine Attrappe, das sieht man doch.“

„Abstellen wollte ich den Wagen“, kam es schwach aus dem Treppenhaus. „Nur abstellen.“

„Sie glauben wohl, Sie können mich verarschen, was?“ Frau Wolanski probierte die in Augenhöhe angebrachte Luke. Sie schwang auf. Kühle, muffige Kellerluft schlug ihr entgegen. „Seit wann haben Sie die?“

Windell kratzte sich am Kopf. Wann hatte er diesen Preis gekriegt? „Seit zwei Jahren, ungefähr.“

„Da können Sie sich auf eine fette Mietnachzahlung gefasst machen.“

„Was? Mietnachzahlung? Wofür?“

„Für den Raum dahinter, natürlich.“

„Was denn für ein Raum?! Das ist nichts als ein Literaturpreis, eine Replik im Maßstab ...“ Windell brach ab. Bisher hatte das Ding immer nur an der Wand gelehnt. Nun nicht mehr. Es sah plötzlich aus wie … eingemauert. Kam es ihm nur so vor, oder machte es auch einen deutlich solideren Eindruck als bisher?“

„Is’n hier los?“ Elmo kam in Unterhose und T-Shirt aus seinem Zimmer und glotzte nichtsbegreifend.

„Literaturpreis?“, fragte Meckenheim aus der Küche, wo er Schubladen und Schranktüren aufzog. „Sie sind Schriftsteller?“

„Ja“, sagte Windell.

„Heftromane“, sagte Frau Wolanski, wie man ‚Kinderpornos‘ sagen würde.

„Ich schreibe Kriminalromane unter dem Pseudonym …“

„‚Will B. Everhard‘!“ Meckenheim kam zurück in die Diele, warf Blicke nach links und rechts. Seine Augen blitzten. „Jetzt weiß ich auch, warum mir die Wohnung so bekannt vorkommt! Sie hat den gleichen Grundriss wie die von Jack Knife!“

„Sind Sie etwa ein Fan?“, fragte Sabrina Zahn mit vernehmlich gehobener Braue.

„Das wäre jetzt ein bisschen viel gesagt“, meinte Meckenheim ausweichend. Nein, er war ganz sicher kein Fan. Doch dieser Everhard verstand es, bestimmte Figuren so zu zeichnen, dass sie einem … na ja, vertraut vorkamen. Also, es mochte Schund sein, aber es ließ sich lesen. Vor allem, wenn man sonst nicht viel zu tun hatte.

Er ging hin und probierte seinerseits die Zellentür. „Wen halten Sie da gefangen?“, fragte er Windell, der angesichts der Uhrzeit zu hoffen begann, jetzt jeden Augenblick aufzuwachen.

„Hallo, ist da jemand drin?“, rief Meckenheim durch

die vergitterte Luke. Seine Stimme verhallte, ohne Antwort.

„Darf ich jetzt vielleicht mal erfahren, was Sie hier um diese Uhrzeit zu suchen haben beziehungsweise zu finden hoffen?“ Wenn er schon nicht aufwachte, hoffte Windell zumindest den ungebetenen Besuch möglichst flott wieder loszuwerden.

„*Das*“, antwortete Polizeiobermeisterin Zahn und hob etwas an spitzen Fingern aus Windells Papierkorb. „Genau das. Aufsetzen!“, befahl sie.

Und ehe Folkmar Windell auch nur wusste, wie ihm geschah, hatte man ihn von zwei Seiten an den Armen gepackt, während ihm von dritter Seite das verfluchte Ding auf den Kopf gesetzt wurde. Dann umstand man ihn zu fünft und starrte ihn prüfend an.

„Ja“, sagte Frau Wolanski, langsam und kehlig.

„Ja“, sagte Sabrina Zahn, nüchtern und bestätigend.

„Ja, nu“, sagte Arthur Knochenmüller vorsichtig, von der Tür her.

„Also, nä“, sagte Elmo. „Steht ihm nicht wirklich.“

„Ja“, sagte Kommissar Meckenheim mit tiefer Befriedigung und griff nach seinen Handschellen.

„Nein“, sagte Pussy energisch. Männer! Man sollte meinen, es sei ihnen eine Selbstverständlichkeit, einer bedrängten Frau zu Hilfe zu kommen. Stattdessen erwarteten die meisten dann … Gegenleistungen. Und das, bevor sie auch nur die Chance gehabt hätte, ihr Haar zu machen!

„Vielleicht später“, sagte sie und schloss die Tür.

Es musste ja nicht gleich in Großbuchstaben in ihre Biographie aufgenommen werden, aber auch ein Mädchen hat von Zeit zu Zeit gewisse … Bedürfnisse. Und wenn er sich tatsächlich so nach ihr verzehrte, der schlanke Page …

Mit einem Aufstöhnen der Erleichterung öffnete sie die Knöpfe ihrer Jacke und den Reißverschluss ihres Rocks. Eingelaufen, das Kostüm, wie nach einem Aufenthalt in der chinesischen Wäscherei in der 22sten Straße. Dann knipste sie alle Lampen an und sah sich in ihrer neuen Bleibe um. Sie kannte sich aus im Plaza, wie immer es hier auch heißen mochte, und dies war eines der besten Zimmer, fast schon eine Suite. Und alles ohne Registrierung und, wenn sie Pers Augenzwinkern richtig gedeutet hatte, damit auch ohne Rechnung. Nun ja, es würden sich Mittel und Wege finden, sich dem ranken jungen Mann gegenüber erkenntlich zu zeigen … Pussy trat vor den großen Spiegel und griff sich beidhändig ins Haar. Doch erstmal ein schönes, langes, heißes Schaumbad. Und dazu vielleicht ein winziges Schlückchen aus der Minibar. Nur eins. Zum Anwärmen.

Sabrina Zahn steckte den Kopf durch den Türspalt in Meckenheims Büro, winkte den Kommissar verstohlen zu sich. „Nichts“, murmelte sie.

Sie war so weit gegangen, gleich zwei Knöpfe ihrer Uniformbluse zu öffnen, und hatte angedeutet, ein Geständnis würde ihn nahezu unermesslich in ihrer Achtung steigen lassen, und Elmo Jock hatte geschwitzt und gehechelt, sich gewunden und in einem fort die Lippen geleckt, doch er war bei seiner Aussage geblieben. „Er behauptet nach wie vor, er und Windell wären zur fraglichen Zeit zuhause und mit dem Computer beschäftigt gewesen. Und es habe auch keinerlei Attacke auf die Vermieterin gegeben.“

Meckenheim zuckte die Achseln. Dass Elmo Jock ein hartnäckiger Lügner war, wusste er spätestens seit … dem Vorfall.

„Wir werden das Gegenteil beweisen und dann bringen wir ihn wegen Falschaussage vor Gericht“, raunte er.

„Und bis dahin?“

„Lassen wir ihn laufen.“

„Na“, wandte er sich wieder an Windell, „da hat Ihr Kumpel Elmo Sie aber fein in die Grütze geritten.“

Folkmar Windell grunzte nur. Als Kriminalschriftsteller kannte er sich selbstverständlich aus mit den diversen Tricks aus dem Handbuch für Verhörtechnik.

„Er hat alle seine bisherigen Aussagen widerrufen und zugegeben, nur versucht zu haben, Sie damit rauszuhauen.“

Windell grunzte erneut. Dass Elmo irgendetwas anderes als die Wahrheit zu Protokoll geben sollte, war lachhaft. Wozu?

Ihn beschäftigte etwas ganz anderes. Er war ein Kriminalschriftsteller, dem eine bestenfalls halbfertige Hauptfigur entkommen war. In die Realität, ausgerechnet. Wo sie nun Amok lief. Und weil sie bisher bestenfalls angedacht, angerissen war, sah sie ihm, ihrem Erfinder, offenbar ähnlich genug, dass man ihn mit ihren Taten beschuldigen konnte.

Er stöhnte innerlich. Wenn er doch bloß ein bisschen mehr Zeit gehabt hätte, sie zu formen! Sie zu gestalten, an ihrem Äußeren und an ihrem Charakter zu feilen! Doch, nein. Was er am wenigsten begriff, war, wie das alles hatte passieren können, und am allerwenigsten, womit er das verdient hatte.

„Und falls Sie sich weiter so verstockt geben, Herr

Windell, dann schwöre ich, werden Sie überreichlich Gelegenheit finden, den realen Polizeialltag näher kennenzulernen."

Und das warf die Frage auf, wie er jemals wieder aus diesem Schlamassel herauskommen sollte. Vielleicht war es wirklich das Beste, zu gestehen und sich einbuchten zu lassen, bis man Pussy verhaftete? Wo – auch diese Frage hörte nicht auf, ihn zu beunruhigen –, wo mochte sie stecken?

„Nein." Per war willig genug, doch Pussy bekam so langsam den Eindruck, als ob der hübsche Rezeptionist ein klein bisschen begriffsstutzig sei. „Jetzt mal im Ernst, mein Bürschchen: Sehe ich aus wie eine Frau, die in ihrer Freizeit Bäume fällt? Oder Rohre verlegt? Und es reicht nun wirklich, dass die Straßen dieser Stadt von *einer* vorgeblichen Polizistin unsicher gemacht werden, da braucht es nicht noch meine Beteiligung an der Scharade. Also noch mal zum Mitschreiben: Wenn ich sage, ich brauche ein Kostüm, dann meine ich eins von Chanel oder Prada und nicht eins für den Maskenball. Kapiert?"

Da zog er ab. Und sah einfach zum Vernaschen süß aus, wenn er schmollte. Pussy kramte in ihrer Handtasche, bis sie ihr Parfüm für besondere Gelegenheiten fand. Ein Tröpfchen hier ... ein Tröpfchen da ... Und vielleicht noch ein Tröpfchen aus der Minibar ...

„Wieso tun Sie so, als ob Sie mir nicht glauben?" Windell klang so empört, wie er war. „Streng genommen müssten Sie selber doch eines meiner Alibis bestätigen. Sie persönlich hatten mich doch gerade erst in Eisen gelegt, als Pussy Cat versuchte, die ‚Fal…‘, äh, Ihre Kollegin zu überfahren.“

„Ach, dafür muss es eine einfache Erklärung geben.“

Es musste, musste einfach. *Musste*. Eine einfache Erklärung, eine glasklare Lösung, eine wasserdichte Anklage, eine reibungslose Verurteilung. ‚Gute Arbeit, Meckenheim. Der Staatsanwalt ist beeindruckt. Ah, und die Kollegen vom Morddezernat haben Sie angefordert. Kniffliger Fall. Ganz was für Sie.‘

„Wahrscheinlich eine Verzögerung oder Überschneidung bei der Übermittlung des Polizeifunks, so was in der Art.“

So was in der Art. So was musste es gewesen sein. Und Elmo Jock log aus falsch verstandener Loyalität. *Musste*. Weil die Alternative – keine Lösung, keine Verurteilung, ein von oben als ‚unverständlich‘ oder ‚realitätsfern‘ beurteilter Bericht – nichts anderes bedeuten würde, als bis zum Zeitpunkt seiner Pensionierung hier unten begraben zu bleiben, darum.

„Jetzt kommen Sie schon! Geben Sie sich einen Ruck und erzählen Sie mir die Wahrheit. Ansonsten dauert dieses Verhör bis in alle Ewigkeit.“

Windell spürte seine Müdigkeit. Und seine Überlastung. Also gab er sich den geforderten Ruck. Und erzählte alles. Haarklein und ganz genau, einhundertprozentig so, wie es sich zugetragen hatte.

Keine dreißig Minuten später dämmerte er selig lächelnd und sicher gehalten von vielen stabilen Riemen rücklings auf der Bahre eines Krankenwagens, unterwegs in die idyllisch gelegene Forensische Anstalt von Köln-Dollendorf.

„Nimm mich, bitte nimm mich! Schonungslos! Vergeh dich an mir!“

Irgendetwas lief hier nicht ganz richtig, fiel Pussy auf. Denn eigentlich war sie es, die sich hingeben, die genommen werden wollte. Und sie war bereit, sie war angewärmt, ja mehr als das. Sie war entflammt und wäre Wachs in seinen Händen. Wenn er sich nur auf sie legen würde. Anstatt sich in die Matratze zu verkrallen.

Sie wurde den Verdacht nicht los, dass ihr jugendlicher Liebhaber nicht nur etwas begriffsstutzig, sondern auch ein wenig desorientiert war. Denn wie sonst war zu erklären, dass er, anstatt sich ihre überwältigende Dankbarkeit für dieses äußerst flott geschnittene und auch sehr solide verarbeitete Kostüm aus dem Hotel-Fundus zunutze zu machen und sein wollüstiges Vergnügen an ihr zu haben, stattdessen auf allen vieren kniete und mit seinem bezaubernden Knackarsch wackelte?

„Nimm mich“, flehte er. „Nimm mich, wie du willst.“

Nun denn. Das war eindeutig. Pussy nahm ihn. Bei den Ohren. Und zog ihn dahin, wo sie wollte.

Per verkrampfte. „Aber“, stammelte er, etwas gedämpft, „aber, du bist ja eine …“

„Ja?“, gurrte Pussy, räkelte sich in ihr Kissen und wölbte ihr Becken ein wenig höher. „Eine natürliche Blondine? Aber sicher. Was hast du denn gedacht?“

Per hob den Kopf. Die Zimmertür schlug. Und Pussy war, zu ihrer nicht geringen Verblüffung, allein.

Sie brauchte einen Moment, um zu begreifen. Konnte es sein, dass ihr Jüngling noch *Jungfrau* war? Wie süß war das denn? Und in Panik geraten, so dicht vor dem ersten Mal. Wie überaus *niedlich*. Nun, blieb nur zu hoffen, dass er sich vor seinem nächsten Besuch etwas Mut antrank.

Denn ihr Verlangen war nun einmal geweckt. Und genau wie ihre Entschlossenheit, was den Roosveldt-Diamanten anging, wurde es durch die Verzögerung nicht weniger. Ganz im Gegenteil.

Bis dahin konnte ein wenig Schlaf nicht schaden. Doch vorher vielleicht noch ein Schlummertrünkchen aus der Minibar …

*

„Wissen Sie, warum Sie hier sind?"

„Hä?" Windell fuhr hoch. Blinzelte. Die Sonne, gerade aufgegangen, schien waagerecht durch das Fenster hinein, doch trotzdem hatte sich bisher niemand die Mühe gemacht, die Neonröhren an der Decke auszuschalten. Kurz, es war hell hier, in diesem unglaublich nüchternen Büro. Ein Diplom an der einen Wand, ein gerahmter, aber auf die Distanz nicht zu erkennender Zeitungsartikel an der anderen. Ansonsten Nüchternheit. Helle, erbarmungslos helle Nüchternheit, der die Psychiaterin mit dunkel getönten Brillengläsern begegnete. „Ja klar", antwortete er. „Weil man mich gegen meinen Willen abgedröhnt, gefesselt und mit einem Krankenwagen hierhin gekarrt hat. Darum."

Was immer sie ihm gespritzt hatten, war verflogen, und was blieb, war eine verkaterte Verstimmung, von einem Mangel an Schlaf mal ganz abgesehen. Und die verkniffene Miene der flammend rothaarigen Frau in ihrem knochenhart gestärkten weißen Kittel machte es nicht besser. Irgendwas an diesem Gesichtsausdruck kam ihm vage bekannt vor. Vage, sehr vage.

„Also gut. Anders ausgedrückt: Wissen Sie den Grund,

warum man es für nötig befunden hat, Sie hierher zu bringen?"

„Ich hab der Polizei gegenüber die Wahrheit gesagt. Das ist so ziemlich das Dämlichste, was man machen kann, glauben Sie mir."

„Man hat Sie eingewiesen, damit wir uns ein Bild über Ihre Schuldfähigkeit machen können. Dazu erstellen wir im ersten Schritt ein Persönlichkeitsprofil. Möchten Sie mit mir über Ihre Mutter sprechen?"

„Hä? Was? Nein."

Typische anfängliche Verweigerungshaltung, registrierte die Psychiaterin. Hatte man die erstmal überwunden, gab es in den meisten Fällen kein Halten mehr. All diese blutig-schleimigen ödipalen Fantasien brachen sich dann Bahn, wie die meisten anderen männlichen Neurosen tief verwurzelt in einer nicht zuletzt durch die in Jahrtausenden zementierten patriarchalischen Verhaltensmuster geförderten sexuellen Triebhaftigkeit bis in den Wahn hinein.

„Würden Sie Ihre Mutter als eine dominante Person beschreiben?"

Es war eigentlich keine Frage. Natürlich war sie dominant, man sah es allein schon an der Körperhaltung ihres Sohnes. Rückgratlos wie die meisten seiner Geschlechtsgenossen, schlaff, träge wie ein Klumpen Teig hing er mehr im Stuhl, als dass er darauf saß. Und seine ganze Aufsässigkeit war nichts als Fassade, würde nicht einmal einer leicht verschärften Tonlage oder gehobenen Stimme standhalten.

„Hä? Meine Mutter? Ich hab doch gerade schon gesagt, ich will nicht über meine Mutter sprechen."

Verdrängung, eine weitere männliche Spezialität. Für

Frau Doktor Jekatherina Störzenich war die Gattung Mann eine Lebensform, deren Daseinsberechtigung noch nicht bis zum Letzten ausdiskutiert beziehungsweise bis heute einen überzeugenden Nachweis schuldig geblieben war. Kastration, so ihre nicht unumstrittene Ansicht, flächendeckende Kastration schon im Knabenalter wäre ein probates Mittel zur Lösung ungezählter Probleme, von der Überbevölkerung der Erde bis hin zu den perversen Gelüsten ihres neuesten Patienten. Doch solange die politische Macht weiterhin überwiegend in Männerhand lag, mussten Frauen wie sie eben versuchen, das Übel an der psychischen Basis bei der Wurzel zu packen und, wo möglich, auszumerzen.

„Wer, glauben Sie, hat Sie zur Welt gebracht?"

Windell fuhr wieder hoch. „Der Klapperstorch." Mann, er war müde.

„Also, warum wollen Sie nicht darüber reden?"

„Was, über Storchenvögel?"

Die Frau war eindeutig gestört. Windell kam sich mehr und mehr vor wie in einer, tja, Irrenanstalt. Nur auf der falschen Seite, von Schreibtisch oder Zellentür.

Eine zweite Tür in Jack Knifes Zelle, hatte Windell gesagt. Dadurch sei seine neue Romanfigur in die Realität entkommen. An dem Punkt war dem Kommissar klargeworden, dass entweder die Fantasie endgültig mit dem Verfasser dieser billigen Schmöker durchgegangen war oder aber dass er einen auf geistesgestört machte, um einer Anklage zu entgehen. Was es nun war, vorgetäuschter oder echter Wahn, das sollten mal schön die in Dollendorf herausfinden.

Ihn interessierte in der Zwischenzeit etwas anderes.

Er klingelte. Nichts tat sich.

Diese Tür, diese angebliche Replika aus Plastik.

Er klingelte noch mal. Kein Geräusch. Wahrscheinlich abgestellt, die Klingel. Also verlegte er sich aufs Klopfen. Auf Bullenart.

Er hatte den Griff dieser Tür in der Hand gehabt. Dran gerappelt.

Elmo öffnete. Er hatte von einer Isadora Schuster in dem Körper von Sabrina Zahn geträumt und der Anblick des korpulenten Polizisten in seinem verschossenen Anzug tröstete ihn nicht wirklich darüber hinweg, da rausgerissen worden zu sein.

„Ich hab noch was vergessen", sagte Meckenheim. Wortlos trat Elmo zur Seite und ließ ihn ein. „Legen Sie sich ruhig wieder hin." Ein paar kurze, tapsende Schritte, und Elmo war zurück in seiner Koje.

Meckenheim ging zur Goldenen Zellentür. Er packte den Griff. Eisen, kalt und fest. Drückte ihn runter, zog, schob. Die Tür – Hartholz, gefasst in Stahl – rührte sich nicht. Meckenheim griff in die Innentasche seiner Anzugjacke und zog einen Ring mit Dietrichen heraus.

„Wenn Sie partout nicht über Ihre Mutter reden wollen, erzählen Sie mir doch etwas über Ihr Sexualleben."

„Hä?"

Mal ganz davon abgesehen, dass sie verrückt war und ihm mehr und mehr auf die Nerven ging, kam ihm diese Frau in zunehmendem Maße bekannt vor. Er verband mit ihr eine Erinnerung. Etwas tief Vergrabenes, das sich heftig gegen das Wiederausbuddeln sträubte.

Draußen auf dem Gang vor der offenen Tür des Büros rollte ein alter Mann auf einem drehbaren Bürostuhl hin

und her, im Arm eine aufgeblasene Sexpuppe in einem äußerst kurzen Paillettenkleid.

„Wie würden Sie Ihr Sexualleben beschreiben?"

„Hä? Gar nicht."

„Haben Sie in Ihren Träumen oder Fantasien öfter sexuelle Kontakte mit, zum Beispiel, Ihrer Mutter?"

Der Drehstuhlsurfer trug ein akkurat gekämmtes, dunkelbraunes Toupet, die Puppe eine straff gebundene, blonde Frisur. Das Kinn vor und hoch, hielt der Mann den ausgestreckten rechten Arm der Puppe mit seiner ausgestreckten Linken und den anderen Arm um ihre Taille. Das Paar drehte sich, als es vorbeirollte.

„*Was?* Mit meiner Mutter? Nein. Aber mit Störchen, jetzt, wo Sie das Thema anschneiden. Vor allem die Beine finde ich sexy."

„Sie sind sich des Umstands bewusst, dass wir Sie ohne ein positives Gutachten nicht an die Ordnungsbehörden zurücküberweisen und schon gar nicht entlassen können?"

„Äh, nein. Ist das Ihr Ernst?"

„Allein schon deshalb rate ich Ihnen dringend zur Kooperation."

Niemand hatte ihn von der Straße hereinkommen sehen, umso größer war nun das Hallo, als Ellroy ‚Evil' McIntyme plötzlich aus dem Toilettengang in der Olde Cologne Bar auftauchte. Der Chief Inspector blieb ruckartig stehen und mimte Erschrecken, als ob er es nicht gewohnt wäre, mit solch einem Radau empfangen zu werden.

„McIntyme! Evil! Wo hast du gesteckt? Sporting wollte dich schon bei deinen Kollegen als vermisst melden!"

Schulterklopfen von allen Seiten, doch McIntyme wirkte

nicht wirklich entspannt, sondern eher misstrauisch. Suchend sah er sich um und mischte damit ein wenig Nervosität unter die allgemeine Heiterkeit. Immerhin, er war ein Cop. Und nicht alles an dem Gold um Finger und Hälse und in den grinsenden Zahnreihen und noch weniger das übrige Geschmeide und der sonstige schicke Zwirn, den er so kritisch musterte, waren, wie man so sagt, redlich verdient.

„Lass dir nichts erzählen, Evil." Sporting trat vor, eine Marihuana-Zigarette an der Lippe, eine minimalistisch gekleidete dunkle Schönheit am Arm. „Hab ich dir schon meine neueste … Verlobte vorgestellt? Cynthia, das hier ist ‚Evil' McIntyme, der zäheste Cop der Stadt. Sei nett zu ihm, sonst liest er dir deine Rechte vor."

Rob ‚Sporting' Harley, gebürtiger Jamaikaner, hatte alle Nase lang neue Verlobte, und meistens mehrere davon. Gleichzeitig war er einer von Jack Knifes zuverlässigeren Unterweltkontakten. Gewesen, natürlich, jetzt, wo Jack den Löffel abgegeben hatte. Unter McIntymes kritischem Blick begann er, Scheine aus einem dicken Bündel abzuzählen. Fertig mit Zählen, stopfte Sporting dem Chief Inspector die Scheine in die Brusttasche. „Sind wieder super gelaufen, deine Pferde, Evil. Magisch, wie du das immer hinkriegst", grinste er.

McIntyme nahm die Scheine wieder aus der Tasche und betrachtete sie, als sei er sich nicht ganz sicher, ob er sie annehmen könne.

„Kann mich gar nicht erinnern, auf Pferde gewettet zu haben", meinte er.

„Das Übliche?", fragte Eddy über das dröhnende Gelächter hinweg, und ehe er sich versah, hatte man McIntyme einen Barhocker und einen Platz an der Theke freigeräumt. Er nickte stirnrunzelnd, und nur Sekunden später stellte Suzie, die äußerst ansehnliche Nachfolgerin der so tragisch bei einem Fenstersturz ums Leben gekommenen Juicie, ein Bier und einen doppelten Bourbon vor ihn hin, wobei sie sich gefährlich weit vorbeugte. „Aufs Haus“, raunte sie und zwinkerte vertraulich. Sie war scharf auf ihn, jeder wusste es, doch der alte Fuchs ließ sie zappeln.

„Eigentlich trinke ich ja gar nicht“, meinte er, mit skeptischem Blick auf die Gläser. Die Bar explodierte geradezu vor Lachen. Er zuckte die Achseln, hob sein Glas, und alle, die gesamte Riege von Gaunern, Gangstern und Gangsterliebchen, tat es ihm gleich.

„Auf das Verbrechen!“, rief er, und Mann, wie sie ihm zuprosteten.

Ed war gerade dabei, ein Tablett fürs Hinterzimmer fertig zu machen und zuckte gewaltig zusammen, als er Meckenheim durch die Toilettengangtür in die Bar kommen sah.

„Wieso hast du mich nicht vorgewarnt?“, zischte er Lucy an. „Ich hab hinten die ganze Bude voll Zocker, und du lässt hier den Schnüffler ungestört herumwatscheln!“

„Was darf's denn sein, Herr Kommissar?“, wandte er sich mit öligem Charme an Meckenheim, ehe Lucy auch nur Zeit gehabt hätte, ihre Ahnungslosigkeit zu beteuern. „Kleinen Whisky, vielleicht?“

„Was?“, fragte Meckenheim, der einen fahrigen Eindruck machte.

„Ich hab hier einen schönen Scotch, über zwölf Jahre alt. Geht aufs Haus, natürlich“, raunte Ed vertraulich.

„Was? Scotch? Aber im Leben nicht! Sie sollten wissen, dass ich nicht trinke!“

Und damit taumelte er raus, der Kommissar. Sturzbetrunken.

Meckenheim war erschüttert. Man hatte ihn für Ellroy ‚Evil' McIntyme gehalten! Wie war das möglich? Er und der Chief Inspector mit der äußert laxen Berufsauffassung, sie könnten unmöglich verschiedener sein.

Die Tür, durch die er in die Toilette der Olde Cologne Bar gelangt war, war verschwunden, als er zurückwollte. Einsetzende, leichte Panik hatte ihn rausgetrieben, raus auf die nächtliche Straße. Vorbei am hellerleuchteten City-Hotel, das nun Plaza hieß, vorbei an Reihen von Studebakers, Oldsmobiles, Lincolns, wo sonst Audis und BMWs parkten, war er gelaufen und gelaufen, bis ihm endlich die rettende Idee kam und er Jack Knifes Wohnung ansteuerte. Und die Zellentür.

Jetzt saß er wieder in seinem Büro im Keller des Präsidiums, zutiefst verstört und immer noch mehr als nur ein bisschen angesäuselt.

Doch in der ... der *anderen* Welt war es ihm vollkommen normal vorgekommen, drei Bier und drei Doppelte auf einen nüchternen Magen zu kippen.

Geplagt von Schwindel ging er die Etappen seiner kurzen Reise wieder und wieder durch. Hatte er das alles nur geträumt? Wie um alles in der Welt war er auf den Gedanken verfallen, Schnaps und Bier in sich reinzuschütten? War dies schon das Delirium?

Die Lautsprecherstimme riss ihn aus dem Wirrwarr seiner Gedanken.

„Wann können wir mit dem Bericht zum Fall Windell rechnen?"

Oh, Mann. Der verfluchte Windell. In was um alles in der Welt hatte ihn dieser durchgeknallte Schundautor verwickelt?

„Meckenheim? Schlafen Sie? Was ist mit dem Bericht?"

„Kommt, kommt“, antwortete er.

„Gut. Wir wollen die Akte schließen. Haben schließlich noch anderes zu tun.“

„Kommt, kommt.“

„Das haben Sie schon mal gesagt. Alles in Ordnung mit Ihnen?“

„Ja, ja.“

„Sie haben sich doch wohl nicht wieder eins auf die Nase gegossen? Ich hab's Ihnen schon mal gesagt: Nur noch eine Verfehlung in dieser Hinsicht, und Sie können Ihren Dienstausweis abliefern!“

Das brachte das Adrenalin zurück in Meckenheims Blutbahn, wo es zumindest kurzzeitig den Alkohol verdrängte.

„Was heißt hier ‚noch eine‘? Es gab nie eine Verfehlung, und was die Farbe meiner Nase angeht, handelt es sich um ein Ekzem. Und davon abgesehen habe ich noch nie ...“, begann er, brach dann aber angesichts seines nicht von der Hand zu weisenden Zustandes ab. „Ich fahr nach Dollendorf, hole das psychia..., das psy..., das *Gutachten* ab und dann kriegen Sie Ihren verdammten Bericht.“

„Es besteht kein Grund zu fluchen, Meckenheim.“

Wenn ihr wüsstet, dachte er und machte, dass er da rauskam.

Elmo öffnete die Tür und betrachtete den Zivilpolizisten mit einem Mangel an Begeisterung, der seinesgleichen suchte. „Sie schon wieder“, stellte er fest. „Noch was vergessen?“, fragte er dann nicht ohne Sarkasmus.

„Ich muss an Windells Rechner“, stieß Meckenheim hervor, die Miene besorgt, die Stimme zittrig, durchwoben mit mehr als nur einem Hauch von Bourbon.

„Vergessen Sie's", antwortete Elmo. „Ohne Durchsuchungsbefehl machen Sie hier keinen Schritt mehr über die Schwelle. Ich hätte Ihnen vorhin schon die Tür vor der Nase zugemacht, wenn Sie mich nicht im Halbschlaf überrumpelt hätten. Hab Sie übrigens gar nicht rausgehen hören."

„Deshalb muss ich ja an den Rechner! Ich will nur einen Blick auf die Story werfen, an der Windell gerade arbeitet."

„Folkmar arbeitet an gar nichts, seit Sie ihn in die Anstalt gebracht haben!"

„Nun, äh, es gibt da möglicherweise neue Erkenntnisse. Dass das Ganze ein Irrtum war. Von mir. Möglicherweise. Ein Blick nur!"

„Na gut. Kommen Sie. Aber Finger von den Tasten!"

Elmo ging vor, hieb mit der Faust auf den Schreibtisch, blickte auf den aufflackernden Monitor, runzelte die Brauen. „Den Text kenne ich noch gar nicht", meinte er verwundert.

„Flossen hoch!", knurrte McIntyme. „Schön in die Luft damit, Wanda, wo ich sie sehen kann."

„Endlich", meinte Said, doch der Cop machte keine Anstalten, seine Fesseln zu lösen. Stattdessen bugsierte er Wanda Molanski nur mit vorgehaltener Waffe in die hinterste Ecke des Raumes, öffnete dann die Zellentür und schlüpfte ohne ein weiteres Wort hindurch. Der Klang seiner Schritte verhallte mit dem Zuknallen einer Tür.

„Das wird hier mehr und mehr zu einem Irrenhaus", meinte Wanda nach einer Weile und nahm die Arme wieder runter.

„Alles in Ordnung?“, fragte Elmo den Polizisten, der entsetzten Blickes auf seiner eigenen Faust herumbiss.

„Daf“, meinte Meckenheim, nahm die Faust aus dem Mund und streckte Arm und Finger, um auf den Monitor zu zeigen, „das da, das … das war *ich*!“

„Den Unterlagen zufolge verkleiden – oder wäre ‚verwandeln‘ der bessere Ausdruck?“ Frau Doktor Störzenich wartete auf ein Signal des Einverständnisses von Windell, doch der reagierte nicht. Er schien fasziniert vom Schauspiel auf dem Gang.

„Wer ist das?“, fragte er nach dem x-ten schwungvollen Vorbeisegeln des rüstigen Greises und seiner pneumatischen Partnerin.

„Das ist Kilius/Bäumler. Einer unserer Patienten“, fügte sie hinzu, wahrscheinlich, um möglichen Verwechslungen mit dem behandelnden Personal vorzubeugen. „Er hält sich für ein Eislaufpaar. Etwas ungewöhnlich, selbst hier auf dem Flügel für schizophrene Symptome.“

Windell sah sie an. „Ich bin hier im Flügel für Schizophrene?“

„… Symptome. Es gibt bei dieser Form der Bewusstseinsstörung kein einheitliches Krankheitsbild, sondern immer nur individuelle Symptome.“

„Aber ich bin doch nicht schizophren!“

„Das, Herr Windell, entscheiden immer noch wir.“

Frau Doktor Störzenich hatte die gleiche beunruhigende Neigung, von sich im Plural zu sprechen, wie seine Verlegerin Isadora Schuster, fiel ihm auf. Auch ihre Art, mit zurückgelegtem Kopf am Rücken ihre Nase entlang auf ihn herabzustarren wie eine Krähe auf einen Wurm, war ähnlich. Doch damit endeten die Übereinstimmungen. Frau Dr. Störzenich war wesentlich jünger, maximal Ende dreißig, und hätte, einen kompletten Austausch von Charakter, Naturell, Persönlichkeit vorausgesetzt, durchaus das Zeug zu einer Schönheit. Wenn man auf Rothaarige stand, hieß das. Mit Brille.

„Und Ihre individuellen Symptome sind, ohne einem späteren Gutachten vorgreifen zu wollen, nur allzu typisch. Sobald Sie sich und Ihre – nennen wir es der Einfachheit halber Ihre *Männlichkeit* – einer bestimmten Situation nicht gewachsen sehen, verwandeln Sie sich in eine dominante, durchsetzungsfähige weibliche Person. Sieht sie eigentlich Ihrer Mutter ähnlich?“

Jetzt geht das wieder los, dachte Windell.

Es war also kein Traum gewesen. Meckenheim starrte auf die grau-grünen Scheine in seiner Hand. Kein Traum. Weder sein Besuch in New York, das Saufen in der Olde Cologne Bar noch der ausgesprochen fischige Blick, den Barschlampe Lucy ihm zugeworfen hatte, als er durch die Damentoilette der Kölner Brooklyn Bar zurückgekehrt war.

„Wenn ich in die Fiktion vordringen kann“, meinte er, langsam wie ein staunendes Kind, „dann ist es durchaus denkbar, dass ...“ Er ließ das Satzende offen. Nur weil etwas denkbar war, wurde es noch lange nicht plausibel und schon gar nicht erklärbar. Dritten, zum Beispiel. Vorgesetzten, zum Beispiel.

„Folkmar und mir wollten Sie es ja nicht glauben“, stellte Elmo fest, der den Zivilstreifenwagen steuerte. Schwerer Verstoß gegen die Dienstvorschriften, das, aber immer noch besser, als möglicherweise angetrunken eine Gruppe Passanten umzumähen.

Und Elmo hatte recht mit dem, was er sagte. Meckenheim hatte diesen Unsinn nicht glauben wollen und wollte es immer noch nicht, obwohl er es mittlerweile besser *wusste*. Oder zu wissen glaubte. Eijei.

„Da hinten rechts“, sagte er. Sie waren unterwegs zur Dollendorfer Anstalt, in – dieses Gefühl wollte und wollte sich nicht abschütteln lassen –, in, so stand zu befürchten, mehr als nur einem Sinne.

„Ich nehme an, Sie wissen sehr gut, dass ‚Pussy Cat‘ im Angelsächsischen die gleiche Bedeutung hat wie ‚Muschi‘ im Deutschen, dass es sich bei beidem also um Umschreibungen des weibliches Geschlechts handelt, der natürlich behaarten Vagina?“

Windell starrte in die getönten Gläser der Psychiaterin und versuchte gleichzeitig, so gut es ging, jeden Gedanken an ihre vermutlich natürlich rotbehaarte Vagina zu verdrängen.

„Äh, nein“, sagte er, um etwas zu sagen und damit die so wichtige Kooperationsbereitschaft zu zeigen.

„Jack Knife hingegen ist eindeutig abgeleitet vom ‚jackknife‘, einem Klappmesser, das ‚dem Mann schon mal in der Hose aufgeht‘ und somit einen Euphemismus darstellt für den erigierten Penis.“

„Sie kennen Jack … Sie kennen meine Romane?“

„Nur zu gut. Oder sagen wir: Besser als es irgendjemandem lieb sein könnte. Schließlich habe ich darüber promoviert.“ Sie lehnte sich zurück, blickte zur Decke. „‚Der immerharte Schwanz. Sexuelle Symbolik und das Bild von Mann und Frau in den Heftromanen Will B. Everhards im Kontext eines drohenden Wiedererstarkens von Machismo und Patriarchentum am Anfang des einundzwanzigsten Jahrhunderts‘.“

„Äh, ganz schön langer Titel."

„Was? ‚Der immerharte Schwanz'? Ich finde ihn eher kurz. Und griffig."

Windell wusste dazu nichts zu sagen. Er fragte sich zum wiederholten Male, woher er diese Frau kannte und warum er sich so vor ihr fürchtete.

„Also, angesichts der nur zu durchsichtigen Namensgebung dieser Figuren, verraten Sie mir eins: Haben Sie auch das Gefühl, dass Sie besessen sind von primären Geschlechtsmerkmalen?"

„Besessen? Ich?"

„Was ist eigentlich aus Ihrem zwanghaften Exhibitionismus geworden? Haben Sie den damals therapieren lassen?"

„Damals? ... Woher wissen Sie von ... Und ich habe nie ..."

Frau Doktor Störzenich nahm ihre getönte Brille ab und wandte sich den beiden Gestalten zu, die schon eine Weile unschlüssig im Rahmen ihrer Bürotüre standen. „Kann ich Ihnen helfen?" Ihre auffallend blassblauen Augen funkelten ungeduldig. Dann weiteten sie sich.

Einen Moment lang sagte niemand ein Wort.

Windell starrte.

Elmo starrte.

Meckenheim starrte.

Frau Doktor Jekatherina Störzenich setzte langsam und mit einem Anflug von Trotz ihre Brille wieder auf.

„Aber, aber, Sie sind die ... Sie sind die Nonne!" Windell erbleichte. Er hatte also tatsächlich Erinnerungen an diese Frau. Fürchterliche Erinnerungen.

„Ich *war*", entgegnete Frau Doktor. „Bis mich meine wahre Berufung ereilte." Nicht ganz freiwillig, doch das gehörte nicht hierher.

„Die mit dem Regenschirm!", entfuhr es Elmo.

Fürchterliche Erinnerungen hatte er, Windell. An diese Frau. Und ihren Regenschirm.

„Vor der Sie sich entblößt haben!", erinnerte sich Meckenheim und meinte Windell. Das hatte den ganzen ... Vorfall damals ausgelöst.

„Verdammt noch mal, ich habe mich niemals und vor niemandem entblößt." Wie lange würde ihn diese unselige Geschichte wohl noch verfolgen? Unselig von Anfang an.

Elmo hatte ihn mit zu einem Fußballspiel geschleift. Windell, dem Ballsport so was von am Arsch vorbeiging, hatte sich dermaßen gelangweilt, dass er die meiste Zeit am Bierstand zugebracht hatte. Auf dem Rückweg war dann das Bahnhofsklo voll mit anderen grölenden Gestalten gewesen. Doch die Liter wollten ans Licht, mit Macht. Oben auf der Domplatte stand dann wie immer ein Bauzaun, mit einer kleinen, versteckten Ecke. Gerade groß genug für einen. Windell hatte sich reingezwängt. Und es laufen lassen. Und laufen. Mittlerweile musste auch Elmo. Er fing an zu quengeln. Doch, wie das so ist, ausgerechnet da verhakte sich Windells Reißverschluss.

Busladungen von Touristen drängten sich über die Domplatte, und Folkmar kam und kam nicht aus der einzigen Ecke, in die man halbwegs diskret pinkeln konnte! Elmo stand das Wasser bis zum Hals, doch Folkmar ließ sich Zeit und fummelte und fummelte in angesoffener Ungeschicklichkeit an seinem Hosenschlitz herum. Bis Elmo die Geduld verlor und er seinen Kumpel einfach am Gürtel packte. Irgendwie hatte Folkmar es eine gute

Idee gefunden, seinen rechten Arm hinter dem Gürtel durch in die Hose einzuführen und so zu versuchen, den störrischen Reißverschluss von innen hochzuziehen. Das war bisher nicht gelungen, doch Zeige- und Mittelfinger seiner rechten Hand baumelten noch in fruchtlosem Bemühen vorne aus der Hose, als Elmo ihn aus der Ecke und auf die Domplatte zog. Jemand schrie. Ein Fotoblitz blitzte.

Meckenheim war damals noch Streifenpolizist und zur Domplatte abkommandiert gewesen, um mit darauf zu achten, dass der Besuch der wegen ihrer ideologischen Nähe zum Opus Dei und ihrer stringenten Ansichten zu Geburtenkontrolle, gleichgeschlechtlicher Liebe, Abtreibung und ein paar anderen heiklen Themen nicht unumstrittenen ‚Barmherzigen Schwestern der letzten Stunden Jesu Christi' reibungslos über die Bühne ging. Doch es hatten sich – vielleicht wegen des Pokalspiels, wer weiß – keine Demonstranten eingefunden und alles war eigentlich ruhig verlaufen. Bis zu dem Schrei.
Meckenheim war herumgefahren und da stand sie, die Abteilung der Barmherzigen Schwestern in traditioneller Tracht, und ihnen direkt gegenüber, just in dem Augenblick, als Meckenheim herumfuhr, grell erleuchtet durch einen Fotoblitz, eine schwankende Männergestalt, aus deren Hosenschlitz es äußerst obszön baumelte. Im nächsten Augenblick hatten sich, angeführt von der mit dem schwarzen Regenschirm, die Nonnen kreischend auf den Mann gestürzt.
Elmo vergaß seinen Harndrang. Zwei oder drei der Nonnen hatten Folkmar zu Fall gebracht und die mit dem Schirm stach und stach und stach auf ihn ein. Auf

seine Leibesmitte, um genau zu sein. Elmo stürzte los, um Folkmar zu Hilfe zu kommen. Er bekam kaum mit, dass ihn jemand stoppen wollte, ihm die Bierflasche entwand, dann hatte er seine Hände um den Schirm und ihn der Furie in Nonnentracht entrissen. Ein zweiter Fotoblitz blitzte.

Zwei Blitze, zwei Fotos. Das war die ganze Ausbeute gewesen in diesen unschuldigen Zeiten vor Einführung von digitaler Bilderflut und flächendeckender Videoüberwachung. Zwei Fotos. Pressefotos auch noch. Einmal Windell mit einem eingezeichneten Kreis rings um etwas Helles, das vorn aus seiner Hose hängt. Das zweite, Windell längst zu Boden gebracht, zeigte Elmo, einen Regenschirm hoch in Händen, wie, aus dieser Perspektive, zum Zuschlagen auf den Kopf einer Nonne. Daneben, schwankend auf einem Bein, der uniformierte Polizist Meckenheim mit auffallend dunkler Nase und einer offenen Bierflasche in der Hand.

Zwei Blitze, zwei Fotos, eine Schlagzeile:

Meckenheim trat vor den gerahmten Zeitungsartikel an der einen Wand des Büros. „‚Der Schwanzwedler, der Nonnenprügler und Polizist Saufnase'", las er vor, als ob er die Zeile nicht auswendig wüsste. Als ob sie nicht sein Leben ruiniert hätte.

„Sechs Wochen Krankenhaus", erinnerte sich Windell. „Elf Stichwunden in Bauch und Oberschenkeln." Wo sonst noch, verschwieg er. „Von Zeit zu Zeit träume ich immer noch davon", bekannte er matt. Von dem Schirm, der schwarzgekleideten Gestalt mit der das Gesicht umrahmenden weißen Haube und diesen Augen. Diesen irren, fanatischen, blassblauen Augen.

„Nun, ich habe damals nur getan, was jede Frau getan hätte", meinte Frau Doktor Störzenich spitz. „Außerdem musste ich die Schwester Oberin vor diesem abstoßenden Anblick schützen." Und hatte man es ihr gedankt? Man hatte nicht, wie sie sich nur allzu gallig erinnerte. Was man getan hatte, war, ihr nach Auswertung der Bilder der Dom-Security nahezulegen, ‚ihre Talente einer weltlicheren Institution zu Verfügung zu stellen'.

„Ich hatte nur meine *Finger* im Hosenschlitz verfangen."

„Schutzbehauptung. *Ich* habe Sie etwas anderes wedeln sehen."

„Der Schirm war nur deshalb so hoch", verteidigte sich Elmo, „weil ich solche Mühe gehabt hatte, ihn Ihnen aus den Händen zu reißen."

„Diese Fotografie erzählt eine andere Geschichte. Ein Wunder, dass weder ich noch eine meiner damaligen Schwestern bei dem Vorfall verletzt wurden. Von unserem Schamgefühl einmal abgesehen." Und ihrer Karriere ... Oh, dieser Groll. Dieser Groll, dieser so lange aufgestaute Groll, er brauchte ein Ventil. Und er würde es bekommen.

„Und das alles wäre überhaupt nie passiert", fuhr sie Meckenheim an, „wenn Sie damals nüchtern und ihren dienstlichen Aufgaben gewachsen gewesen wären."

„Ich *war* nüchtern!" Mein Gott, wie oft hatte er das anschließend und von da an immer, immer wieder, bis zum heutigen Tag, wiederholt? „Und das war nicht *meine* Bierflasche! Ich hatte sie gerade erst ihm hier –", Meckenheim deutete auf Elmo, „– abgeknöpft, als eine Ihrer Barmherzigen Schwestern mich gewaltsam beiseite schulterte, um ihrerseits noch ein paar Tritte anbringen zu können, bei Windell."

Vier gebrochene Rippen, erinnerte sich Windell. Und

wen hatte man verurteilt? Wen hatte man an den Pranger gestellt? Wem machte man bis zum heutigen Tag Vorhaltungen?

Ich muss hier raus, wurde ihm ruckartig klar.

„Wenn Sie mir jetzt bitte sagen könnten, warum Sie meine Untersuchung stören?“, wandte sich die Psychiaterin wieder an Meckenheim, riss den damit aus seinen trüben Betrachtungen vergangener Misslichkeiten und rüber zu den nicht minder ungünstigen Entwicklungen der Gegenwart.

„Ich bin hier, um den Verdächtigen wieder in Polizeigewahrsam zu nehmen.“

Windell sprang auf die Füße. Schöner, ordentlicher, sicherer, *normaler* Polizeigewahrsam! Wundervoll.

„Halt!“, blaffte ihn die Psychiaterin an. „Sie gehen nirgendwo hin!“

Sagenhafte Kommandostimme, fand Elmo.

Windell blickte Meckenheim an. Wie ein Ertrinkender, der um Aufnahme ins Rettungsboot fleht.

„Also, passen Sie auf, Frau Doktor“, begann der Kommissar, leicht verunsichert angesichts der etwas prekären Lage der Befugnisse. Gleichzeitig brauchte er Windell. Sie hatten einiges zu klären. Erhebliches. Amok laufende Romanfiguren, um nur eines zu erwähnen. „Es steht doch wohl außer Zweifel, dass Sie allein schon wegen des ... *Vorfalls*“, immer noch schwer auszusprechen, dieses Wort, „damals am Dom in diesem Fall befangen sind. Ich werde den Verdächtigen deshalb ...“

„Die Medizin“, unterbrach ihn Frau Doktor Störzenich in einem Tonfall, mit dem man Eisenbahnschienen in kleine Stücke hätte schneiden können, „und allen Fakultäten voran die der Psychiatrie, kennt den Begriff der ‚Befangenheit' nicht. Sie können sich demnach darauf verlassen, dass ich den Patienten Windell mit derselben Unvoreingenommenheit beurteilen und gegebenenfalls therapieren werde wie jeden anderen auch." Während ihrer Worte war sie aufgestanden und nun im Begriff, Meckenheim durch schlichtes Auf-ihn-Zugehen aus dem Raum zu drängen.

Der versuchte sich zu widersetzen.

„Nein, werden Sie nicht! Weil ich ihn zu weiteren Befragungen ..." Meckenheim verstummte. Schluckte.

Windell beobachtete ihn wie ein Schiffbrüchiger einen davontreibenden Rettungsring. Störzenichs Worte hallten nach in seinem Schädelrund. Hatte sie wirklich ‚therapieren' gesagt? ‚Beurteilen und gegebenenfalls ...' Windell war von einem Augenblick auf den anderen in Schweiß gebadet. Angstschweiß. „Aber es gibt bei mir nichts zu therapieren!", brach es aus ihm heraus. In den höchsten Tönen. „Ich bin und war niemals Exhibitionist und schon gar nicht schizophren! Mir ist nur eine fiktionale Figur in die Realität entkommen! Alles was ich tun muss, ist ..." Er brach ab. Einmal, weil er selber nicht so genau wusste, was genau es war, das er zu tun hatte, und andererseits, weil ihn die Medizinerin vollkommen ignorierte. Sie hatte sich vor Meckenheim aufgebaut und blickte auf ihn herab. Am Rücken ihrer Nase entlang. Die sie obendrein rümpfte.

„Sie riechen mal wieder sehr stark nach Alkohol, Herr Kommissar", sagte sie eisig. „Sind Sie in Behandlung? Teil eines Programms?"

„Was heißt hier ‚mal wieder'? Ich trinke normalerw..."

„Verleugnung und Verdrängung lösen keine Probleme, Herr Meckenheim. Ich muss mich nur wundern, wie

Sie es in Ihrer Verfassung geschafft haben, so lange im Polizeidienst zu bleiben. Freuen Sie sich, dass ich der ärztlichen Schweigepflicht unterliege. Theoretisch“, fügte sie vielsagend hinzu. „Voraussetzung dafür ist natürlich, dass wir ein Arzt-Patient-Verhältnis eingehen. Falls nicht, bin ich Privatperson wie jede andere auch.“ Sie machte eine Pause, in der alle Anwesenden Meckenheim um mindestens eine Handbreit schrumpfen sehen konnten, bevor sie fortfuhr. „Die Apostolische Gemeinde Köln-Dollendorf hält regelmäßige Treffen im Gemeinschaftsraum des Untergeschosses unserer Anstalt ab. Ich darf Sie zum nächsten Termin am heutigen Abend erwarten?“

„Ich komme gern“, warf Elmo ein. Etwas an der Art der Psychiaterin erhöhte ihm den Druck in der Hose, dass man eine Dampfpfeife daran hätte anschließen können.

„Sie sind selber Alkoho…?“

„Ich *leite* diese Treffen, Herr Meckenheim. In meiner Funktion als Medizinerin. Und natürlich auch als Seelsorgerin. Sie werden feststellen, kaum dass Sie sich vor den Kreis gestellt und mit den Worten ‚Mein Name ist Emil und ich bin Alkoholiker‘ vorgestellt haben, wird es Ihnen direkt besser gehen.“

„Aber ich *bin kein* Alkoholiker!“

„Seltsam nur, dass Sie schon morgens stark angetrunken hier herumwanken und Unmögliches von mir verlangen, oder?“

Ich hätte Oberin werden können, dachte Jekatherina Störzenich mit tiefem Groll. Oberin, Äbtissin sogar! Ich hätte Einfluss nehmen können auf gesellschaftspolitische Strömungen, auf das Erscheinungsbild der Kirche, auf das päpstliche Konzil, ja, auf den Heiligen Vater selbst.

Und was war stattdessen aus ihr geworden? Eine Psychiaterin, die sich von morgens bis abends mit den zumeist unappetitlichen Neurosen ihrer Patienten herumschlagen konnte.

Doch sie würden es ihr büßen, diese drei. Schuldig, jeder Einzelne von ihnen, schuldig, und dafür würden sie leiden. Einer wie der andere.

Sie gingen, Meckenheim und Elmo. Zögerlich zwar, besonders Elmo, aber sie gingen. Und ließen ihn in den Klauen dieses Monsters zurück.

Er stand am Fenster, eine ellenlange Liste mit zukünftigen therapeutischen Gesprächsterminen in Händen, und sah sie davonfahren. „Vor allem das Thema Ihrer überproportionalen Mutterbindung und Ihre daraus resultierende sexuelle Fehlorientierung werden wir noch erheblich vertiefen müssen." Damit hatte Frau Doktor Störzenich ihn verabschiedet. Einzig Windell spürte keine sexuelle Fehlorientierung und damit einhergehend auch keinerlei Bedürfnis nach einer Vertiefung derselben.

Er warf einen Blick auf die Liste und betrachtete Datum und Uhrzeit seiner nächsten Therapiesitzung – 17:35 am selben Nachmittag – wie seinen eigenen Hinrichtungstermin.

Jemand räusperte sich neben ihm. Es war Kilius/Bäumler.

„Marika Kilius, angenehm", zwitscherte die Puppe und hielt ihm huldvoll eine Hand mit permanent wie zum Greifen eines Stabes gekrümmten Fingern hin, die er weder schütteln und schon gar nicht küssen würde.

„Bäumler", stellte ihr Partner sich vor. „Wie lange hast du noch?"

Windell sah wieder auf das Blatt. Die Liste des Computerausdrucks schien sich bis zu seinem Eintritt ins Rentenalter fortzusetzen.

„Für immer“, seufzte er, bar jeder Hoffnung.

„Nein, ich meine etwas anderes.“ Kilius/Bäumler hatte die Stimme gesenkt. Als ob er Mithörer befürchtete. Dabei waren sie allein auf dem Gang. Er schnalzte ungeduldig mit der Zunge. „Ich meine etwas *ganz* anderes“, wiederholte er und stieß sich von der Wand ab, rollte ein Stück. „*Das* andere“, raunte er vieldeutig und drehte sich.

„Er spricht von der Uhr“, flötete die Puppe und zwinkerte Windell dabei zu.

„Hä? Das andere? Welche Uhr?“ Es war genau die Art von Gespräch, die man unter Umständen wie diesen erwarten durfte, doch Windell plagten noch gewisse Eingewöhnungsschwierigkeiten. „Die da?“, fragte er und zeigte auf das Bahnhofsuhrmodell, das von der Decke des Kreuzgangs hing.

„Blödsinn!“ Kilius/Bäumler stieß sich ab, fuhr scharf zu ihm herum, rollte heran und bremste abrupt. „Jetzt stell dich nicht blöder, als du bist! Wir sind doch Kollegen, oder?“

Windell war skeptisch. Irgendwie war er noch nicht bereit für den Schulterschluss mit anderen Schizophrenen.

„Ich habe Teile deines Gesprächs mit … *ihr* … mitverfolgt.“ Alle drei, Mann, Puppe, Windell, blickten zur Tür von Frau Doktor Störzenichs Büro.

„Die Ostblock-Punktrichterinnen waren *Engel* im Vergleich“, warf die Puppe ein.

„Du bist demnach Autor.“

„Schriftsteller“, korrigierte ihn Windell automatisch.

„Aah, *Schriftsteller*!“ Kilius/Bäumler stieß sich wieder

ab in eine rollende Pirouette. „Was Besseres also!“, höhnte er. „Kann mal einer das *Bimmeln* abstellen?“, forderte er dann unvermittelt.

„Obwohl, als Trainerin könnte sie es weit bringen“, meinte die Puppe, offenbar in ihrer eigenen Gedankenwelt.

„Ein Poet! Was Erlauchteres als wir Schreibroboter vom Fernsehen!“ Kilius/Bäumler kam schwungvoll zurück. „Trotzdem ist dir deine Hauptfigur abgehauen, Schöngeist“, zischte er.

„Nun ja.“ Der Drehstuhlsurfer schien der Erste zu sein, dem das nicht verrückt vorkam. Gleichzeitig ...

„Was ist dein Traum? Womit hat man dich geködert?“

„Traum? Geködert?“ Windell kam nicht ganz mit.

„Sie hat diesen unbedingten Willen“, sagte die Puppe. „Und die Mittel, ihn durchzusetzen.“

„Du schreibst, du träumst. Du willst etwas erreichen, etwas darstellen. Was?“

„Nun, wenn ich ehrlich bin ...“

„Ja, ja, raus damit! Deine Frist läuft ab, denk dran.“

„Wenn ich ehrlich bin, habe ich immer davon geträumt, so zu sein wie Hemingw...“

„Keine Namen!“, blaffte Kilius/Bäumler und sah sich wild um. „Vornamen sind, wenn's gar nicht anders geht, okay“, fügte er dann leise hinzu.

„Also wie Ernest Du-weißt-schon-wer.“

Das brachte ihm einen mitleidigen Blick ein. „Ein fetter, versoffener, impotenter, depressiver, haltloser Angeber? Na, du hast Ideale“, fand der Mann auf dem Drehstuhl.

„Nein, ich meine, so ein berühm...“

„Ich dagegen“, unterbrach ihn Kilius/Bäumler und begab sich auf eine neue, kreiselnde Reise den Gang hinunter, „ich wollte einfach nur den Drehbuch-Oscar.

'And the winner is ...'", dröhnte er volltönend, nur um unvermittelt wieder „Das Bimmeln!" zu rufen. „Stell doch mal einer das *Bimmeln* ab!"

Überflüssig zu sagen, dass kein Bimmeln zu hören war.

„Ich wollte den stillen Ruhm, den Respekt von Experten, nur Insidern bekannt sein. Und das ist mir auch gelungen. Und wie mir das gelungen ist."

„Na ja. Ich wäre schon gerne berühmt und angesehen", meinte Windell. „Und das nicht nur bei Insidern."

„Dann ist ja alles klar. Du bist auf dem besten Weg dazu."

„Wie das?"

„Du musst nur die Uhr ignorieren." Kilius/Bäumler stoppte direkt vor Windell, der sich am Anfang einer Stuhlreihe niedergelassen hatte. So saßen sie nun auf Augenhöhe. „Es wollte und wollte nicht klappen. Du hast geschrieben und geschrieben, doch es fand sich niemand, dich mit dem bärtigen Säufer zu vergleichen."

„Es war ein bisschen anders. Meine Verlegerin wollte ..."

„Egal! Auf alle Fälle hast du diese Software installiert. Aus der Klappe in der gewonnenen Tür."

„Woher wissen Sie ..."

„Es sind immer Türen. Und es sind immer Preise. Meine war für das Skript irgendeiner Fernsehserienfolge und mit 'Nominees Only' beschriftet. Ich hab die CD herausgenommen, das Programm installiert, und dann habe ich die Frist verstreichen lassen, ich Idiot. Doch ich wollte den Oscar, ich wollte ihn so sehr. Das Bimmeln!", schrie er. „Abstellen!" Seufzend sackte er in sich zusammen.

Windell verlor ein bisschen die Geduld. „Welche Frist denn, verdammt noch mal?"

„Kleines Fenster, rechts oben im Bild? Ticker, ticker, ticker?“

„Ach das.“

„Ja, *ach das*! Lass sie bis auf null heruntertickern, und du wirst berühmt, auf deinem Gebiet. So einfach ist das. Zu einem Preis, versteht sich.“

Gegen seinen Willen musste Windell kurz auflachen. „Lassen Sie mich raten: Meine Seele?“

„Schwachsinn!“ Die Augen des alten Mannes unter dem kastanienbraunen Dutt funkelten gefährlich. „Deine Seele? Scheiß auf die Seele! Seelen gibt's an jeder Straßenecke. Kann sich nur kein Arsch was für kaufen.“

„Also, was dann?“

Kilius/Bäumler fuhr ein bisschen auf, ein bisschen ab.

„Du hast das Kleingedruckte nicht gelesen, oder?“

„Nein. Ich meine, wer macht das schon?“

„Schlimmer noch: Du hast immer noch überhaupt keine Ahnung, in was du da verwickelt bist, oder?“

„Nicht wirklich.“

Kilius/Bäumler drehte eine versonnene Runde, nicht mehr als ein, zwei schwungvolle Rotationen, zu denen er einen Walzertakt summte. Dann stoppte er wieder vor Windell.

„Wir alle“, sagte er mit feierlichem Ernst, „wissen, oder glauben zu wissen, woher die Kirche ihre Einnahmen bezieht, oder? Für all das Gute, das sie tut?“

Windell nickte. Kollekten, Kirchensteuer et cetera. Er hatte ein Bild.

„Doch was“, fragte Kilius/Bäumler und war schon wieder unterwegs, „ist mit ...“, er senkte die Stimme zu einem rauen Flüstern, „... der *anderen* Seite?“ Er spreizte Zeige- und kleinen Finger, um mit beiden unauffällig Richtung Fußboden zu deuten. „Wie kriegt SIE all das Schlechte, all das Böse finanziert? Schon mal drüber nachgedacht?"

„So richtig nicht", musste Windell eingestehen.

„Du ahnst es natürlich, so wie viele, wie wir alle es auch ahnen, Tag für Tag, bei Gott. Und es stimmt. Die Antwort passt in ein einziges Wort", raunte Kilius/Bäumler. „Und dieses Wort, es lautet: Unterhaltungsindustrie."

Windell schwieg, perplex.

„Hast du dich nie gefragt, wie es manche dieser Nullen an die Spitze der Charts schaffen – egal welcher Charts –, und das nicht nur einmal, sondern immer wieder? Hat dich nie der Verdacht geplagt, dass da jemand nachgeholfen haben muss? Hast du nie gedacht: Was um alles in der Welt macht diese talentbefreite Hackfresse da auf dem Poster, auf der Mattscheibe, auf der Bühne, auf dem roten Teppich, auf der großen Leinwand, auf dem Cover von ‚Literatur Heute'?"

„Doch." Windell nickte. Hatte er.

„Und zu Recht. Aber, mein Freund, dieser Ruhm, dieser unverdiente Ruhm, dieses Leben im Fernsehen und die ach so glanzvollen Auftritte im Scheinwerferlicht, all das hat seinen Preis. Und zwar: " Er rieb Daumen und Zeigefinger vielsagend aneinander. „Geld. Und zwar *alles*. Sämtliche Einnahmen. Denn selbstredend finden die Verhandlungen immer erst nach Inkrafttreten des Vertrages statt. Kannst du dir vorstellen, wie viel ... *SIE* dir dann noch lässt? Nichts, mein Freund. Gar nichts. Und wenn du noch so bettelst."

Das war lächerlich, das war garantiert übertrieben.

„Ja, aber", widersprach Windell, „nehmen wir zum

Beispiel mal einen, ich sag mal, offensichtlichen Kandidaten, den Dieter Bo…"

„Keine Namen! Um Gottes willen keine Namen! Du ahnst nicht, was du damit heraufbeschwörst! Doch, wo du ihn schon erwähnt hast: am Bettelstab, der Gute."

„Ha! Und was ist mit seinen Häusern? Allein das auf Mallorca muss doch …"

„Show. Reine Fassade. Er wohnt zur Miete. Bottrop, Vorort, achtundzwanzig Quadratmeter, Souterrain, Nachtspeicherheizung."

„Aber er fährt einen Ferrari, das hab ich selbst gesehen."

„Nur zu Gerichtsterminen, wie Scheidung oder Verleumdung. Und auch das nur, wenn sicher ist, dass das Fernsehen kommt. Willst du wissen, was er ansonsten fährt? Ford. Einen Ford Fiesta. Erste Baureihe. In – jetzt halt dich fest – violett. Mit 'nem alten ‚Emma'-Aufkleber hintendrauf, der sich nicht entfernen lässt."

Windell weigerte sich rundheraus, das zu glauben.

„Also, selbst wenn das wahr sein sollte, das mit dem Souterrain und dem … dem Fiesta, bleiben da immer noch die schnuckeligen Freundinnen."

„Schnuckelig?", mischte sich die Puppe ein. „Hab ich ‚schnuckelig' gehört? Haare und Nägel aus dem *Studio,* Make-up und Fähnchen aus dem *Milieu,* Titten und Lippen aus dem Dichtmittelregal im Baumarkt. *Schnuckelig*? Aber nur, wenn man auf den *preiswerten* Typus steht."

„Ja, ja. Klar. Diese … *Modelle*. Doch die Wahrheit ist, auch da hält …", doppelter Fingerzeig nach unten, „… SIE die Hand drauf. ‚Schreib mir einen Hit', heißt es …"

„‚*SIE*'?"

„Ja sicher. Überrascht?"

Windell dachte einen Moment lang nach und musste

dann eingestehen, dass nein, nicht wirklich. Nicht im Geringsten, wenn er ehrlich war.

„Also: *‚Schreib mir einen Hit‘*, ertönt es jedes Mal, wann immer unser Freund in Stimmung kommt für einen kleinen Matratzen-Tango. *‚Schreib mir erst einen Hit.‘* Und wenn du das weißt, dann denk mal drüber nach, wann er seinen letzten Hit hatte.“

Windell kam nicht drauf. Der einzige Titel, der ihm überhaupt einfallen wollte, war eine Falsettnummer mit ‚Brother Louielouielouie‘ im Refrain, und wann um alles in der Welt war das gewesen?

„Aber wenn das stimmt, dann ... Wie erklären Sie dann, dass die Mädels immer so, na ja, *zufrieden* wirken?“

Kilius/Bäumler rückte ganz nahe heran. „Weil sie es *sind*“, flüsterte er. „Wie immer SIE ...“, Geste, „das auch anstellt. Und mehr“, flüsterte er weiter, „mehr willst du zu diesem Thema nicht wissen.“

„Ja, aber ...“

„Du glaubst immer noch, das bisschen Kack-Popularität sei jedes Opfer wert, du glaubst immer noch, Ruhm würde alle deine Probleme lösen, oder? Ganz egal, was ich dir erzähle?“

Windell kratzte sich den Kopf. Lebenslange Überzeugungen wirft man nicht einfach über Bord, nur weil ein alter Spinner, der am helllichten Tag mit einer Sexpuppe herumtanzt, einen dazu auffordert.

„Nimm diesen, tja, *Sänger*. Österreicher, Vorname Diedschej. Ich war dabei, ich war Zeuge, als er sich in einem Akt der Verzweiflung seinen bescheuerten weißen Schädelpräser von der Kopfhaut schälen wollte. Mit einem Skalpell, denn anders ging’s nicht. Er hat geblutet wie ein Schwein, aber gleichzeitig geweint vor Glück. Hier,

hier an dieser Schulter, an die sich jetzt Marika schmiegt, hat er gelehnt und ‚Frei! Endlich frei!' geschluchzt. Doch – was soll ich sagen? Schon am nächsten Morgen war die verfluchte Mütze nachgewachsen und noch am selben Abend stand er wieder auf der Bühne, in einem Festzelt voller Kräuterlikör-Alkis in Wallau-Massenheim und gab den Anton aus Tirol. Es war … es war herzzerreißend."

Windell zuckte nur die Achseln. Sein Mitgefühl mit musizierenden Nervensägen hielt sich in Grenzen.

„Es ist das Pensum, verstehst du. Das Arbeitspensum. Es ist mörderisch. Auch wenn es mich zum erfolgreichsten deutschsprachigen Drehbuchautor aller Zeiten gemacht hat. Unter hundertfünfzig Pseudonymen, chronisch abgebrannt, ständig übermüdet, aber immerhin."

„Haben Sie ihn eigentlich bekommen, den Drehbuch-Oscar?"

„Ach, der Oscar!" Kilius/Bäumler lachte bitter. „Der Oscar, das war nur der Köder. Nein", antwortete er und seufzte, „nie. Aber berühmt wurde ich. Oh ja. *Den* Teil der Abmachung hält …", wieder die Geste mit den hornartig nach unten zeigenden Fingern, „SIE immer ein. Kost ja auch nix." Er kickte sich wütend von Wand zu Wand, wie eine Billardkugel von Bande zu Bande. „Das Bimmeln!", schrie er. „Stell doch endlich mal einer das Bimmeln ab!" Mühsam beruhigte er sich wieder.

„Ich wurde zu dem, was die Älteren unter den Regisseuren einen ‚Hansdampf in allen Gassen' nennen. Mein Gott, was habe ich diesen Ausdruck gehasst. Denn das bedeutete nichts anderes, als dass sie mir mit jedem Scheiß daherkommen konnten: Kreuzfahrtschiff, Mittelgebirgsklinik, Seeuferhotel, Hochgebirgsalm. Von den salzigen Weiden Schottlands über die blühenden Hügel der Toskana bis in die Steppen Südafrikas und von da in den Schatten des Taj Mahal, es gab nichts, mit dem sie mich nicht betrauen konnten. Und alles Quotenrenner, dafür wurde schon gesorgt, oh ja. Doch willst du wissen, was das Schlimmste war? Die Krimiserien? ‚Wo waren Sie/Wo befanden Sie sich/Wo haben Sie sich zur Tatzeit aufgehalten?' Halb so wild. Schreibt sich im Schlaf, so was. Oder die Weißkittelserien? ‚Wir vermuten/Wir befürchten/Wir müssen davon ausgehen, dass es sich um einen Tumor handelt.'? Auch nicht. Daily Soap? ‚Es tut mir leid/Es tut mir leid/Es tut mir leid.' Nein, das Schlimmste, das wahre Grauen, das waren die Romanverfilmungen. Meist für die ARD und, oh Mann, für das ZDF. All die Titel mit Edelweiß, mit Palmen, Rosen, Herzen, Sturm, Glück, Leidenschaft und, natürlich, Liebe. Nora, Rebecca, Inga, Utta und, selbstverständlich, Rosamunde. Immer wieder Rosamunde."

„Haben Sie die etwa alle gelesen?"

„*Was?* Bist du bescheuert? Wann denn? Hast du eine Ahnung, wie viele Drehbücher ich pro Jahr abliefern musste, nur um genug zu essen zu haben? Ich habe sie *adaptiert*. Dafür genügen die Klappentexte. Genügen vollkommen. ‚Junge Frau, unglücklich gebunden, reist nach … und verliebt sich dort in …' Der Rest ist Lokalkolorit, ein Minimum an Handlung und viel ergreifender Dialog. Und der Dialog ist letzten Endes auch scheißegal. Hauptsache ist, am Schluss … oh mein Gott, das Bimmeln! Hauptsache, am Schluss … das Bimmeln! Am Schluss! Das verfluchte Bimmeln am Schluss, dieses ewige, dieses abgeschmackte, dieses entsetzliche Gebimmel der Hochzeitsglocken, das werde ich nie mehr aus dem Kopf kriegen, niemals mehr, nie, nie, nie!"

„Und es gibt keinen Weg mehr zurück, raus aus dem Vertrag?“

Kilius/Bäumler hob ruckartig den Kopf, blickte listig. „Wenn die Frist erstmal verstrichen, wenn die kleine Uhr heruntergetickert ist? *Nachdem* man berühmt geworden ist?“ Er zwinkerte, lächelte verträumt. „Doch, natürlich. Schließlich habe ich es auch geschafft.“ Er drehte eine beschwingte Runde. „Eigentlich gar kein Problem“, rief er und stoppte, blickte ernst. „Ich musste nur meinen Rechner zerhacken, mein Arbeitszimmer in Brand setzen, mein Haus in die Luft jagen und mich auf direktem Weg in die Schizophrenie flüchten.“

„Und wir sind glücklich und erfolgreich miteinander“, fügte die Puppe an. „Zeig ihm unsere Goldmedaillen“, forderte sie.

„Einziges Mittel, wie sich im Nachhinein herausstellte. Einziges Mittel.“ Plötzlich wirkte er alt, alt und gebrochen. „Wenn dir dein Leben lieb ist, Junge, deine Freiheit, dann geh und lies das Kleingedruckte. Bring deine Hauptfigur zurück und schreib die Geschichte zu Ende. Zu einem Happy End! Denn das, wirst du sehen, ist die Bedingung. Du kannst es schaffen. Vorausgesetzt, du hast wirklich Talent. Und dir läuft die Zeit nicht davon. Also – wach auf!“, schrie er, mit kippender Stimme. *„Oder willst du so enden wie ich?!“*

Teil 2

Pussy erwachte mit einem pochenden Schädel, einer pelzigen Zunge und einer Pestilenz von einer Laune. Sie wälzte sich aus dem Bett, schlurfte zur Minibar, riss die Tür auf und betrachtete mürrisch und mit zähflüssig in Gang kommendem Erinnerungsvermögen den sie angähnenden Hohlraum. Die Leergutsammlung oben auf der Bar klirrte, als sie die Tür wieder zukickte.

Missmutig schlurfte sie ins Bad, besah sich im Spiegel. Leicht zerknautscht, und sie brauchte *dringend* einen Friseurtermin. Doch davon abgesehen war sie immer noch eine der attraktivsten Frauen der Stadt. Und trotzdem unbefriedigt. Es war eine Schande. Nun denn. Sie griff zu Fön, Spray, Bürste. Sollte der ranke Per nicht bald mal aus dem Schuh kommen, würde sich schon ein anderer finden. Das war noch nie ein Problem gewesen. Sie stellte den Fön ab und hörte ihren Magen knurren. Eigentlich war ihr noch nicht danach auszugehen, doch gleichzeitig hatte sie einen Job zu erledigen, und zum Friseur musste sie auch.

Fertig angezogen nahm sie den Aufzug in die Tiefgarage, um nach ihrem Autochen zu sehen. Da die Sitze nach dem Bad im Fluss nun wieder so gut wie trocken waren, schloss sie das Faltdach und auch die Seitenscheiben. Sicher ist sicher. Beide Türen fest verschlossen, gab sie ihrem Käferchen noch einen Klaps und ging dann die Rampe hoch, Ausschau nach etwas Nahrhaftem halten.

Erst schießen, dann fragen. Celeb Hunter war Profi. Ein Künstler seines Fachs. Und sein Name ein Pseudonym. Doch es war mit Bedacht gewählt. Hunter war Jäger. Aus Passion. Seine Waffe war die Bazooka. Vorn an seiner treuen Nikon. Sein Wild waren Celebs, Celebrities,

Prominente. Und da wiederum hatte er sich auf die Scheuen spezialisiert, auf Berühmtheiten, die sich lieber im Verborgenen tummelten als solche, die mit exhibitionistischer Wollust alle Welt an ihren Affären und Obsessionen, ihren Scheidungsprozessen und Entgiftungsprogrammen teilhaben ließen. Und Hunter erkannte eine maskierte Prominente, die sich auf Umwegen aus ihrem Hotel schleicht, auf tausend Meter. Auch wenn er in diesem Augenblick nicht mit Sicherheit sagen konnte, wer genau das war, der sich da unter der blonden Lockenpracht zu verstecken versuchte.

Erst schießen, dann fragen war Hunters Devise. Also ließ er den Verschluss seiner treuen Nikon flattern und startete dann den Motor seines Jaguars, folgte seinem Wild auf leisen Pfoten. Es sah nach einem guten Tag aus.

‚McDonald's' stand über dem Eingang. Offenbar ein Diner und damit ganz das, was sie suchte.

Vor der Tür wippte ein Wachmann auf seinen Sohlen, wie sie es gerne tun. Pussy nickte ihm zu und ging hinein.

Teenager lärmten herum, also bestellte sie ihre zwei, ach was drei Hamburger, dazu Kaffee und einen unwiderstehlich aussehenden Milchshake zum Mitnehmen. Die Preise kamen ihr ziemlich hoch vor, aber so ist das halt im Ausland. Sie reichte die geforderte Summe rüber, sagte „Stimmt so" und schnappte sich ihre Tüten.

„Ey, Momente", forderte die Bedienung und wedelte mit den Scheinen. „Was iste das?"

Die arme Einwanderin musste so frisch vom Boot sein, dass sie bisher noch nicht mal Dollars zu Gesicht bekommen hatte.

„Ja, wie denn?!“, brüllte Windell Kilius/Bäumler erst ins eine, dann ins andere Gesicht. Man pirouettierte mal wieder. „Sie haben gut reden: ‚Bring Pussy zurück in den Roman und schreib ein Happy End.‘ Wie denn?“

Wollte er hier enden? Im Irrenhaus? Getrieben von wachsender klaustrophober Panik rannte Windell hin und her durch den Kreuzgang, rappelte an den Türen. Abgeschlossen, eine wie die andere. „Dazu muss ich erstmal hier raus!“

Wie viel, versuchte er sich wieder und wieder zu erinnern, wie viel hatte die verdammte rückwärts laufende Uhr beim letzten Draufschauen noch angezeigt? Und wie viel Zeit war seither vergangen? Zeit, kostbare Zeit? Während er sich in aller Ruhe, Länge und Breite erst mit einem Bullen, dann einer Irrenärztin und schließlich mit einem durchgeknallten Insassen unterhalten hatte?

„Ich muss hier raus!“ Windell konnte ein Schluchzen nicht unterdrücken, als er, die Hände gegen das Panzerglas gepresst, durch die Tür hinausblickte in die Weite, die schier grenzenlose Weite der spätsommerlichen Landschaft Dollendorfs.

„Hat er nicht gesagt, er wäre Schriftsteller?“, fragte die Puppe mit ihrer kieksenden Stimme.

Kilius/Bäumler brummte zustimmend.

„Müsste er da nicht *lesen* können?“

Schweigen. Lastendes, vielsagendes, abwartendes Schweigen.

Windell machte einen Schritt zurück. Quer über die Tür lief auf halber Höhe ein mit Scharnieren an beiden Enden verbundener Stahlgriff. Aufgeklebt auf den Griff war ein mehrsprachiger Warnhinweis. In Rot.

TÜR GESCHLOSSEN HALTEN

stand da. Und

HEBEL NUR IM NOTFALL BETÄTIGEN

stand darunter.

Pussys Magen knurrte. Er knurrte wie eine Bulldogge, der man ihren Knochen wegnehmen will.

Doch Klaus-Jürgen Klusenhoff, Franchise-Partner der Kette und Geschäftsführer der Filiale, war taub für solche Subtilitäten. Er bestand auf Herausgabe dessen, was bis zum Zeitpunkt der Bezahlung einwandfrei weiterhin seine Ware war, und zwar unnachgiebig. Zumindest, bis ihn ein leichter Nasenstüber rücklings über mehrere Tische und Bänke schickte.

„Nichts wert!“, bellte ihm Pussy hinterher. „Mein Geld und nichts wert! Für Sie vielleicht nicht, aber für mich, die ich hart dafür gearbeitet habe, allemal!“

Wütend, nein, eher entrüstet, und durchaus würdevoll, stapfte sie dem Ausgang zu.

Der Wachmann hörte den Durchruf in seinem Headset. „Zielperson im Blick, over“, antwortete er und baute sich breitbeinig auf, lockerte die Muskulatur ein wenig für die feiste Transe, die da ohne zu bezahlen abhauen zu können glaubte. Er grinste dünn. Auf Anraten seines Bewährungshelfers hatte er sein Haar wieder über sein Hakenkreuz-Tattoo an der Schläfe wachsen lassen, doch ließ das seine innere Haltung natürlich unberührt. Würde ihn gar nicht wundern, dachte er und streifte verstohlen einen Schlagring über, wenn die blonde Schwuchtel im Begriff wäre, mitten rein in einen kompletten Satz neuer Schneidezähne zu rennen.

„Einsatz, Meckenheim!"

Er fuhr hoch.

„Randale bei McDonald's. Ganz Ihre Kragenweite."

Hatte er geschlafen?

„Und Sie werden überrascht sein, auf wen die Personenbeschreibung passt. Wie die Faust aufs Auge."

Er *hatte* geschlafen. Doch jetzt war er wieder wach. Und der Horror ging weiter.

„Auf Ihren Spezi, wie heißt er noch gleich? Windel, genau. Folkmar Windel."

„Wind*ell*", sagte Meckenheim, eigentlich gegen seinen Willen, „und er ist nicht mein Spezi. Davon abgesehen sitzt er in der Forensik in Dollendorf." Doch wer randaliert dann bei McDonald's?, schoss ihm durch den Kopf. Oh, nein, dachte er, als ihm die Antwort dämmerte. Oh nein, nein, nein.

„*Saß*, Meckenheim. Vergangenheitsform."

„Wie – *saß*? Wie – Vergangenheitsform?"

„Ausgebüchst, Ihr Mann. Flüchtig. Sie sind mal wieder nicht richtig auf dem Laufenden, was?"

Pussy verlangsamte das Tempo ihrer Schritte. Es gab überhaupt keinen Grund zu flüchten. Schließlich hatte sie bezahlt. Der Rest war nicht ihr Problem. Mit gekonntem Hüftschwung trat sie aus der Tür und lächelte den leider ein bisschen zum Fettansatz neigenden Wachmann gewinnend an.

Der blickte unbeeindruckt feindselig. „Gib mir die Tüte, Blondie", schnarrte er, „und dann nehme ich dich bis zum Eintreffen der Polizei in Gewahrsam."

Das eine so ausgeschlossen wie das andere. Pussy überdachte kurz ihre Optionen und entschied sich dann, ihre schärfste Waffe zum Einsatz zu bringen: ihren weiblichen Charme.

Lächelnd strich sie sich ihr Haar zurück und im nächsten Moment hatte sie den Wachmann in Rücklage im Arm, wo sie ihm einen langen, sinnlichen Kuss aufdrückte. Bevor sie ihn fallenließ.

„Sind Sie der Wachmann?“ Meckenheim trat raus auf den Parkplatz vor dem Lokal. Der Mann in der dunkelblauen Uniform trug eine große, eckige Papiertüte über dem Kopf. Er stocherte in einem Mülleimer herum, in dem etwas unter erheblicher Qualmbildung vor sich hinkokelte. „Ich war“, kam es düster von unter der Papiertüte hervor. „Ich bin kein Wachmann mehr. Ich habe nicht das Zeug dazu.“

„Was verbrennen Sie da?“

„Videokassette.“ Die beiden in die Front der Tüte gerupften Augenöffnungen bewegten sich ein Stück aufwärts, wo von der Spitze eines Mastes eine Überwachungskamera auf den Eingangsbereich herabblickte.

Meckenheim hatte schon mit dem Rest des Personals gesprochen und war somit einigermaßen im Bilde über das, was geschehen war.

„Wollen Sie Anzeige erstatten?“, fragte er.

Die Papiertüte bewegte sich energisch von links nach rechts und wieder zurück. „Vergessen, das ist alles, was ich will.“

„Können Sie sich trotzdem noch erinnern, in welche Richtung die, äh, Täterin geflüchtet ist?“

Ein bleicher, sommersprossiger Arm zeigte vage in Richtung des hochaufragenden Turms des City-Hotels.

Meckenheim ging schnurstracks auf das Hotel zu, an

das er sich mit Widerwillen als ‚Plaza‘ erinnerte. Delirium, das musste es gewesen sein. Niemals jemals wieder auch nur einen Tropfen, so viel stand für ihn fest.

Um diese Zeit war an der Rezeption ein reges Kommen und Gehen, doch nach Vorzeigen seiner Dienstmarke bekam er den livrierten Tagportier dazu, sich die beiden erkennungsdienstlichen Aufnahmen von Windell anzusehen. Eine mit, eine ohne Perücke.

„Nein.“ Der Empfangschef schüttelte den altersgrauen Kopf. „Sind mir bisher nicht begegnet, weder er noch sie. Gleichzeitig haben wir vierhundert Zimmer und arbeiten in zwei Schichten, da ist es nicht leicht, jeden Gast persönlich im Kopf zu behalten. Wie sollen die Personen heißen?“

Meckenheim sagte es ihm und war nicht weiter überrascht, dass sich weder ein Folkmar Windell noch eine Pussy Cat im Hotelregister antreffen ließ.

Doch in der Tiefgarage wurde er fündig. Er fasste kurz an den Auspuff des Uralt-Käfers. Kalt.

Wo immer Pussy Cat hin sein mochte, sie war zu Fuß unterwegs. Vermutlich also im Bereich der Innen- beziehungsweise Altstadt.

Der Laden war nicht groß und lag zwischen einem Headshop – was immer das war – und einem Tätowierstudio. Doch es war ein Friseursalon, und so einen suchte Pussy. Trotzdem zögerte sie einen Moment. Das Symbol im Schaufenster war ein Rasiermesser, gekreuzt mit einer Schere unter einem schwarzen Totenschädel, der Name des Ladens war ‚Pirate Cuts‘. Doch die Fotos zeigten Haarschnitte ganz auf der Höhe der Zeit, also trat sie ein.

Jedes Wort, das dieser durchgeknallte Sexpuppen-Gigolo über ‚Celldoor Anticrisis' gesagt hatte, war tatsächlich wahr gewesen. Angefangen damit, dass die Beschriftung der goldenen CD-Hülle, schräg betrachtet, zu ‚Helldoor@ Antichrist' wechselte.

Windell scrollte zitternden Fingers durch den Text des ‚Contracts', suchte und fand die Ausschlussklausel. Nur falls es ihm gelingen sollte, in der vorgegebenen Zeit die Protagonistin – Pussy Cat – wieder in den Text zu integrieren und die Geschichte dann zu einem Happy End zu bringen, wurde der Vertrag hinfällig.

Sollte er scheitern, ob aus Gleichgültigkeit oder Unvermögen oder weil ihm die Idee gefiel, wurde er berühmt. Bestsellerautor. Für einen, wie da stand, ‚noch zu verhandelnden Anteil' der Einnahmen.

Windell überkamen Zweifel, was die Stärke seiner Verhandlungsposition anging, nachdem der Vertrag erst einmal in Kraft getreten war.

Trotzdem ...

Bestsellerautor, dachte er, so wie der Stimmungsmusiker mit der weißen Mütze einst wohl ‚Chartstürmer' gedacht hatte.

Etwas wie akute Atemnot schnürte ihm den Hals zu, als er sich von morgens früh bis abends spät Bestseller auf Bestseller hervorwürgen und trotzdem weiterhin mit Elmo Jock zusammenleben sah, Monat für Monat konfrontiert mit Mattka Wolanski und ihren penetranten Mietforderungen, und das für IMMER.

Fast wie aufs Stichwort klopfte es an der Wohnungstür. Doch es war ausnahmsweise mal nicht ihre Vermieterin. Es war die Polizei.

„Aufmachen! Sofort aufmachen!“ Kommissar Meckenheims Stimme.

Elmo kam aus dem Bad, blickte fragend.

„Aufmachen! Hier spricht die Polizei!“

Da, ein Wink des Schicksals: Alles was er tun musste, war die Tür öffnen, sich widerstandslos festnehmen und zurück nach Dollendorf verfrachten zu lassen. Windell blickte auf die kleine Uhr am rechten oberen Bildschirmrand.

Nach Dollendorf, entschied er dann und sprang auf die Beine, nach Dollendorf kam er noch früh genug. So oder so.

Im nächsten Augenblick war er durch die Goldene Zellentür verschwunden. Elmo ging, öffnete, und Meckenheim drängte sich in die Wohnung.

„Wo ist er?“

„Wer? Folkmar?“ Elmo tat erstaunt. „Ist er denn nicht mehr in der Anstalt?“

Meckenheim hob die Hand, sie beide schwiegen. Das Zuknallen einer Tür drang hohl aus der Zelle. Reflexartig sprang der Kommissar auf die Goldene Tür zu, stoppte dann auf halbem Weg abrupt und machte einen vorsichtigen, tastenden Schritt rückwärts, so wie jemand, der, gepackt von Schwindel, vor einem Abgrund zurückscheut. Oder wie jemand, der es sich kurz vor Überschreiten der Grenze zum Wahnsinn noch einmal anders überlegt.

„Nein“, sagte er dann, mit entrückter Stimme, „ist er nicht. Und wenn Sie ihn sehen sollten, sagen Sie ihm, ich muss ihn dringend sprechen.“

Es war eine der ruhigeren Stunden in der New Yorker Olde

Cologne Bar. Später, zur abendlichen Radio-Übertragung der Boxkämpfe aus dem Madison Square Garden würde es sicher voll werden mit Zockern und Buchmachern, doch noch kräuselte sich nur der Rauch von vielleicht einem halben Dutzend Zigarren und Zigaretten in Richtung der braun verfärbten Decke. Trotzdem musste Keeper Eddy zweimal hinsehen, bevor er den vorsichtig eintretenden Neuankömmling erkannte. Strickjacke, Cordhosen und, tja, Sandalen war man von dem wohl berühmtesten aller New Yorker Dandys nun wirklich nicht gewohnt.

„Ich nehme einfach mal an, dass Sie inkognito hier sind", begrüßte der Keeper seinen Gast mit gedämpfter Stimme. Die Olde Cologne Bar war und blieb ein Ort der Verschwiegenheit, ein Ort enormer Toleranz, ein Ort, an dem jeder das sein durfte, was er sein wollte.

„Das kann man so ausdrücken", antwortete der Autor vorsichtig.

„Trotzdem das Übliche – ein Gläschen Schampus?"

„Gern. Bloß –", der Schriftsteller durchwühlte seine Taschen, „– scheine ich meine Geldbörse zuhause liegengelassen zu haben."

Der Keeper winkte großzügig ab.

„Ein Jarvis Chevalier hat hier immer Kredit", raunte er, köpfte eine Flasche, füllte ein Glas mit dem schaumig perlenden Wein, stellte es vor Chevalier hin und deponierte auch den silberfarbenen Kühler mit der Flasche in bequemer Reichweite.

„Irgendein besonderer Grund, warum Sie hier sind?", fragte er beiläufig und hielt dem Schriftsteller eine seiner besten Zigarren hin. „Recherche? Oder brauchen Sie einfach mal nur ein bisschen Ruhe von all den Verehrerinnen, die Ihnen so hartnäckig nachstellen?"

„Eigentlich suche ich Pussy Cat."

Eddy gluckste. „Wer tut das nicht?"

„Hä?"

„Na, kommen Sie, Chevalier. Kein Mann in der Stadt, der nicht von ihr träumt, oder? Kein GI in der ganzen, verdammten Army, der nicht ihr Pin-up im Spind hängen hätte. Howard Heffener soll ihr ein Vermögen geboten haben, wenn sie sich für sein Magazin auszieht. Doch sie ist nicht so eine. Nach allem, was man so hört, hat sie sich wieder auf die Jagd gemacht nach dem Roosveldt-Diamanten. Und ich möchte nicht in der Haut von demjenigen stecken, bei dem sie den Klunker findet. Das ist mal eine toughe Braut, unsere Pussy."

„Trotzdem, sie ist auch nur eine Frau. Und ganz allein, gegen … gegen diesen ganzen Abschaum da draußen. Eine innere Stimme sagt mir, dass sie möglicherweise in Schwierigkeiten steckt."

Ein lautes Rumpeln drang aus dem Hinterzimmer.

„Bisschen vorsichtig mit dem Roulettetisch!", brüllte Eddy, dann wandte er sich wieder an seinen Gast. „Wir sind dabei, ein bisschen umzudekorieren. McIntyme hat mir gesteckt, dass das FBI vorhat, uns einen Besuch abzustatten. Doch was Pussy angeht: Ist schon komisch, dass sie so gar keiner gesehen haben will, in letzter Zeit."

„Mal angenommen, es wird nötig, sie rauszuhauen. Mit Gewalt, meine ich. Wen könnte ich engagieren, der mir dabei ein bisschen zur Hand geht?"

„Da weiß ich einen", sagte Eddy. „Brains!", rief er dann. „Beweg mal deinen Arsch hier rüber!"

Ein Mann kam aus dem Hinterzimmer und ein Schatten fiel auf Jarvis Chevalier. Ein großer Schatten. Er gehörte Geoff ‚Brains' Baker, dem Ex-Boxer, Ex-Ringer,

Ex-Geldeintreiber und aktuellen Türsteher der Olde Cologne Bar.

„Gibt's Probleme?", fragte er, und sein Bariton ließ die Gläser auf der Theke tanzen.

Brains kam aus der Bronx. Der South Bronx, um genau zu sein, New Yorks zweithärtestem Pflaster. Direkt nach Red Hook, Brooklyn. Brains war auf der Straße groß geworden, und zwar richtig groß, und schlug sich durchs Leben. Und wen er schlug, sagte man, der blieb liegen. In vierundzwanzig Profi-Kämpfen unbesiegt, hätte er eigentlich ein gemachter Mann sein können. Doch ein unstetes Temperament sorgte dafür, dass er häufiger hinter Gittern übernachtete als in seinem Bett. Und seine Wettleidenschaft verhinderte, dass das Geld bei ihm blieb. Brains wettete auf Boxkämpfe, doch er wettete mit dem Herzen, das groß war, und nicht dem Verstand, dessen Proportionen ihm seinen ironisierten Spitznamen eingetragen hatten.

„Nein, nein, keine Probleme", beschwichtigte Eddy und machte Chevalier und Brains miteinander bekannt.

„Du kennst Pussy Cat?", fragte Chevalier.

„Pussy", brummte Brains und nickte.

„Willst du dir ein paar flotte Scheine verdienen?"

Brains nickte noch mal. Da liefen ein paar Kämpfe am Abend, und er hatte mangels Barem noch nichts gesetzt. Machte ihn nervös, so was.

„Die Sache ist die: Pussy ist in der Klemme, doch sie selber weiß es nicht. Ich bringe dich zu ihr. Dann möchte ich, dass du sie dir schnappst, sie in einen Teppich wickelst und zu einer bestimmten Adresse bringst. Und keine Fragen! Es ist zu ihrem Besten, ist alles, was ich sage. Kriegst du das hin?"

„Wie viel flotte Scheine?"

„Fünf."

„Zehn." Buchmacher Alex kriegt noch ein bisschen was, vom letzten Kampftag. „Und ich brech ihr nix. Keine Arme, keine Beine, keine Rippen. Ladies breche ich grundsätzlich nix. Und Pussy schon gar nicht. Ich schnapp sie mir, ich wickle sie in den Teppich, ich liefere sie ab. Aber lebend und an einem Stück."

„Völlig in meinem Sinne. Sollen wir los?"

„Nun, lass uns mal schauen." Ihr Friseur hieß Clive, einer von der dünnen, schnell erkälteten Sorte mit ständig laufender Nase, aber er nahm sich Zeit und wirkte sachkundig genug. „Du bist definitiv auf dieser Forties-Fifties-Schiene, hab ich recht?" Pussy hob eine Braue. Wenn das eine Anspielung auf ihr Alter sein sollte, würde Clive gleich mehr als nur der Rotz aus der Nase laufen.

„Wieder sehr en vogue, Schätzchen. Die Leute rennen uns die Bude ein. Beehives und Pettycoats, Ducktails und Sideburns, Hot Rods und Old Style Rock'n'Roll, das alles ist total angesagt, zurzeit."

Pussy lehnte sich zurück. Sie hatte keine Ahnung, wovon Clive da sprach, aber sein Gebrabbel war angenehm entspannend.

„Trotzdem sehe ich dich nicht in einem Beehive, Schätzchen." Clive legte die Daumen und Zeigefinger seiner Hände zu einem Rechteck zusammen, durch das er sie intensiv betrachtete. „Nein, bei dir gehen wir voll auf Forties-Glory, ganz die elegante Kriegsbraut. So wie in Pearl Harbor. Du hast Pearl Harbor gesehen?"

Pussy wusste nur, dass der Ort auf Hawaii lag. Sie verneinte. „Noch nicht", meinte sie. „Aber vielleicht", fügte sie mädchenhaft hinzu, „wird's ja was zu meiner Hochzeit."

„Oh, soll das etwa heißen, du hast Pläne, Schätzchen?"
„Pläne schon. Bloß noch keinen Mann", gestand Pussy. Und sie und Clive kicherten ein bisschen.

„Hier sieht's genauso aus wie bei Eddy", fand Brains, staunend. „Nur anders, irgendwie. Bunter. Hey, da's ja Sabie!"
Windell packte den schlichten Riesen am Arm und zog ihn blitzartig zurück auf den Gang vor den Toiletten.
Polizeiobermeisterin Sabrina Zahn war die letzte Person, der er im Moment begegnen wollte.
Ed schien es ähnlich zu gehen. „Illegales Glücksspiel, das ist doch Blödsinn!", verteidigte er sich, so gut er noch konnte, mit den Händen hinterm Rücken gefesselt und auf direktem Weg zur draußen wartenden Grünen Minna.
„Alle anderen Räume abgesucht?", fragte noch eine Stimme, der man eine gewisse Autorität anhörte, und nachdem das bejaht worden war, entfernten sich Stimmen wie Schritte, die Eingangstür fiel ins Schloss, und Windell und Brains fanden sich allein in der Bar.
Windell ging schnurstracks hinter die Theke, schraubte den Verschluss von der teuersten Flasche Whisky, warf ihn hinter sich und gönnte sich ordentlich einen, direkt aus der Pulle.
Alles lief wie am Schnürchen. Oder?
„Ah, verdammt! Wir haben den Teppich vergessen", fiel ihm plötzlich ein.
„Kein Problem, Chef."
Brains ging ins Hinterzimmer, hob die Kopfseite des Billardtischs mit einer Hand an und zog mit der anderen den Teppich drunter weg, dann verfuhr er mit der anderen Seite genauso.

Den zur Rolle gewickelten Teppich auf der Schulter, trat er mit Windell raus auf die Straße.

Keine gute Gegend, musste Brains feststellen. Tätowierbuden, seltsam dekorierte Friseure, ein Headshop – was immer *das* sein mochte –, ein Secondhand-Buchladen, ein – Brains stutzte, stoppte, griff sich ein Buch vom Wühltisch. Las den Titel. Sah auf und sah dem misstrauisch dreinblickenden Buchhändler direkt in die Augen.

„Kauf ich", sagte Brains.

„Hm." Friseur Clive hielt den Geldschein ins Licht. Er sah echt genug aus, aber was will das bei Dollars schon heißen.

„Du weißt, dass man bei uns normalerweise in Euro zahlt, Schätzchen, oder?" Er würde ihn behalten, entschied er. Bekam er ihn nicht eingewechselt, konnte er ihn als Souvenir an die Wand pinnen, zu den ganzen anderen Scheinen, mit denen ihm die Kundschaft des internationalen Telefonladens gegenüber schon gekommen war.

„Oder natürlich mit Karte", fügte er hinzu. Langsam beschlich ihn der Verdacht, dass die Dame möglicherweise gar nicht retro-gestylt, sondern authentisch, will sagen aus einer der Ecken der Welt zugereist war, die das einundzwanzigste Jahrhundert noch nicht vollständig erreicht hatte.

„Eine Karte?", fragte Pussy.

„Schätzchen, sag mir eins: Wie nennt sich das, wo du herkommst?"

„Wie sich das nennt? ‚Großer Apfel', warum?"

„‚Großer Apfel'? Nie gehört. Das liegt im Osten, hab ich recht?"

Pussy nickte. New York war definitiv Ostküste.

„Pass auf: Da wo du herkommst, kann man vielleicht mit allem zahlen, Zlotys, Rubel, Forint, Vorkriegs-Dollars, doch hier bei uns, da brauchst du eine *Karte*, Schätzchen. Hier, so eine wie die. Schon mal gesehen, so was?"

Pussy drehte die kleine, bunte, mit Prägeschrift versehene und erstaunlich elastische Karte in ihren Fingern hin und her.

„Nein", gestand sie dann. „Was macht man damit?"

„Nun, Schätzchen, das ist total einfach. Man bezahlt."

„Ich wusste es", sagte Windell, als er und Brains die Tiefgarage betraten. Schon Jack Knife hatte gern unter falschem Namen im Plaza übernachtet, wenn er auf einer heißen Fährte war. Und Pussy machte es nicht anders. „Da steht mein ... da vorne steht *ihr* Auto."

Sie versteckten die Teppichrolle unter dem Käfer, Windell schloss die Fahrertür auf und Brains quetschte sich, so gut es ging, in den Rücksitz. Die Tiefgarage war angenehm schummrig und der Rücksitz lag unter dem winzigen, geteilten Heckfenster schön im Dunkeln. Mit ein bisschen Glück sollte es klappen.

„Du bleibst unten, bis Pussy sitzt, dann überwältigst du sie, wickelst sie ein und lieferst sie bei Jack Knifes alter Wohnung ab, verstanden?"

Brains nickte.

„Ich gehe schon mal vor und treffe ein paar Vorbereitungen. Also, bis später."

Brains brummte. Windell drückte die Autotür ins Schloss und hastete davon.

Sobald er sie anliefert, schubsen wir Pussy durch die Zelle zurück in den Roman, dachte er, und ich sorge inzwischen schon mal dafür, dass ihr der Rückweg in die Realität versperrt ist. *Gründlich* versperrt. Dann haue ich eine Story herunter, die sich gewaschen hat, eine Romanze mit einem Bilderbuch-Happy-End, so honigsüß, dass einem vom Lesen allein die Zähne löchrig werden. Ja! Es müsste doch mit dem … mit IHR zugehen, wenn er das nicht hinbekäme.

Doch erstmal, dachte er und nahm die Treppenstufen hoch zum Appartement im Laufschritt, erstmal werde ich Pussy den Rückweg verbarrikadieren. Gründlichst.

Im Grunde, dachte Meckenheim und unterbrach zum x-ten mal die Arbeit an seinem Bericht über den McDonald's-Vorfall, im Grunde müsste ich hingehen und Selbstanzeige erstatten. Er hatte im Dienst getrunken, er hatte sich von einem Zuhälter bestechen lassen und er hatte – aus welchen Gründen auch immer, möglicherweise für freie Getränke, was ebenfalls einem Straftatbestand der passiven Korruption gleichkam – einen zwielichtigen Gastwirt über Polizeiinterna informiert. Einziger Haken waren die zu erwartenden Fragen über das Wann, das Wo und die Identität beziehungsweise, wenn man so wollte, die Natur der anderen an diesen Taten Beteiligten.

Kopfschüttelnd machte er mit seinem Bericht weiter.

‚Der angegriffene Wachmann weigerte sich trotz wiederholter Aufforderung, Strafanzeige zu erstatten. Das reduziert die möglichen Anklagepunkte gegen den Täter/die Täterin auf die Tätlichkeit gegen den Geschäftsführer der Filiale und den Diebstahl der Lebensmittel im Warenwert von …‘

„Meckenheim!“

Meckenheim zuckte zusammen. Er hasste diesen verdammten Lautsprecher, wie die Pest hasste er ihn.

„Gehen Sie mal auf die Webseite unseres örtlichen Revolverblatts!"

„Äh, aber ich habe hier unten doch gar keinen Internetzuga…"

„Ihr Spezi bringt es zu lokaler Berühmtheit! ‚Die Sexbombe und der Wachmann – eine Romanze wider Willen' lautet die Überschrift! Und wir stehen da wie die Idioten! Das ist Ihr Fall! Nehmen Sie diesen Irren fest! Heute noch! *Sofort!*"

Brains hielt den Atem an und duckte sich, so weit es nur ging, hinein in die Rückbank. Er konnte die Hochhackigen heranstöckeln hören, nun schwang die Fahrertür auf, und Pussy ließ sich grunzend in den Sitz fallen, knallte die Tür, fädelte den Zündschlüssel ein.

Brains richtete sich ruckartig zu voller Größe auf. „Hallo, Pussy", grummelte er in seinem tiefsten Bariton.

Pussy schrak zusammen. Brains packte zu.

Und die Tiefgarage hallte wider vom Geräusch reißenden Textils, gefolgt von einem langen, jodelnden Schrei.

Ein Blatt mieser als das andere! Ida Shyst lag gewaltig hinten.

„Möchte jemand ein Likörchen?", flötete sie.

„Danke", knurrte Wanda Molanski, „aber ich hab meinen eigenen Stoff dabei." Sie zerrte einen Flachmann aus ihrem Hüfthalter und gönnte sich recht ordentlich einen. Und Sabie Tooth entgegnete kühl, sie sei im Dienst. Nur Said Wainda stimmte fröhlich zu, doch da er nicht mitspielte, wäre es schade um das Seconal gewesen.

„Wo Brains und dieser Schreiber wohl hinwollten?“

„Jemanden einsacken, hat Brains gesagt.“

„Bleibt nur zu hoffen, dass ich den Betreffenden dann nicht morgen wieder aus dem East River fischen muss“, seufzte Sabie.

„Wer gibt?“, fragte Ida.

„Immer die, die fragt“, knurrte Wanda.

Es klingelte.

„Said, geh mal nachsehen, wer uns hier stört“, befahl Ida. Alle drei Damen am Tisch griffen unauffällig an Ihre Strumpfbänder oder in ihre Handtaschen.

Doch draußen stand nur ein Maurer, einen Sack Zement auf der Schulter.

„Hallo Ladies“, grüßte er höflich. „Ich soll hier im Auftrag der Hausverwaltung eine nicht genehmigte Tür zumau…“

„Scheiße, wer klopft da? Elmo, wimmle sie ab, ganz egal wer es ist.“

Da war kein Abwimmeln. Elmo fühlte sich beiseite gewischt und an die Wand geklatscht.

„Windell? Mitkommen.“ Es war Kommissar Meckenheim. Und er klang angepisst wie schon lange nicht mehr.

„Aber ich kann jetzt hier nicht weg! Ich muss erst noch …“

„Scheißegal, was Sie müssen oder glauben zu müssen! Weiß der Schinder, wie Sie es geschafft haben, mich in Ihren Wahn mit reinzuziehen, aber damit ist Schluss. Ich mache diesem ganzen Hokuspokus jetzt ein Ende!“

„Hören Sie doch mal zu! Sie wissen doch inzwischen selbst …“

„Nein! Ich höre nicht länger zu. Und alles, was ich

weiß, ist: Sie waren drin, und alles war ruhig. Dann sind Sie abgehauen, und sofort ging das Theater wieder los."

„Nur fünf Minuten noch!"

„Nein! Strecken Sie Ihre Hände vor!"

„Meckenheim, nehmen Sie doch Vernunft an! Ich weiß zufällig, dass Pussy Cat gleich hier auftauchen wird, und dann können wir sie gemeinsam ..." Windell brach ab und stellte sich die Szene vor, wie eine wegen diverser Vergehen polizeilich gesuchte und in einen Teppich gewickelte Frau hier abgeliefert und dann mit vereinten Kräften gewaltsam und auf Nimmerwiedersehen in eine private Zelle verschoben wurde. Und wie diese Szene wohl wirken musste, betrachtete man sie mit den Augen eines Kriminalbeamten.

„Du weißt, was du zu tun hast", sagte er noch zu Elmo. Dann ließ er sich abführen. Es gab keinen anderen Ausweg.

„Meine Frisur!" Der jodelnde Schmerzensschrei hallte noch durch die Katakomben der Tiefgarage, da war Pussy schon aus dem Wagen gesprungen. „Was packst du mir mit deinen Dreckspfoten an die Frisur, du Idiot? Hast du eine Ahnung, was ich da gerade erst für bezahlt habe? Und jetzt sieh dir auch noch mein Faltdach an!" Mit einem einzigen wütenden Schwung ihrer Handtasche hämmerte sie den aus dem Stoffdach ragenden Schädel zurück in den Wagen. Dann stutzte sie. Sah ins Innere. Und erkannte Brains. Bezahlter Muskel, Brains. Aus der South Bronx. Sie bückte sich, erspähte die unters Auto gestopfte Teppichrolle. Zählte eins und eins zusammen. Man wollte sie kidnappen. Jemand aus New York. Wer wohl?

Sie zerrte Brains aus dem Rücksitz und verpasste ihm

ein paar Ohrfeigen, doch nach dem Schlag auf die Runkel war der Muskelmann fürs Erste nicht wiederzubeleben.

Windell dachte an Brains und er dachte an die herabtickende Uhr und er schwitzte und fühlte sich hilflos, machtlos und am Rande der Panik.

Meckenheim löste Windells Handschellen, ließ sich den Empfang des Verhafteten von Frau Doktor Störzenich schriftlich bestätigen und machte auf der Hacke kehrt.

„Bis heute Abend dann", rief sie ihm hinterher, doch Meckenheim hastete nur davon, ohne sich noch einmal umzudrehen. Wie ein Mann auf der Flucht.

„Wenn Sie sich jetzt schon selbst zur Nahrungsbeschaffung der Methodik der Persönlichkeitsspaltung bedienen", wandte sich die Ärztin unterkühlt an ihren Patienten, „dann beginne ich mich zu fragen, ob ich den Grad ihrer Gefährlichkeit nicht erheblich unterschätzt habe."

Windell schielte nach der Fluchttür, er konnte nicht anders. Sobald diese Furie auch nur zur Seite blickt, dachte er, bin ich wieder weg.

„Kurz: Sie entfernen sich noch einmal, nur ein einziges weiteres Mal unerlaubt aus der Anstalt, und ich lasse Sie in den Hochsicherheitstrakt der Geschlossenen Abteilung überstellen."

„Hören Sie, Frau Doktor ..."

„Nicht jetzt. Ihr Termin ist erst um 17:35."

Die Psychiaterin entfernte sich mit flappenden Gesundheitslatschen, Windell sackte in einen der Plastikstühle auf dem Gang und sah erst wieder auf, als ihn Elmo an der Schulter packte. Elmo, mit einem Notebook unterm Arm!

„Und?“, fragte Windell, zitternd vor Erwartung. „Hat’s geklappt? Hat’s funktioniert? Hat Brains Pussy in ...“

„Lies selbst“, sagte Elmo nüchtern und klappte den Bildschirm hoch.

Geoff ‚Brains‘ Baker kam leicht gekrümmt in die Olde Cologne Bar.

„Schon zurück?“, fragte Eddy. „Und ganz allein?“

„Wie – *allein*?“

„Irgendwas ist schiefgegangen. Frag mich nicht, was. Auf alle Fälle war es Pussy, die diesen Brains auf der Schulter anschleppte, und nicht umgekehrt. Sie hat ihn bei uns zuhause auf den Boden geschmissen, aus dem Teppich gerollt, in die Zelle geschubst und die Tür zugeknallt. ‚Sag deinem Auftraggeber, wer was von mir will, muss schon selber herkommen‘, hat sie ihm noch hinterhergebrüllt, dann ist sie wieder abgerauscht.“

Was Elmo nicht erzählte, war, dass Pussy ihn ‚Said‘ genannt hatte. ‚Said‘, dachte er bitter. Said Wainda, der nervige, servile Kurzarsch, und er, Elmo, offenbar, *offensichtlich*, die Vorlage dafür. Er kam nicht drüber weg.

Und über noch etwas war nur schwer hinwegzukommen, und das war Pussy Cats Aussehen, ihr Auftreten, ihre Erscheinung. Schauderhaft. Es gab kein anderes Wort dafür. Absolut schauderhaft.

„Sie wollte nicht mitkommen.“ Ächzend schlurfte Brains hinter die Bar, griff sich den Eimer mit den Eiswürfeln. Mit einem Ruck zog er seinen Gürtel ein Stück vom Bauch weg und kippte den Inhalt des Eimers komplett in die Hose. Keuchte. Seufzte.

„Und du weißt ja, wie sie ist", sagte er dann, immer noch leicht gepresst.

Pussy Cat war in Red Hook, Brooklyn zur Welt gekommen, einem Viertel, in dem ein Mädchen gut beraten ist, sich beizeiten den einen oder anderen Griff anzueignen, möchte es unbelästigt aufwachsen.

Und wenn es nicht in Abhängigkeit von einem Mann geraten wollte, musste es in der Lage sein, für sich selbst zu sorgen.

Eine saubere Schusswaffe, dachte Pussy. Jetzt brauchte sie nur noch eine saubere, nicht registrierte Schusswaffe, und die Jagd auf Sabie Tooth und den rosa Klunker konnte von Neuem beginnen. Barkeeper Eddy, entschied sie, würde ihr bestimmt weiterhelfen können.

„So ein Mist aber auch!" Windell hackte auf den Tasten des Notebooks herum wie ein Verrückter, doch der Text blieb unverändert, und auch die kleine Uhr war eingefroren. Wollte er eingreifen, wollte er weiteren Einfluss auf das Geschehen nehmen, musste er zurück nach Hause an seinen Rechner. Und dann? Die große Frage, die im Moment unausgesprochen wie unbeantwortet im Raum stand, war doch die: Was hatte er falsch gemacht? Wieso war sein Plan, Pussy zu kidnappen, dermaßen in die Hose gegangen?

„Wer gibt?", fragte der Maurer. Solange die Ziegelsteine nicht geliefert wurden, konnte er nicht viel ausrichten.

„Immer der, der fragt", knurrte Wanda.

„Likörchen, jemand?", fragte Ida Shyst, die unverändert hinten lag und so ganz allmählich ihre in Jahrzehnten der

Giftmischerei mühsam zusammengerafften Felle davonschwimmen sah.

„'n Bier wär mir lieber“, sagte der Maurer.

„Das hätte ich dir gleich sagen können“, meinte Kilius/Bäumler gereizt. „Mit Gewalt funktioniert da gar nichts.“

„Gewalt gegen Frauen ist sowieso das Letzte“, fügte die Puppe noch indigniert hinzu. „Mit Ausnahme vielleicht der einen oder anderen Eisprinzessin, die ich so kenne.“

„Die Figur muss freiwillig zurückgehen, in die Fiktion.“

„Aber wie soll ich das machen? Ich meine, sie ist meiner Kontrolle komplett entglitten, seit sie getürmt ist!“

„Da musst du dir eben etwas einfallen lassen. Die Entfernung der Protagonistin ist halt so etwas wie ein Lackmustest für Talentlosigkeit oder mangelnden Willen – das eine oder das andere und du bist schon mit einem Bein in der Schreibsklaverei.“

„Was einfallen lassen! Was einfallen lassen! Was denn, verflucht noch mal?!“ Windell klang nicht nur panisch. Er war es.

Kilius/Bäumler dagegen war, wie das so oft den Unterschied markiert zwischen unerfahrenen Beteiligten und erfahrenen Unbeteiligten, die Ruhe selbst.

„Denk doch mal nach“, meinte er trocken. „Wenn du sie nicht zwingen kannst, musst du sie eben ködern, locken.“

„Aber wie?“

„Wie soll ich das wissen? Du bist ihr Schöpfer, du musst sie kennen, ihre Träume, ihre Bedürfnisse, ihre Schwächen.“

Windell dachte scharf nach. Wovon träumt eine Frau,

scheiße verflucht verdammt noch mal? Mit Jack Knife war das alles so einfach gewesen – Scotch, Steaks, Sex …

Plötzlich boxte er sich in die Hand.

„Mit einem Mann! Ich ködere sie mit einem Mann! Ich schicke … ich schicke ihr einen Traummann hinterher, einen, der sie umgarnt, ihr den Hof macht, sie flachlegt, von mir aus, ja – einen richtigen, ausgebufften Superlover, der es ihr ordentlich besorgt, einen, der es schafft, jeder Frau den Kopf zu verdrehen … Und der sie dann, postkoital, überredet, mit ihm zurückzukehren, nach New York – und in den Text."

„Mal langsam", meinte Elmo.

„Was?" Windell fuhr ungehalten herum. „Hast du Einwände? Oder eine bessere Idee? Dann raus damit! Die Zeit läuft!"

„Was ich nur vorsichtig einflechten wollte, war: Du hast sie noch nicht gesehen, deine Pussy. So, in ihrem ganzen, überwältigenden Liebreiz. Ich schon. Also, wenn du jemanden dazu bringen willst, ihr zu schmeicheln, ihr den Kopf zu verdrehen und sie dann allen Ernstes auch noch zu besteigen, dann brauchst du einen Schauspieler von einem Kaliber, wie es ihn seit Laurence Olivier nicht mehr gegeben hat."

„Ach was." Windell wischte den Einwand einfach beiseite. „Schönheit, mein lieber Elmo, Schönheit liegt immer im Auge des Betrachters. Und was dieses Auge wahrnimmt, das bestimme ich. Ich allein. Denn ich bin der Autor, und damit", dröhnte er, „bin ich der Gott meiner Geschöpfe und ihrer jeweiligen Wahrnehmung." Einen Augenblick sah er manisch drein, bis ihn Kilius/Bäumlers Applaus aus der Trance riss. „Damit der Plan funktioniert, muss ich nur jemanden einsetzen, der ganz aus meiner Feder stammt. Jemanden, der bisher nur die Romanwelt kennt."

„So langsam kommst du in Tritt", meinte Kilius/Bäumler zufrieden. „Schon eine Idee, wen man schicken könnte? Und auch – wie?"

„Ja! Bloß – wie komme ich hier raus? Ich meine, unbemerkt? Ohne Alarm auszulösen?"

„Holla, wen haben wir denn da?", gurrte die Puppe und rollte langsam und mit sehr viel Augenaufschlag an Elmo vorbei, der nicht recht wusste, was zu sagen. Dann fuhr sie herum und drückte Windell ein Stück Karton in die Hand. Es war Elmos Besucherausweis. „Damit", erklärte Kilius/Bäumler und warf ihm auch noch einen Schlüssel zu. Einen Autoschlüssel. „Fahr mir bloß keine Beule rein."

„Sie haben ein *Auto*?"

„Klar doch. Warum nicht? Schließlich bin ich Freigänger."

„Sie sind *Freigänger*?"

„Sag ich doch. Es ist der schwarze Porsche da hinten."

„Sie fahren *Porsche?*" Windell dachte an Dieter B.s angeblichen lila Ford Fiesta und spürte einen Stich von Zweifel, wie weit er wirklich gut beraten war, diesem drehstuhlfahrenden Anstaltsinsassen zu vertrauen.

„Weißt du, mein Junge", meinte Kilius/Bäumler und grinste, „manchmal schafft man es, sogar –", Geste, „IHR ein Schnippchen zu schlagen. Und, na ja, ein bisschen was nebenbei zu verhökern. Hast du ‚Der Untergang' gesehen? Diese Führerbunker-Geschichte?"

„Aber das Drehbuch dazu hat doch Bernd Ei-"

„Keine Namen!", fuhr ihn Kilius/Bäumler an, rollte dann zur Glastür, sah versonnen hinaus auf den Parkplatz.

„Hat er", sagte er dann leise. „Aber sicher hat er das. Und ich hab den Porsche dafür gekriegt." Und er lachte glucksend. „Sieh bloß zu", wandte er sich warnend an Windell, „dass du bis zu deinem Gesprächstermin um halb sechs wieder zurück bist!"

„Ja, und ich?", rief Elmo dem den Gang hinunterrennenden Folkmar hinterher. „Was soll ich so lange machen?"

„Tänzchen?", fragte die Puppe und zwinkerte ihm zu.

Die Morgentrinker hatten die Bar verlassen und die Abendtrinker waren noch nicht erschienen, um ihre Plätze einzunehmen. Eddy, der Keeper der New Yorker Olde Cologne Bar, sah von seiner Tätigkeit des Gläserpolierens auf, als die Tür schlug.

„Mr. Heffener! Was für eine Ehre, Sie begrüßen zu dürfen." Eddy strahlte übers ganze Gesicht, als Howard Heffener, der Flugzeugpionier, Männermagazin-Herausgeber, generelle Tycoon und berüchtigte Erotomane an die Bar trat. „Wir haben Sie schon erwartet."

Heffener war wie immer als Juror zur jährlich in der Radio City Hall stattfindenden Miss-America-Wahl eingeflogen. In seiner eigenen Maschine, wie die Zeitungen berichteten, selbst konstruiert und gesteuert. Er winkte den Keeper zu sich.

„Eddy", raunte er, das hagere, oft als streng, manchmal auch herrisch empfundene Gesicht ernst. „Sie müssen mir helfen. Das mit der Misswahl ist diesmal nichts als ein Vorwand für mein Kommen. In Wahrheit suche ich Pussy. Pussy Cat."

Na, musste der Tycoon erfahren, da war er nicht der Einzige. Noch jemand war schon länger auf Pussys Fährte und sollte eigentlich die neuesten Informationen über den Verbleib der die Männerwelt elektrisierenden Detektivin haben. Eddy verwies Heffener an den großen Mann mit den irreführend runden Zügen, der am Kopfende der Bar saß und nachdenklich in seinen Champagner-Kelch blickte.

Augenblicklich gesellte sich Howard Heffener zu ihm, stellte sich vor.

„Jarvis Chevalier?“, fragte er dann, beinahe ungläubig. „*Der* Jarvis Chevalier? Der sich seit Jahren weigert, für mein Magazin zu schreiben? Sind wohl nicht angewiesen auf meine lumpigen Dollars, was? Ha! Endlich mal jemand!“ Er reichte Chevalier die Hand, schüttelte sie kräftig. „Hab übrigens Ihr letztes Buch gelesen, ‚Amor Mortis‘. Ganz schön saftige Szenen drin, Sie alter Lüstling.“

Das aus dem Mund eines nahezu Siebzigjährigen, der sich gewohnheitsmäßig mit ebenso sparsam bekleideten wie von Mutter Natur überaus großzügig ausgestatteten Blondinen umgab, die altersmäßig allesamt seine Enkelinnen sein könnten.

„Hab Sie mir allerdings …“ Heffener senkte einen kritischen Blick bis hinunter zu den mit weißen Socken getragenen Sandalen des Schriftstellers. „… deutlich glamouröser vorgestellt. Vor allem, was Ihre Garderobe angeht.“

Das von einem Typen, der eine lammfellgefütterte Fliegerjacke über einem seidenen Pyjama und Slippern trug.

„Ich bin inkognito unterwegs, Mr. Heffener.“

„Ah, verstehe.“ Heffener senkte die Stimme. „Falls es um Pussy geht … können Sie mit meiner vollen Unterstützung rechnen. Verfügen Sie über mich, meine Person, meine Beziehungen, was immer nötig sein wird. Meine Maschine steht vollgetankt auf La Guardia. Sagen Sie mir das Ziel, und ich fliege Sie hin!“

„Das wird nicht nötig werden“, meinte der Schriftsteller rasch, beinahe hastig. Böse Zungen behaupteten, nicht wenige von Heffeners Gespielinnen hätten sich nach nur einem Flug mit ihm am Steuerknüppel nie wieder die Haare bleichen müssen. „Sie ist gar nicht weit weg von hier. Das einzige Problem ist: Sie will nicht zurück.“

„Was trinken Sie da? Champagner? Hervorragend.“ Heffener winkte Suzie, die, sachte errötend, dem weltberühmten Womanizer ein weiteres Glas und, nach einem weiteren Wink, auch eine weitere Flasche brachte.

Die beiden Männer stießen an. Tranken.

„Chevalier“, sagte Heffener dann gedehnt und lehnte sich zurück, die Augen halb geschlossen, „was eine Frau will und was sie nicht will, ist immer – und bitte glauben Sie mir das, ich spreche aus Erfahrung –, ist immer und überall auf der Welt nichts anderes als Verhandlungssache.“

Darauf stießen sie noch mal an.

„Bloß bei Pussy“, sinnierte Heffener weiter, „habe ich es bis heute zu nichts gebracht. Noch nicht mal zu einem Treffen mit ihr. Und ich brauche sie, ich brauche sie händeringend.“ Er goss die Gläser voll, wog den Kopf hin und her. „Chevalier“, raunte er, „das muss unter uns bleiben, aber meinem Baby, meinem Magazin, geht es nicht gut. Beschissen, um mal schonungslos offen zu sein. Ich brauche Pussy, die Traumfrau der Nation, und ich brauche sie auf dem Titel. Nackt. Sagen Sie mir, wie ich das schaffe, und ich hole sie Ihnen aus der Hölle, wenn's denn sein muss.“

Jarvis Chevalier hob sein Glas und lächelte. „Ich weiß, womit Sie sie dazu bringen“, meinte er und nahm einen langen, genüsslichen Schluck.

Der Tycoon sah ihn gebannt an. „Ja?“, stieß er hervor.

„Bieten Sie ihr einfach den Roosveldt-Diamanten.“

„Den Roosveldt-Diamanten? Aber der ist verschollen!"

„Wer hat Ihnen das denn erzählt?", fragte Chevalier und winkte Suzie.

„Sehen Sie sich das an!" Howard Heffener war völlig aus dem Häuschen, berauscht von den Farben und der ganzen Modernität, die ihn umgab. „Sehen Sie nur!" Er deutete hoch in den Himmel. „Wie hoch dieses Flugzeug fliegt! Es … es muss unbemannt sein. Niemand kann in solcher Höhe überleben."

Windell nahm noch einen Schluck aus der Flasche, die er aus der nach wie vor verwaisten Brooklyn Bar hatte mitgehen lassen, reichte sie dann dem Tycoon.

„Also, Heffener, enttäuschen Sie mich nicht. Das Mädel muss noch heute zurück in die alte Heimat."

„Sie haben mein Wort: Ich werde tun, was in meiner Macht steht." Heffener zwinkerte, winkte, wankte rüber zum City-Hotel, während Windell zu seiner Wohnung hastete.

Jetzt nur noch schnell den Rückweg für Pussy versperren! Er zog die Tastatur zu sich heran, hieb mit der Faust auf den Schreibtisch, atmete einmal tief durch und vertiefte sich in den Text.

„Hat hier jemand hundertfünfzig Stück Ziegelsteine bestellt?", fragte Said von der Tür her.

Die drei Damen am Tisch entspannten sich wieder etwas. Hieb-, Schuss- und Stichwaffen wanderten an ihre angestammten Plätze zurück.

„Wahrscheinlich er hier", meinte Sabie Tooth und stieß die auf dem Fußboden liegende Gestalt mit dem Fuß an.

„Aber … aber was ist denn mit ihm passiert?" Said

beugte sich entsetzt über den rücklings hingestreckten Maurer. Irgendjemand hatte dem Bewusstlosen sämtliche Taschen auf links gezogen. „Er war doch gerade noch putzmunter?"

„Scheint irgendwie mein Likörchen nicht vertragen zu haben", meinte Ida Shyst gleichmütig. „Wer gibt?"

„Immer die, die fragt", knurrte Wanda.

„Ja, Scheiße!", schrie Windell über das elektronische Quäken hinweg. Es musste einen Weg geben, diese überfallartigen Eingriffe des Programms zu überschreiben, aber im Moment lief ihm die Zeit für Experimente davon, wollte er bis zum Gesprächstermin in Dollendorf sein. Und das musste er, oder er konnte sich gleich hinter die Gitter der Geschlossenen begeben.

„Scheiße, Scheiße, Scheiße!"

Die Treppe runter, raus auf die Straße, rein in den Porsche, Gas! Keine fünf Minuten später, im fünften Gang die schnurgerade Aachener Straße hinunter, stach ihm ein roter Blitz ins Auge und nur Sekunden später gesellte sich zu den tanzenden roten Punkten auf seiner Netzhaut noch ein weiterer aus der Mitte einer Polizeikelle, geschwenkt von niemand anderem als ausgerechnet Polizeiobermeisterin Sabrina Zahn.

Windell nahm den Kopf runter und dachte daran, die uniformierte Zicke über den Haufen zu fahren. Doch die Zicke war nicht allein, und der Kerl an ihrer Seite trug Kampfanzug und eine Maschinenpistole.

„Papiere", forderte Sabrina Zahn grußlos, kaum dass Windell den Wagen – einen schicken schwarzen Porsche – zum Stehen gebracht hatte.

„Hören Sie, ich habe es total eilig", begann Windell, wieder mal voll auf die winselige Tour.

„Das war nicht zu übersehen", entgegnete Sabrina und schnippte ungeduldig ihre Finger. „Papiere!"

„Ich muss dringend nach Dollendorf", erklärte Windell, händigte brav, wenn auch merklich zähneknirschend seinen Führerschein aus und kramte dann fahrig und vorerst vergeblich nach dem Fahrzeugschein.

„Haben Sie getrunken?"

„Nein", kam es zurück, mit fester Stimme und abgewandtem Kopf.

„Natürlich nicht", höhnte die Polizistin. „Aussteigen!"

„Hören Sie! Ich habe einen enorm wichtigen Gesprächstermin. Sollte ich den verpassen, kann das Folgen haben für mein ganzes weiteres Leben!"

Windell wand sich geradezu, es war erbärmlich.

„Das hätten Sie sich vorher überlegen müssen. Aussteigen, ich wiederhole mich nicht noch mal!"

Da, ein Ruck, ein Verhärten der Haltung. Endlich.

„Sie versuchen doch nur, mich zu etwas Unüberlegtem zu provozieren", presste Windell hervor. „Aber das wird Ihnen nicht gelingen."

„Abwarten", meinte Sabrina knapp und hielt ihm die Autotür auf. „Gehen Sie mal ein paar Schritte geradeaus."

„Also, wenn ich nicht mitspielen darf, dann gehe ich jetzt." Said Wainda klang mehr als nur ein bisschen beleidigt.

„Ohne Knete keine Karten", beharrte Wanda.

„Du glaubst, du kannst Pussy vorwarnen, was?", vermutete Ida. „Nur zu. Sag ihr, Sabie ist hier. Und sag ihr auch, Sabie weiß ganz genau, wo sich der Stein befindet, auf den Pussy so scharf ist."

„Ah, und nimm den hier mit“, knurrte Wanda und kickte den nach wie vor bewusstlosen Maurer in die Seite. „Wer gibt?“

„Schauen Sie ihn sich noch mal in Ruhe an“, meinte die Polizistin und zeigte ihm seinen Führerschein „Denn den sehen Sie so bald nicht wieder.“

Er hatte ein bisschen geschwankt beim Geradeauslaufen, er hatte bei geschlossenen Lidern mit dem Zeigefinger sein Auge anstatt seiner Nase getroffen, er hatte sich beim Wiederholen von ‚Brautkleid bleibt Brautkleid und Blaukraut bleibt Blaukraut‘ verhaspelt. Siebenmal. Zur wachsenden Belustigung einer ständig steigenden Anzahl von Zuschauern. Nun stand er bei gestreckten Armen auf einem Bein und je länger er stand, desto unsicherer wurde diese Pose.

Entlang der Straße winkten Streifenbeamte Autos aus dem rollenden Verkehr, überprüften Papiere, verwarnten Fahrer, kassierten sie ab, schickten sie weiter. Nur der schwarze Porsche und sein Fahrer blieben. Und blieben.

Das ist nur Sabrina Zahns übliche Gemeinheit, dachte Windell. Sie muss mich weiterfahren lassen, und weil sie das weiß, lässt sie mich so lange wie möglich zappeln.

„Hören Sie“ – war das ein Flehen, das sich da in seine Stimme schleichen wollte? „Könnten wir das nicht ein bisschen beschleunigen? Ich habe es wirklich total eilig.“

„Sie *hatten*“, korrigierte ihn die Polizistin mit einem Unterton rasend machender Belustigung. „Vertrauen Sie mir einfach, wenn ich Ihnen sage: Von jetzt an haben Sie alle Zeit der Welt.“

„Patient Folkmar Windell bitte ins Therapiezimmer vier!"

Elmo sah hoch zur Uhr. 17:35. Er eilte den Gang hinunter zur Glastür, blickte raus auf den Parkplatz. Kein Zeichen von Kilius/Bäumlers Porsche.

„Patient Folkmar Windell bitte unverzüglich ins Therapiezimmer vier!"

Kein Zeichen vom Porsche, kein Zeichen von Folkmar.

„Patient Folkmar Windell! Letzter Aufruf für Patient Folkmar Windell, sich *augenblicklich* ins Therapiezimmer vier zu begeben!"

Hm, dachte Elmo, klopfte an der Tür Nummer vier und trat ein.

„Da sind Sie ja", meinte Frau Doktor Störzenich eisig. „Wenn auch eineinhalb Minuten zu spät."

„Geliehen? Sie behaupten, sich diesen Wagen ausgeliehen zu haben, können aber nicht sagen, von wem? Gehen Sie vor! Zu dem Transporter da vorn!"

„Ich kenne nur seinen, äh, Künstlernamen." Kilius/Bäumler, dachte Windell, und das Hemd klebte an seinem Rücken. Und er residiert in Dollendorf.

„Sie rühren sich nicht von der Stelle!"

Sabrina Zahn besprach sich kurz mit einem Beamten, der vor einem Rechner saß und ihr etwas auf dem Monitor zeigte. Dann setzte sie ihre Dienstmütze und ihre offiziellste Miene auf, bevor sie sich wieder zu Windell umdrehte, der seine Hoffnung auf baldige Weiterfahrt endgültig verdunsten sah.

„Das von Ihnen gesteuerte Fahrzeug ist zugelassen auf einen gewissen Bernd Eich-"

„Keine Namen!", unterbrach Windell, ohne wirklich sagen zu können, warum.

„-chinger. Und der hat es schon vor Jahren als gestohlen gemeldet."

Wo er auch hingehört, dachte Windell einen früheren Satz zu Ende. Wo er auch hingehört, der Kilius/Bäumler. Nach Dollendorf.

„Sie sind hiermit festgenommen."

Damit drehte sie ihm den Arm auf den Rücken und schob ihn barsch zum großen Mannschaftswagen am Rande des Geschehens, die Stufen hoch und hinein.

„Leeren Sie sämtliche Taschen auf den Tisch. Schuhe aus. Hemd aus. Hose aus."

„Hose aus?"

„Hose aus. Dies ist eine Leibesvisitation. Übliches Vorgehen bei Verhaftungen. Ich muss sicherstellen, dass Sie keine Waffe am Körper tragen."

Windell stieg aus den Sandalen, aus der Hose. Ein Blick auf die Uhr verriet ihm, dass sein Gesprächstermin bei Frau Dr. Störzenich schon ablief, mit unabsehbaren Folgen für sein weiteres Leben. Und alles wegen …

„Und nun, Unterhose aus, vorbeugen!"

„Was?" Es gibt für alles Grenzen.

„Herr Windell, Sie sind mit einem gestohlenen Fahrzeug angehalten worden. Sie behaupten, nicht getrunken zu haben, sind aber trotzdem verhaltensauffällig und offenbar nicht ganz Herr Ihrer Sinne. Da bleibt mir nur die Schlussfolgerung, dass Sie unter Drogen stehen. Und Drogenkonsumenten wie -händler nutzen sehr häufig ihre Körperöffnungen, um ihren Stoff zu verstecken. Also: vorbeugen, Beine auseinander!"

Windell beobachtete mit schwindender Fassung, wie Sabrina Zahn einen armlangen Gummihandschuh überstreifte und provokant um ihren Bizeps schnappen ließ.

„Worauf warten Sie?“, fragte sie, und Windell sah auf, sah um sich, blickte in lauter grinsende Gesichter, die sich dutzendfach rings um den Mannschaftswagen die Nasen an den Scheiben plattdrückten.

„Ich zähle bis drei“, sagte Sabrina Zahn mit dem allerschmalsten sardonischen Grinsen. „Eins, zwei, drei!“

Und Windell sprang ihr an die Gurgel.

„Elmo Jock? Sie wollen *Elmo Jock* sein? Nun, das ist unmöglich. Laut Protokoll der Pforte hat ein gewisser Elmo Jock um exakt vierzehn Uhr und zwölf Minuten als letzter heutiger Besucher seinen Passierschein zurückgegeben und unsere Anstalt verlassen. Und laut Anwesenheitsliste ist die Zahl der Patienten vollständig. Demnach *müssen* Sie Folkmar Windell sein, in einer weiteren, verblüffenden Verkleidung und offenbar auch in Gestalt einer neuen, einer, neben Pussy Cat, nun dritten schizophrenen Persönlichkeit. Interessant. Möchten Sie vielleicht jetzt über Ihre Mutter sprechen?“

Ich kriege euch dran, dachte Frau Dr. Jekatherina Störzenich mit grimmiger Befriedigung. Euch alle drei. Den Schwanzwedler und Kommissar Saufnase und nun auch, durch eine glückliche Fügung, den wieseligen Nonnenprügler.

Elmo schluckte. Diese Frau war verrückt, sie gehörte eindeutig in eine ...

„Was war das, was Sie mir über Ihre Mutter erzählen wollten?“ Das Bemühen der Psychiaterin, ihrer Stimme etwas Wärme zu verleihen, war nicht wirklich von Erfolg gekrönt. Genauso gut hätte sie versuchen können, Wärme in einen Eiszapfen zu reiben.

Elmo schluckte erneut. Räusperte sich. Irgendetwas

an dem Bild der einen Zapfen reibenden Ärztin trieb ihm das Blut in den maskulinen Schwellkörper.

„Ihre Mutter …?“

„Meine Mutter … Also, meine Mutter ist eine eigenartige Frau. Meine Mutter, müssen Sie wissen, stand eigentlich immer schon auf große Männer. Echte Bohnenstangen. Warum sie meinen Vater geheiratet hat, der gerade mal einsfünfundsechzig ist, weiß ich auch nicht. Auf alle Fälle wollte sie dann, wo sie schon mit einem kleinen Ehemann gestraft war, wenigstens einen größeren Sohn bekommen. Und dafür, das können Sie jetzt glauben oder nicht, war ihr jedes Mittel recht. Nach allem, was ich weiß, hatte sie, bevor sie mit mir schwanger wurde, Affären mit gleich mehreren Spielern eines amerikanischen Basketballteams, das damals für ein Turnier in der Stadt war. Wie sie glaubte, meinem ahnungslosen Vater einen farbigen Sohn unterschieben zu können, der vermutlich schon mit Schuhgröße 45 auf die Welt käme, bleibt ihr Geheimnis. Jedenfalls war ihre Enttäuschung grenzenlos, als stattdessen ich geboren wurde.“ Elmo holte tief Luft. Er hatte noch nie darüber gesprochen, fiel ihm auf. Doch jetzt, wo er einmal dabei war, konnte er auch alles erzählen. „Meine Mutter, also, das ist keine Frau, die ein Blatt vor den Mund nimmt, wie man so sagt. Von Kindesbeinen an hielt sie mich – wie meinen Vater – im ständigen Gefühl, nicht adäquat zu sein. Und sie ließ nichts unversucht – bei mir, nicht bei meinem Vater, bei dem war’s zu spät –, um mir Wachstumsschübe zu verpassen. Und ich meine *nichts*. Keine Ahnung, was sie mir alles unters Futter mischte, Hormone scheinen noch die harmloseren Substanzen gewesen zu sein, aber es steht fest, dass ich schon mit acht Jahren in den Stimmbruch kam und zum neunten Geburtstag einen Rasierapparat kriegte. Den ich auch brauchte. Mit zehn wollte man mich in psychologische Betreuung stecken, weil ich so hinter den Mädchen her war. Älteren Mädchen vor allem. Solchen mit ... Formen. Dabei war daran nichts Unnormales: Ich war einfach bereit, wenn Sie verstehen, was ich meine." Elmo suchte in der Miene der Psychiaterin nach irgendeiner Spur von Verständnis für erotische Bedürfnisse. Vergeblich. Kühles, analytisches Abwarten, gepaart mit schlecht kaschierter Herablassung, war alles, was die Miene der Ärztin spiegelte. Elmo war danach, sich vor ihr zu entblößen, in der Hoffnung, die volle Dosis ihrer Verachtung zu spüren zu bekommen. Nach kurzer Abwägung der weiteren zu erwartenden Konsequenzen entschloss er sich, den Striptease erstmal auf der seelischen Ebene zu belassen.

„Leider fruchteten die ganzen Pillen und Pülverchen überhaupt nichts, um mich wachsen zu lassen. Also zumindest, was reine Körperhöhe angeht." Elmo zwinkerte, wie er meinte, vielsagend. Die Reaktion seines Gegenübers blieb nichtssagend.

„Daher beschloss meine Mutter, sozusagen als letzten Strohhalm, vielleicht aber auch ganz einfach aus Rache, wenigstens zu versuchen, mich länger *aussehen* zu lassen. Und ich rede nicht von Plateausohlen. Nein, stellen Sie sich das vor: Ein Teenager mit hormondopingbedingter, früh und überproportional entwickelter Libido, und sie geht hin und näht ihm alle Ärmel und Hosenbeine kürzer, weil sie meint, damit wirke man größer!"

Plötzlich lächelte sie, die Frau Doktor. Notierte etwas auf ihrem Block.

Elmo missdeutete das Lächeln als Applaus, als Ermutigung, fortzufahren.

„Und überhaupt kapiere ich diese ganze Besessenheit nicht! Als ob weniger Höhe auch weniger Mann bedeuten würde! Das ist doch Blödsinn! Eher im Gegenteil! Nehmen wir zum Beispiel die Frage der, äh, Potenz. Ja, warum nicht? Soll ich Ihnen mal sagen, wie oft ich – pro Tag, pro Nacht, ganz egal, also wie oft ich, sagen wir im Zeitraum von vierundzwanzig Stunden …“

„Sie glauben doch hoffentlich nicht allen Ernstes“, unterbrach ihn die Ärztin, in einem Tonfall, der kopulierende Hunde getrennt hätte, „mich mit Häufigkeit oder Fördermenge ihres ermasturbierten Genitalschleimauswurfs beeindrucken zu können?“

Elmo sagte es ihr trotzdem. Er musste einfach.

Frau Doktor zeigte keinerlei Regung.

„Aha“, machte sie schließlich und unterdrückte ein Gähnen. „Ist das oft?“

„Hallo … *Loverboy*.“ Pussy Cat hatte, auf der Suche nach logistischer Hilfestellung beim Kauf von etwas Großkalibrigem, die Brooklyn Bar leer und mit Tape versiegelt, die Eingangstür aber zu ihrer Überraschung unverschlossen vorgefunden. Einmal drin, musste sie sich einfach eine kleine Stärkung gönnen. Klein, aber hochprozentig. Und dann noch eine. Und dann – na ja. Und Rezeptionist Per Chartreuse bekam nun den Fallout zu spüren. „Heute Nacht schon etwas vor?“ Pussy wedelte ihre Wimpern, dass die Broschüren oben auf dem Empfangstresen ins Flattern gerieten.

Per, den der Gedanke an Sex mit einer Frau in ungefähr dem gleichen Maße erregte wie der an das Ausfüllen einer Steuererklärung, schenkte Pussy seinen distanziertesten Blick. Er hätte sie augenblicklich vor die Tür gesetzt, wenn ihn nicht Celeb Hunter mit Scheinen gespickt und eindringlichst instruiert hätte, die brünftige Matrone mit allen Mitteln zum Bleiben zu ermutigen und ihn, Celeb Hunter, über jeden ihrer Schritte informiert zu halten.

„Ich wüsste da ein Mädchen", gurrte Pussy, unempfänglich für Pers ablehnende Haltung, „das sich geradezu *verzehrt* nach ein wenig männlicher Gesellschaft."

„Und ich kenne genau den Mann, sie ihr zu leisten", tönte es von der Tür der Hotelbar her, und Per wusste, auch ohne den Kopf zu wenden, dass es der Spinner mit der Fliegerjacke über dem Schlafanzug war. Und schon kam er mit langen Schritten und ausgebreiteten Armen quer durch die Lobby geeilt.

„Endlich, endlich begegnen wir uns einmal!", jubelte der Greis, und seine Jacketkronen leuchteten blendend.

„Oh, die Freude ist *ganz meinerseits*", meinte Pussy und der Blick, den sie dabei aus dem Augenwinkel auf Per abfeuerte, hätte den Nachtportier eigentlich auf ein Paar rauchende Schuhsohlen reduzieren sollen.

Die Augen des alten Lüstlings funkelten, als er sie langsam und genüsslich über die gewaltige Figur des weiblichen Vierschrots wandern ließ.

„Pussy Cat", flüsterte er, heiser vor unkaschiertem Verlangen.

‚Pussy Cat' notierte Per, dem sie sich aller vorangegangenen Intimitäten zum Trotz bisher noch nicht namentlich vorgestellt hatte. Ein Verhalten, typisch für viele Prominente, die im Glauben lebten, jeder müsse sie kennen. Vielleicht hatte Celeb ja tatsächlich recht.

„Mr. Heffener", säuselte Pussy und schlug mädchenhaft die Augen nieder.

„Heffener", notierte Per unauffällig.

„Howard. Nenn mich Howard, mein Spätzchen."

Per spürte eine Fluse in seinem Hals, ein dringendes Bedürfnis, krächzend zu husten, setzte aber erstmal noch rasch ‚Howard' vor ‚Heffener'. Celeb hatte auch an dem alten Sonderling – unübersehbar aus irgendeiner Institution getürmt, wenn auch gespickt mit der dicksten Rolle Dollars, die Per je gesehen hatte – einen Narren gefressen, und das, obwohl er, wie bei Pussy, weder den Namen kannte noch sonst wirklich hätte sagen können, warum. Nun, es war sein Geld, entschied Per.

„Hast du schon gegessen? Ein Mädchen wie du muss regelmäßig etwas zu sich nehmen oder es verkümmert!"

Ja, genau, dachte Per. Alles, was diese wandelnde Asphaltramme brauchte, waren noch ein paar Kilos mehr auf den Hüften.

„Komm mit mir! Ich lasse uns ein Bankett ins Separee bringen!"

„Oh, Howard! Was für eine *wundervolle* Idee!"

„Und Champagner! Und zum Nachtisch ... Chartreuse!"

„Vor allem ... Chartreuse!", rief Pussy, mit einem langen, bedeutungsschweren Blick über ihre Schulter.

Ja, ja, packt euch, dachte Per, froh sie abziehen zu sehen. Und nehmt eure verdammten Ausrufezeichen mit.

Keine zwei Minuten später war Heffener wieder da, lippenstiftverschmiert, das graue Haar in alle Richtungen. Er pellte einen Schein von seiner Rolle und legte ihn vor Per auf den Empfang. Dreistellig, der Schein.

„Sie, äh, haben nicht zufällig ...", er senkte die Stimme

zu einem vertraulichen Flüstern, „ein wenig Spanische Fliege da?"

Per machte „Hä?".

„Oder etwas Rhino-Horn? Es ist nur … die junge Dame brodelt, wenn Sie verstehen. Ich möchte sie nicht länger als unbedingt nötig, äh, warten lassen."

„Ah." Per verstand, endlich. „Versuchen Sie's mal hiermit", meinte er großzügig und schob Heffener ein paar Pillen aus seinem privaten Vorrat rüber.

„Guten Abend. Mein Name ist, tja, Emil, und ich bin …"

Meckenheim stockte. *Windell*, dachte er und fühlte den intensiven Wunsch, dem Heftromancier bei nächster sich bietender Gelegenheit die Hände um die Gurgel zu legen und zuzudrücken, zuzudrücken, zuzudrücken. Denn auch das hier hatte ihm letzten Endes dieser Kerl eingebrockt. Es war nicht zu fassen.

„Ja?", fragte Frau Doktor Störzenich spitz und sie und die ganze Versammlung Kaffee trinkender Kettenraucher starrten ihn ungeduldig an.

„… Alkoholiker", brachte er mühsam hervor. Und dann, als er es einmal ausgesprochen hatte, dachte er sich, scheiß drauf, und fuhr fort, wandte sich mit einer Frage an das Publikum, die ihm einfach unter den Nägeln brannte. „Hat einer von euch sich schon mal in eine andere Realität versetzt gefühlt? An einen Ort und in eine Zeit, wo ihr Sachen gemacht habt, die ihr im normalen Leben niemals tun würdet?"

Oha! Mit dem Thema hatte er eine Lawine losgetreten, wie er feststellen musste. Keiner im Raum, der dazu nicht irgendetwas Haarsträubendes beizusteuern gehabt hätte.

Also doch Delirium, resümierte er schließlich. Die zweite Zellentür, der Aufenthalt in New York und alles. Und damit war diese ganze Geschichte mit Windells Figuren aus der Romanwelt nichts, das sich mit konsequenter Abstinenz nicht in den Griff kriegen lassen würde.

Irgendetwas an dem Gedanken erleichterte Meckenheim ungemein.

Umso überraschter war er, als sein Blick beim Rausgehen auf den in einem Nebenraum laufenden Fernseher fiel.

'Platinblondes Dynamit schlägt wieder zu', lautete die durchlaufende Bildunterschrift des Lokalsenders und bezog sich auf ein Standfoto, das Meckenheim die Spucke wegbleiben ließ. Es zeigte Windell in seiner 'Pussy Cat'-Kostümierung, auf der Schulter eine enorme Teppichrolle, aus der – der Kommissar trat näher heran, doch genau in dem Moment schnitt man um auf das Studio –, aus der etwas herausragte, das auf den ersten, flüchtigen Blick ausgesehen hatte wie ein Paar Schuhe.

Meckenheims zitternder Finger fand den Lautstärkeknopf.

„Und", fragte der Moderator in mitfühlendem Tonfall, „was haben Sie jetzt vor?"

'Früheres Opfer der unbekannten Sex-Täterin' erschien am unteren Bildrand, während die Kamera auf den Gast schwenkte. Der seinen Kopf unter einer voluminösen Papiertüte verbarg.

„Ich hab meinen Job gekündigt", antwortete der Befragte. Meckenheim erkannte ihn als den Wachmann von McDonald's, trotz der stark verfremdeten Stimme. „Ich verkaufe mein Auto und alles und gehe fort von hier." Prompt wurde das Foto eingeblendet, in dem Pussy den Wachmann – ‚unkenntlich' gemacht durch einen denkbar schmalen Streifen über dem sommersprossigen Gesicht – in Rücklage in den Armen hält und mit einem dicken Schmatzer traktiert.

„Haben Sie schon ein Ziel? Oder wollen Sie uns das lieber nicht verraten?", fragte der Moderator.

„Erstmal weg, weit, weit weg. Irgendwohin, wo mich niemand kennt. Wissen Sie, was ich glaube, das ich mache? Ich werde Trommler. Negertrommler. Irgendwo in einem Kral."

Umschnitt zurück zum aktuellen Foto. Und es war tatsächlich – mit einem weißen Kreis markiert – ein Paar Männerschuhe, die hinten aus der Teppichrolle ragten. Mit Füßen drin.

„Wen hat sich der blonde Vamp da wohl heute Nachmittag geschnappt?", rätselte der Sprecher.

Meckenheim scannte das Foto mit der ganzen Konzentration des Profis. Da! – Was er gesucht hatte: Im Schaufenster, an dem Pussy vorbeilief, spiegelte sich eine Uhr.

Automatisch griff er in seine Jackentasche, zog das von Frau Doktor Störzenich unterzeichnete Übergabeprotokoll hervor. Demzufolge hätte Windell zum Zeitpunkt des Fotos sicher verwahrt in der Forensik einsitzen müssen.

Meckenheim schwitzte. Seine Gedanken rasten.

Außer, natürlich, der abgefeimte Schundliterat hatte einen Weg gefunden, die Klinikleitung zu überlisten …

Oder – doch Vorsicht, hier ging es mit Schwung hinaus aufs dünne Eis der Paranoia – oder Frau Doktor ließ Windell bewusst laufen, um ihm, Meckenheim, zu schaden … Um ihn in den Wahnsinn zu treiben … Um ihn in ihre Gewalt zu bekommen … Damit sie ihn in aller Ruhe fertigmachen konnte …

Mit ein paar raschen Schritten war der Kommissar eine Etage höher, wo er sich leise und unauffällig Zugang zu Frau Doktor Störzenichs Arbeitszimmer verschaffte.

Ihr Protokollbuch lag aufgeschlagen auf dem Schreibtisch.

„17:35 Therapiegespräch mit F. Windell", stand da. Weiter oben ein Vermerk der Einlieferung Windells durch ihn. Nichts jedoch, was die Spanne zwischen diesen beiden Uhrzeiten abdeckte. Meckenheim grübelte, las abwesend weiter.

„Patient lebt in der Überzeugung, körperliche Defizite durch ständige Masturbation kompensieren zu können."

Wichser, fand Meckenheim bestätigt, was er heimlich schon lange vermutet hatte.

Darunter stand, dick unterstrichen: „Mutter kontaktieren. Bemerkenswerte Frau!"

Es blieb nur eine Schlussfolgerung: Windell spazierte – mit oder ohne Störzenichs Wissen – seelenruhig raus, um Chaos zu verbreiten, und noch bevor die Polizei auch nur Gelegenheit zum Zugriff gehabt hätte, hockte er schon längst wieder drinnen und spielte an sich selbst herum.

Sitzt drin und wichst gemütlich, während ich draußen seinem Phantom nachjagen muss.

Nicht, dass er hätte tauschen wollen – ein unterschwelliges Gefühl schicksalhafter Ungleichbehandlung blieb aber trotzdem.

Heffener ließ noch einen Korken knallen. Dieses Mädchen vertrug aber mal einen Stiefel.

Das Bankett war aufgefahren, der Vorhang des Separees diskret geschlossen, sanfte Musik dudelte, Kerzen schienen, und die schönste Frau der Welt war von einer aktiven Willigkeit, die ihm den Schweiß auf die Stirn trieb.

„Was nimmst du denn da dauernd für Pillen, Howie?"

„Oh, das sind nur Lutschbonbons." Und ungefähr so wirkmächtig waren sie auch, ärgerte er sich. Was hätte er gegeben für ein bisschen echte Spanische Fliege! Rasch verschlang er ein Artischockenherz. Schlürfte eine Auster. Alles nicht ganz einfach mit diesem prächtigen Geschöpf auf den Knien, das Knopf auf Knopf von seiner Pyjama-Jacke abknabberte. Hastig spülte er noch eine von den blauen Pillen mit einem vollen Glas Chartreuse runter. Jetzt aber! Mit zitternden Fingern zog er Pussys Bluse auf. Sie keuchte in sein eines Ohr, dass es ihm zum andern wieder herauskeuchte. Und da kamen sie langsam zum Vorschein, diese runden, prallen Kugeln, nach deren Anblick sich die halbe Nation verzehrte, noch gehalten von einem BH wie ein Brustpanzer, dessen Träger unter Spannung standen wie die Drahtseile der Brooklyn Bridge. Doch war dies kein Hindernis für die auf dem Gebiet der Reizwäsche wahrscheinlich erfahrensten Finger aller Zeiten, und binnen Sekunden war Howard Heffener dem Himmel so nah, wie es nur je ein Mann kommen wird.

Einziges Haar in der Suppe war die Wirkung der verdammten Pillen, die weiter auf sich warten ließ. Da half nur eins: Eine volle Dosis Stimulation.

„Baby", hauchte er in Pussys blonde Mähne, zittrig vor Erwartung, diese größte und unerfüllteste aller seiner sexuellen Fantasien Wirklichkeit werden zu lassen. „Baby", flehte er, „beug dich über mich. Über mein Gesicht. Mit deinen prachtvollen Brüsten. Ja, beug dich über mich und lass die Welt versinken. In Dunkelheit und Schweigen."

Und Pussy war nur zu willig. Langsam und genüsslich senkte sie ihre beachtliche Oberweite hinab auf Howards in kindlicher Verzückung erstarrtes Antlitz und spürte seinen Körper unter ihr erschauern.

Doch leider nicht mehr. All ihrer bisherigen Bemühungen zum Trotz wollte sich nichts regen unter der reinseidenen Pyjamahose, und so gern sie Howards Wunsch nach Dunkelheit und Schweigen auch entgegenkam, ein Schauder blieb erstmal ihr ganzer Lohn. Aber sie wäre nicht Pussy Cat, noch dazu entflammt wie schon lange nicht mehr, wenn das tatsächlich alles bleiben sollte.

Sie versuchte es erstmal mit ein paar gekonnten Hüftbewegungen, dann, nach Heben des Beckens, mit einer ebenso fachkundig ausgeführten manuellen Ermunterung. Doch die wohl berühmteste und vorgeblich meistbeschäftigte Manneszierde der Welt blieb schlaff, was immer Pussy auch probierte. Schließlich stemmte sie ihren Vorbau wieder in die Höhe, entschlossen, sich ihre Befriedigung zu holen, hier und jetzt, auch wenn Howard da weitermachen müsste, wo Per begonnen und abgebrochen hatte, doch wie sich herausstellte, war Howard nicht zu bewegen, zu nichts. Abgesehen von dem Umstand, dass er seligst lächelte, war sein Gesicht auffallend, ja ausgesprochen blau, und ausgesprochen reglos war es auch. So reglos wie der Rest von ihm.

Pussy fluchte gehaltvoll, sah auf und direkt in einen Fotoblitz.

*

„Herzversagen, möglicherweise hervorgerufen durch Atemnot“, meinte der Mediziner.

Ein Tag, der mit einer Leiche beginnt, kann nie ganz schlecht werden, versuchte sich Meckenheim aufzuheitern. Zwei Stunden mit Alpträumen durchsetzten Schlafes, und dann das hier. Machte ihn zweifeln, ob es die ganze Mühe, in den Rang eines Kommissars befördert zu werden, wirklich wert gewesen war.

„Oder Überanstrengung“, fügte der Weißkittel vorsichtig hinzu.

„Wo ist die Frau?“, wandte sich Meckenheim übellaunig an den Nachtportier.

„Welche Frau?“

Meckenheim ließ einen genervten Blick über den opulent für zwei gedeckten Tisch, über die Auswahl mit Lippenstift verschmierter Wein-, Sekt- und Likörgläser streifen, von da zu den unübersehbaren Lippenstiftspuren auf der halb entkleideten Männerleiche, grunzte schließlich, beugte sich vor und hob einen BH ans Licht, in dem man auch bequem ein Paar Wassermelonen zum Markt hätte transportieren können.

„Oder wollen Sie mir erzählen, das hätte ein Lustknabe hier vergessen?“

Noch ein wenig mit Drohungen durchsetztes Nachhaken, und er rückte endlich mit der Sprache heraus, der Portier. Kannte vorgeblich keinen Namen, ließ sich aber eine mehr oder weniger vage Beschreibung der Unbekannten aus dem Kreuz leiern.

Vermutlich eh eine Professionelle, dachte Meckenheim und notierte, nur halb bei der Sache: ‚Groß. Breit. Massig.‘ Er kam bis ‚Blonde Löwenmä…‘, da brach ihm der Bleistift ab.

„Aber wenn ich's doch sage: Von den Patienten ist keiner abgängig!" Der Pförtner beharrte, stur, wie nur Pförtner beharren können. „Ist es nicht und war es nicht. Hier ist die ganze Nacht keiner raus- oder reingegangen."

„Dann will ich ihn sehen! Folkmar Windell! Mit diesen meinen Augen will ich ihn sehen!" Kommissar Meckenheims Finger zitterten nur kurz vor seinen Pupillen, als er auf sie zeigte. „Und zwar auf der Stelle!"

Der Pförtner schnaubte trocken. „Außerhalb der offiziellen Besuchszeiten lasse ich hier ohne direkte Anweisung von Frau Doktor Störzenich ..."

„Rufen Sie sie an! Jetzt! Holen Sie sie mir ans Rohr, und zwar augenblicklich!"

Ein von beiden Seiten in schärfster Form geführtes Telefongespräch später stiefelte Meckenheim in langen Schritten den Gang mit den Patientenzimmern hinunter, bis er die richtige Nummer gefunden hatte, stürmte durch die Tür und hieb auf den Lichtschalter. Und vor ihm, im aufflackernden Neonlicht, in dem Bett, in dem laut Liste Folkmar Windell untergebracht sein sollte, schnarchte niemand anderes als Elmo Jock.

Na, nicht mehr lange.

„Wo ist Windell?", brüllte Meckenheim und schüttelte Elmo, der nicht wusste, wie ihm geschah. „Wo ist er? Raus mit der Sprache!"

„Lassen Sie sofort den Patienten los", kam es herrisch von der Tür her.

Meckenheim, Elmo nach wie vor am Kragen, fuhr herum.

„Sie wollen mir erzählen, dass das hier Folkmar Windell ist?", fauchte er die in einem Morgenmantel erschienene Ärztin an.

Frau Doktor Störzenich blickte kühl und nachdenklich.

„Tja, da muss wohl eine Verwechslung vorliegen“, meinte sie ungerührt und hob die Arme im Versuch, ihr flammend rotes Haar mit einem Gummi zu bändigen.

Elmo, aus dem Schlaf, aus dem Bett, von den Füßen gerissen, spürte aller schockartig verwirrenden Umstände zum Trotz, wie ihm eine Latte wuchs.

„Eine Verwechslung? Wollen Sie mir erzählen, Sie können einen Gnom nicht von einem Riesen unterscheiden?“

„Wer ist hier ein Gnom?“, beschwerte sich Elmo.

Meckenheim setzte ihn ab, wischte ihn beiseite und baute sich vor der Psychiaterin auf.

„Ich weiß jetzt, was hier abgeht“, bellte er. „Doch diesmal hat er jemanden umgebracht.“

„Wer?“, fragte Elmo dazwischen, unbeachtet.

„Während er in Ihrer Obhut und unter Ihrer Bewachung sein sollte!“

„Wen?“, fragte Elmo, ohne eine Antwort zu erhalten.

„Dafür werde ich Sie drankriegen, glauben Sie’s mir! Und zwar unverzüglich!“

„Ich denke“, meinte Frau Doktor Störzenich nachdenklich, während sie und Elmo dem davonstürmenden Kommissar hinterhersahen, „wir müssen bei unserer nächsten Sitzung noch mal sehr intensiv der Frage nachgehen, was genau eigentlich los ist.“

„Gern. Doch könnten wir vielleicht zuerst noch ein wenig über meine Mutter sprechen?“

„An alle Einheiten!“ Meckenheim bölkte in das Mikrofon auf seinem Schreibtisch, dass Streifenwagenbesatzungen in der ganzen Stadt wie von einem Stromschlag aus ihrem üblichen Zustand von Halbschlaf gerissen wurden. „Personenfahndung mit allen Einsatzkräften und Techniken nach Folkmar Windell, ich buchstabiere: Felix Oskar Leop…“

„Meckenheim! Sind Sie besoffen?!“

„Hä? Was?“

„Himmelherrgott, Meckenheim! Der von Ihnen Gesuchte sitzt seit gestern Abend keine dreißig Schritte von Ihnen entfernt in U-Haft!“

„Was?!“

„Haben Sie Ihre Rohrpost schon durchgesehen, heute morgen?“

„Nein, ich …“

„Dann holen Sie das augenblicklich nach!“

Der runde Container enthielt eine zusammengerollte Zeitung. Meckenheim glättete sie auf seinem Schreibtisch. Las die Schlagzeile. Sah das Foto. Spürte den dringenden Wunsch, sich augenblicklich eine Flasche an den Hals zu setzen.

„Ein jeder Logik und fundierter Ermittlungen entbehrendes und auf bloßer physiognomischer Ähnlichkeit aufgebautes Verdachtsmoment nennt man für gewöhnlich ‚Hirngespinst‘, Meckenheim.“

„Ja, aber …“

„Meckenheim, dies ist Ihr Fall, einzig und allein Ihr Fall. Und wenn Sie den vergeigen, dann war das Ihr letzter, Ihr allerletzter Fall. Haben Sie das verstanden?“

War dies das Hochkommen aus dem Schlaf? Oder das Versinken in einen Alb?

Er lag auf einer Pritsche. In einer Zelle. Und es war aus. Aus. Es war alles aus. Und warum? Einzig und allein, weil eine machtbesoffene, miese kleine Streifenpolizistin ihn nicht leiden konnte.

Bis zum Auto war er gekommen – in Unterhosen –, bevor sie ihm von hinten die Beine weggetreten und sich auf ihn gestürzt und in Handschellen gelegt und dann noch eine halbe Stunde liegengelassen hatte. Zur Erbauung sämtlicher Umstehender.

Von einer Frau zu Fall gebracht und schon in – er blickte auf sein Handgelenk, doch die Uhr war ihm weggenommen worden, wie der Gürtel und die Lederschnüre seiner Sandalen –, in vermutlich weniger als zwanzig Stunden, irgendwann im Laufe dieses Tages würde ihn das in die Fänge einer weiteren, sinistren weiblichen Macht spielen.

Und da fragt sich Isadora Schuster, warum ich immer nur Antagonistinnen schreibe, dachte er bitter.

Stimmen näherten sich, draußen auf dem Gang.

„Und Sie sind sicher, dass er die Zelle seit gestern Abend nicht mehr verlassen hat?“

Meckenheim. Windell setzte sich auf.

„Na, so sicher, wie man bei so was sein kann, in Kölle. Sie wissen ja: Häftlinge mit den richtigen Beziehungen zum Klüngel gehen hier ein und aus, wie sie lustig sind.“

Es folgte ein Moment dermaßen eisigen Schweigens, dass sich Reif auf der Innenseite der Zellentür zu bilden begann.

„Scherz, Herr Kommissar.“

Die Inspektionsluke öffnete sich. Meckenheims Augen waren rot und sein Blick müde und hasserfüllt.

„Sie sind es tatsächlich“, stellte er tonlos fest.

„Ich will einen Anwalt!“

„Den werden Sie auch brauchen, Windell.“

Eine zusammengerollte Zeitung kam in die Zelle geflogen und die Luke schloss sich wieder. Mit einem Knall.

Windell nahm die Gazette auf. Entrollte sie. Las die Schlagzeile. Sah das Foto. Setzte sich schwer auf seine Pritsche. Verdrehte die Augen. Fiel nach hinten um.

Pussy erwachte zu dem eindringlichen Gefühl eines vorabendlichen alkoholischen Zuviels zwischen den Ohren, gepaart mit dem ebenso deutlichen eines sexuellen Zuwenigs zwischen den Schenkeln.

Kopflos, das war sie gewesen. Himmel und Hölle! Howard Heffener! Wie konnte sie nur! Wie war sie nur auf die Idee verfallen, sich diesem Mann hinzugeben? Ohne … ohne *Ring*?

Verdammt noch mal, hätte sie ihre Triebe nur ein ganz klein bisschen besser unter Kontrolle gehabt, sie könnte jetzt seine *Witwe* sein!

Draußen auf dem Gang klopfte jemand an eine der Türen. „Ja?" – „Ihr Frühstück und Ihre Zeitung, mein Herr!" – „Stellen Sie's vor die Tür."

Pussy zählte bis zehn, schlich sich raus, griff sich das Tablett und schlich wieder zurück. Schloss die Tür ohne Geräusch. Ließ sich mitsamt Tablett auf dem Bett nieder. Goss Kaffee ein, biss in ein Croissant, schlürfte ein vorsichtiges Schlückchen, schlug die Zeitung auf. Spie Kaffee und Krümel quer durch das Zimmer.

„Nein! Ich habe weder Zeit noch Lust, Ihnen ein Interview zu geben. Und das ist mein letztes Wort!"

Meckenheim hieb den Hörer auf die Gabel. Diese Unverfrorenheit!

„Zu viel Platinblondes Dynamit für den Lustgreis?",

in fetten roten Lettern. Schmale schwarze Balken kaschierten die Augenpartien des Fotos. Völlig unkaschiert geblieben waren allerdings die Titten. ‚Kölner Polizei baff', stand darunter.

Und dann glaubten diese Sudeljournalisten auch noch allen Ernstes, ihm die Zeit mit Fragen stehlen zu können.

Er nahm den Hörer wieder auf. Tippte eine Nummer aus dem Gedächtnis. Meldete sich.

„Todesursache Herzversagen", erfuhr er, ungefragt. „Brisanter Mix von Alkohol und diversen anderen Substanzen in Magen und Blut. Bisher ist keine eindeutige Identifizierung der Person möglich. Fingerabdruck- und DNA-Abgleich negativ. Der Tote ähnelt niemandem auf der Liste vermisster Personen. Selbst seine Herkunft ist schwer zu bestimmen. Alles, was er am Leib trug, von der Fliegerjacke bis runter zu den Lederslippern, ist von hervorragender Qualität, aber ohne Label und daher vermutlich maßgeschneidert. Zähne samt und sonders blendend weiß überkront. Ich würde auf einen reichen, exzentrischen Amerikaner tippen. Was auch das einzige gefundene Dokument unterstützt: eine US-amerikanische Pilotenlizenz, allerdings seit über sechzig Jahren abgelaufen. Ausgestellt auf den Namen ‚Howard Heffener'. Soll ich das buchstabieren?"

Meckenheim verneinte, bedankte sich, wählte eine andere Nummer.

„Wofür genau habt ihr Windell eingebuchtet?", fragte er, sobald sich am anderen Ende jemand meldete. Trunkenheit am Steuer, Autodiebstahl, Verdacht auf Drogenmissbrauch, Widerstand, Fluchtversuch, erfuhr er.

Meckenheim erhob sich langsam, fügte sich ins Unvermeidbare und ging zurück in den Zellentrakt.

War dies das Hochkommen aus einer Ohnmacht? Oder der Anfang einer Schussfahrt ins Grauen? Windell nahm die Zeitung wieder auf. Hatte er sich wirklich diese … dieses *Wesen* ausgedacht?

Die Zellentür flog auf und Meckenheim stürmte herein.

„Wer zum Teufel ist Howard Heffener?", wollte er wissen.

Windell hob den Blick von der Zeitung, in gewisser Weise dankbar für die Ablenkung.

„Fliegerass und Frauenheld", antwortete er, „wenn auch als beides leicht angejahrt."

Meckenheim legte sich die nächste Frage vorsichtig zurecht.

„Woher … kommt er?"

„Aus ‚Jack Knife und der Tauchgang des Phoenix'."

Der Kommissar ließ sich schwer auf der Pritsche nieder. Es war, alles in allem, ungefähr die zu erwarten gewesene Antwort. Trotzdem musste er sich setzen. Und seufzen.

Es wurde Zeit, Tacheles zu reden. Wie zwischen normalen Menschen. Auch wenn das Sujet dieses Kriterium nicht erfüllte.

„Windell, was um alles in der Welt hatte dieser Heffener hier zu suchen?"

„Er sollte Pussy in die Fiktion zurücklocken."

„Na, das ist ja wohl gründlich in die Hose gegangen. Was wollen Sie als Nächstes machen?"

„Gar nichts."

„Wie, gar nichts? Sie können diese Irre doch nicht …"

„Solange ich hier einsitze, *kann* ich gar nichts tun. Verstehen Sie?"

„Windell, Sie sind angetrunken am Steuer eines gestohlenen Fahrzeugs aufgegriffen worden, haben sich anschließend noch des tätlichen Angriffs auf eine Polizeibeamtin schuldig gemacht. Über Ihren Verbleib muss ein Haftrichter entscheiden. Können Sie sich nicht telefonisch mit irgendjemandem kurzschließen, der uns in dieser Sache weiterhelfen kann?"

„Ich wüsste da nur einen."

„Wen?"

„Er nennt sich ‚Kilius/Bäumler', und er wohnt in ..."

„Schon gut", seufzte Meckenheim. „Wir sind uns begegnet." Er seufzte noch mal. „Windell, sagen Sie mir eins: Was könnte Pussy als Nächstes vorhaben?"

„Tja. Schwer zu sagen."

Ausgerechnet heute! Pussy hätte sich am liebsten das Haar gerauft, wusste es aber besser. Haareraufen war etwas für Hollywood-Diven, mit einem ganzen Stab von Maskenbildnern hinter den Kulissen. Trotzdem! Denn heute war sie reif, die ‚Falsche Polizistin', oder sollte es sein. Und nun das!

Und sie war ihm noch nachgesetzt, dem verfluchten Fotografen! Doch bis sie ihre, ahem, Blöße bedeckt hatte, war der verdammte Paparazzo natürlich längst über alle Berge und dann war auch schon Per Chartreuse angelaufen gekommen und hatte ihr dringend nahegelegt, sich auf ihr Zimmer zu begeben und still zu verhalten. Alles hatte so schnell gehen müssen, dass sie kaum dazu gekommen waren, Heffeners Bargeldrolle zwischen sich aufzuteilen.

Und jetzt das! Was sollten die Leute von ihr denken? Wie konnte sie sich je wieder auf die Straße wagen? Ohne jedem, der sie schleimig angrinste, eins in die Fresse hauen zu müssen?

Andererseits hatte sie eh vorgehabt, sich ganz besonders unauffällig zu machen, heute.

Denn heute war sie fällig, die ‚Falsche Polizistin', endgültig. Es zeigte sich doch mehr und mehr, dass auch in diesem Teil der Welt ein Mädchen gut beraten war, für sich selbst zu sorgen. Und sobald ihr Sabie Tooth einmal verraten hatte – und sie würde es verraten, da gab es nicht den geringsten Zweifel –, wo sich der Rosa Diamant befand, wäre dieses Problem schon so gut wie gelöst.

Kopftuch, Sonnenbrille, verhaltenes Make-up, dazu ein von Geoff ‚Brains' Baker ‚geerbter' Regenmantel.

Kein Totschläger dabei, allerdings. Nun, sie wäre nicht Pussy Cat, wenn sie sich von so etwas ausbremsen ließe. Nylonstrümpfe, Taschenmesser ... Pussy ging auf alle viere runter, tastete die Unterkante des Fenstervorhangs ab, nickte grimmig. Bleikugeln.

„Ja, ja, wir haben die Zeitung gelesen", bestätigte Kilius/Bäumler am anderen Ende der Leitung.

„Was für ein *degoutantes* Foto", konnte Windell die Puppe im Hintergrund hören. „Würd mich gar nicht wundern, wenn diese Brüste *gemacht* wären."

„Richtige Strategie, Pussy mit einem Mann ködern zu wollen", fuhr Kilius/Bäumler fort. „Leider war der gute alte Howie den Anforderungen nicht ganz gewachsen, wie es scheint. Mein Rat in dieser Sache wäre, es rasch noch mal zu versuchen, diesmal aber jemand Jüngeren zu schicken. Allerdings mit entsprechender Erfahrung, damit er Pussys Ansprüchen genügen kann. Kurz, einen smarten und potenten Typen, der weiß, wie Frauen ticken."

„Ja", sagte Windell nachdenklich, bedankte sich und

hängte ein. Meckenheim, der mitgehört hatte, sah ihn abwartend an.

„Da kommt nur einer in Frage“, meinte Windell. „Rob ‚Sporting‘ Harley. Jamaikaner, handelt mit Dope und hat immer ein paar Mädchen, die für ihn …“

„Schon gut“, unterbrach ihn Meckenheim und seufzte. „Wir sind uns begegnet.“

Wie stramm diese Feder doch immer noch ist, dachte Sabrina Zahn und befestigte einen saftigen Strafzettel unter dem Wischer des geradezu provokant vor der weiterhin geschlossenen Brooklyn Bar falsch geparkten Käfers. Dann stutzte sie. Dies war Windells Auto, kein Zweifel. Doch auf ihrer früheren Runde hatte es noch nicht hier gestanden. Und Windell saß ein, da hatte sie schließlich selber für gesorgt. Neugierig trat sie noch mal an den Wagen, spähte ins Innere. Konnte das von hinten nahende, pfeifende Geräusch des energisch geschwungenen, bleikugelgefüllten Nylonstrumpfs im ersten Moment nicht ganz zuordnen. Und im zweiten war's dann, wie so oft, zu spät.

Das Leben als Bettler ist kein Zuckerschlecken. Nicht zuletzt aufgrund der gerade in Köln außerordentlich gut organisierten Konkurrenz. Bollo der Blindfisch machte auf – blind, natürlich. Wie der Name schon sagt. Und was die Konkurrenz anging, mit ihrem Hang zu physischer Einschüchterung, hatte er sich einen Panzer zugelegt. Einen olfaktorischen Zaubermantel, wenn man so will. Wie es hieß, konnte einem Ahnungslosen die Annäherung von weniger als einem Meter an den sonnenbebrillten Bettler die Nase komplett auf links ziehen.

Umso überraschter war er, als jemand dicht an ihn herantrat und ihm eine feiste Rolle Geldscheine vor die schwarzen Gläser hielt. Eine Frau, wie es schien. Wie es den Anschein hatte. Den sie sich bemühte, zu erwecken.

„Bisschen schnelles Geld verdienen, Bollo?“, fragte sie. Und wartete die Antwort gar nicht erst ab.

„Windell, eins schwör ich Ihnen: Wenn Sie nicht hierhin zurückkommen, und zwar schleunigst, dann ...“ Meckenheim verstummte, als er begriff, dass in diesem Fall jegliche Form von Drohung verpuffen musste. Man kann einfach keinen Druck ausüben auf jemanden, der nicht mehr da ist. „... dann bin ich meinen Job los.“ Außer moralischen. „Also beeilen Sie sich. Ich hab Sie nur für eine Tatortbegehung losgeeist. So was darf nicht den ganzen Tag dauern.“

„Seien Sie unbesorgt.“ Windell hatte auf die kleine Uhr im Monitor geblickt und fast seine Zunge verschluckt. Die von Sabrina Zahn verursachte Umleitung über die Haftzelle hatte ihn weit mehr Zeit gekostet, als er befürchtet hatte. Er ging schnurstracks durch die Goldene Tür, durch die Zelle, durch die zweite Tür. Die hinter ihm ins Schloss fiel. Mit einem Knall.

„Aber, aber, Mr. Chevalier.“ Suzie zerbiss eine Kaugummiblase und lächelte ihr Neckischstes. „Schon so früh unterwegs?“

„Sporting noch nicht hier?“ Der Schriftsteller wirkte eilig, fast gehetzt.

„Der müsste eigentlich gleich mal vorbeischauen. Doch was wollen Sie denn von dem, Mr. Chevalier? Sie planen hoffentlich nicht, mit Marihuana zu experimentieren?

Und Sportings andere Dienste hat ein berühmter Mann wie Sie doch nun wirklich nicht nötig. Oder?“ Suzie beugte sich vor, um recht schwungvoll den Tresen abzuwischen, und Chevaliers Augen wurden zufriedenstellend glubschig. „Das Übliche?“, fragte sie dann und griff nach dem Sektkühler.

Chevalier zögerte. „Nur, falls du's…“, er klopfte seine Taschen ab, „… auf den Deckel schreiben kannst.“

„Wieder kein Geld dabei?“

Chevalier machte eine ratlose Geste.

„Ist schon okay. Wo hamse eigentlich die ganzen schicken Anzüge, in denen Sie sonst immer so 'ne steile Figur machen?“

„Die? Die hängen alle in meinem Penthouse, oben im Plaza. Du musst wissen, ich bin inkognito unterwegs, zurzeit.“

„Na, hoffentlich dauert das nicht mehr lange, Ihr Inkognito. Weil, mal ganz unter uns und nehmen Sie's mir nicht krumm, aber diese kleinkarierten Hemden mit halbem Arm, die stehen Ihnen überhaupt nicht.“

Polizeiobermeisterin Sabrina Zahn erwachte gefesselt, geknebelt, rücklings auf einen Billardtisch geflochten, die Beine gespreizt und in dieser Position solide fixiert. Ihr Hinterkopf fühlte sich an wie eine ausgequetschte Orangenschale.

„Ah, sind wir wach?“, flötete eine hohe, kippelige Stimme.

Ein unfassbarer Gestank erfüllte den Raum, den die Polizistin sofort als das Hinterzimmer der Brooklyn Bar wiedererkannte. Ein Mief, als ob eine in billigstem Fusel marinierte Leiche vor sich hingärte.

Als der blondperückte Kopf sich über sie beugte, dämmerte Sabrina, mit ihrem Bemühen, Folkmar Windell über eine Grenze zu schicken, ebenso erfolgreich gewesen wie zu weit gegangen zu sein.

Zu behaupten, dass sie ihr Tun nun nachträglich bereute, wäre allerdings zu viel gesagt.

Der Blondschopf verschwand aus ihrem Blick, und Augenblicke später spürte Sabrina Zahn etwas Halbwarmes auf Ober- und Unterschenkel ihres linken Beins tröpfeln und langsam und zäh die Innenseite hinabrinnen.

„Flüssigzucker", erklärte der mal wieder krude kostümierte und wie auch immer aus der U-Haft entkommene Windell mit gekünstelter Stimme, „aus dem Kaffeeautomaten. Also, Sabie, der Plan ist der", erklärte er weiter: „Mein maskierter, möglicherweise ein ganz klein wenig unappetitlicher Freund hier wird sich nun Stück für Stück dein Bein hocharbeiten. Und zwar so lange, bis du mir verrätst, wo ich den Rosa Diamanten finde. Also, Kollege, leg los!"

Der mit einem Zeitungsstreifen über den Augen nicht wirklich unkenntlich gemachte und davon mal völlig abgesehen mühelos an seinem Odeur zu identifizierende Bollo der Blindfisch geriet kurz in Sabrinas Blickfeld und dann wieder hinaus. Mit angehaltenem Atem erwartete sie …

„Boah, datt kann ich nich! Echt nich!" Bollo, muss hier einfach mal kurz angemerkt werden, war zwar aus dem Ruhrpott ins Rheinische übergesiedelt, einer sprachfarblichen Assimilierung aber bisher konsequent aus dem Weg gegangen.

„Wie, ‚kann ich nich'?"

„Boah, ich hab doch voll den Zucker! So viel krichich

ja garnich in meine Insulinfixe, wie ich mir verpassen müsste, wenn ich datt allet ablutsche!“

Diese Farben! Rob ‚Sporting‘ Harley nahm seine diamantbesetzte Sonnenbrille ab und sah sich mit der ganzen milden Verwunderung von jemandem um, dem überraschende optische Farbeffekte nicht ganz fremd sind. Was er hier sah, erinnerte ihn von der Raumaufteilung stark an Eddys Bar und von der Farbgebung her fast noch stärker an den Mescalin-Trip, auf den ihn dieser Bush Doctor in der alten Heimat einst geschickt hatte. Wild.

Niemand vor, niemand hinter der Theke, überhaupt niemand da außer ihm. Selbstbedienung? Warum nicht? Sporting langte über den Tresen und verharrte, als er ein Geräusch hörte. Jemand rumorte im Hinterzimmer. Vielleicht war die Konkurrenz erschienen oder der Mob, um Eddy ein paar Betonschuhe anzupassen? Sportings angeborene Diskretion riet ihm, schleunigst zu verschwinden, doch sein mit den Jahren gewachsenes Bedürfnis, über alles, was so abging in der Stadt, informiert zu sein, ließ ihn den Schritt verhalten und die Lauscher aufsperren.

„Nun mach schon“, befahl eine vage bekannte, irgendwie erotisch aufgeladene Frauenstimme.

„Boah, ey, waatma, watt is dattenn?“, entgegnete – Bollo der Blindfisch, ganz ohne Frage. Vollkommen unverwechselbar, das Organ des Bettlers und generellen Dealers in Informationen. Sporting schnüffelte und sah sich doppelt bestätigt. Selbst durch die geschlossene Tür war Bollos Ausdünstung nicht zu überriechen.

„*Büchsenmilch*? Iss die auch lactosefrei? Weil sonz, ich

bin ja sowatt von allergisch, da machsse dir kein Bild von. Krichich Ausschlach von, annen ganzen Balch, von Milch, ich."

Eine Frau, Bollo der Blindfisch und Büchsenmilch? Was für eine Kombination war das denn?

„Ja, Scheiße!"

Jetzt erkannte Sporting auch die Frauenstimme, und sein Puls machte einen Satz in die Luft und schlug die Hacken zusammen. Pussy! Jarvis Chevalier hatte also vollkommen recht gehabt, als er sagte, er würde sie hier finden. Nicht, dass Sporting den Aussagen von jemandem misstraute, der mit Howard Heffener verkehrte und den Champagner bei Eddy flaschenweise kommen ließ.

Pussy Cat ... Da war immer schon eine erotische Spannung zwischen ihnen beiden gewesen, doch weiter als über ein paar flirtende Worte hinaus war Sporting bei ihr noch nie gekommen. Misstraute ihm wahrscheinlich, die Detektivin, wegen seines Rufs, vermutlich. Und völlig unbegründet. Er hatte noch nie eine Frau geschlagen, noch nie ein Mädchen zu irgendwas gezwungen. Sie kamen zu ihm, sie flogen ihm zu und gingen für ihn anschaffen, einfach, weil er *gut* war. Und nicht nur im Herzen, wie sich wohl versteht.

„Du bleibst, wo du bist!", wütete Pussy, bestrickend in ihrer energischen Art, und Sporting, auf Zehenspitzen unterwegs, einen Blick durch den Türspalt werfend, konnte gerade noch zur Seite springen, da flog die Tür auf, knallte Sporting in die Rippen und klatschte ihn an die Wand und Pussy kam hindurchgestürmt, das platinblonde Haar in bestrickender Unordnung und rote Flecken der Erregung auf ihren Wangen. Sie bemerkte Sporting nicht, sondern stakste auf ihren langen Beinen hinter die Theke und kramte lautstark im Flaschenregal, bis sie, eine braune Flasche Cremelikör in Händen und in zufriedener Betrachtung des Etikettes, zurückstürmte ins Hinterzimmer.

Sporting schlich ihr nach, aufgeregt wie ein Teenager vor seinem ersten Date.

„Oijoi, ja, datt sieht mir ganz aus wie datt richtige Stöffken", urteilte Bollo im Tonfall des Fachmanns.

„‚Datt richtige Stöffken', wie du es nennst, besteht zur einen Hälfte aus Sahne und zur anderen aus Zucker – und beides keineswegs lactosefrei."

„Scheißegal. Tu ma orntlich watt draufgießen, auf die Haxe, und dann mach Platz, denn hier kommt Vatter ..."

Irgendjemand Drittes machte unterdrückte, protestierende Geräusche. Sporting, der sich keinerlei Reim auf das Gehörte machen konnte, trat einfach ein. Gerade als Pussy es sich anders überlegte, Bollo den Blindfisch beiseite schulterte und selber Zunge anlegen wollte.

„Hey, hoppla, Pussy", entfuhr es dem Zuhälter, bei aller beruflicher Erfahrung doch überrascht von dem Tableau, das sich ihm bot.

Pussy fuhr herum, richtete sich auf.

„Sporting", stellte sie fest, wenn auch keineswegs unfreundlich. „Was machst du denn hier?"

„Och, ich dachte, du könntest vielleicht ein wenig ..." Sporting strich einen sachten Zeigefinger über einen gefesselten, cremelikörbenetzten Oberschenkel, prüfte den Geschmack. „... Unterstützung brauchen. Ist das nicht Sabie Tooth?"

„Genau. Sie soll mir verraten, wo der Roosveldt-Diamant ist."

„Pussy, ohne wie ein Klugscheißer wirken zu wollen, aber müsstest du ihr dafür, dass sie dir irgendetwas verrät, nicht erstmal den Knebel lösen?“

Pussy warf ihm einen langen, schrägen Blick unter mokant gesenkten Wimpern zu.

„Später“, sagte sie dann. „Ich will sie an einen Punkt bringen, wo sie richtiggehend dankbar ist, es mir anvertrauen zu dürfen.“

„Also, watt iss? Soll ich getz ma bei, bei die Pärle, solange wie ihr zwei beiden am Turteln seid?“

„Bollo, pack dich“, sagte Sporting, steckte dem Bettler einen Schein zu und Bollo packte sich, wenn auch unter einigem an mürrischem Gemurmel.

„Doch deine Bemühungen sind überflüssig, Pussy. Ich weiß, wer ihn hat, den Diamanten. Und Sabie weiß es nicht.“

Die Gefesselte gab ein ‚Hmm-hmm-hmhmmmm!‘ von sich, das die erwähnte Unwissenheit in dem angesprochenen Punkt bestätigen und ihre sofortige und an keine weiteren Bedingungen geknüpfte Freilassung verlangen sollte. Es blieb unbeachtet oder aber unverstanden, wenn nicht beides.

„Ist das so? Du weißt tatsächlich, wo er ist?“ Pussy trat ein paar Schritte beiseite und lehnte sich, Arme zurück, Brust vor, an die Wand. Sporting strich sein langes, dunkles Haar nach hinten, stemmte die Hände in die Hüften und baute sich vor ihr auf.

„Ich habe ihn gesehen, Pussy. Mit meinen eigenen Augen. Doch wenn ich dir verraten soll, wo er ist und wer ihn hat“, meinte er, halblaut, tiefgestimmt, „müsstest du mir dieses Geheimnis schon … entlocken.“

„Ach? Aber wie das denn?“ Pussy schlug die Augen

nieder, drückte mädchenhaft ihre Knie zusammen. „Ich wüsste gar nicht, was ich da tun soll …“

Vom Billardtisch drang ein tiefempfundenes Stöhnen zu ihnen. Die genervte Sorte.

„Eins musst du wissen, Pussy. Mein ganzes bisheriges Leben war eigentlich nur eine Suche, eine einzige, ewig lange Suche nach der perfekten Zutat. Doch nun glaube ich, sie endlich gefunden zu haben.“

„Zutat? Was denn für eine Zutat?“

„Eine Suche nach, wie man bei uns sagt, der passenden Feige, um sie mit meinem Zuckerrohr und meinen Kokosnüssen zu einem unvergleichlichen Obstsalat zu vereinigen.“

Vom Billardtisch kam ein Geräusch wie von jemandem, dem es gewaltig hochzukommen droht.

„Vielleicht sollten wir einen Ortswechsel vornehmen“, schlug Pussy vor und griff nach ihrem Kopftuch. „Irgendwohin, wo uns niemand belauschen kann.“

Es ist immer schwierig, durch einen Knebel gefilterte Lautäußerungen zu deuten, doch was den beiden durch die Tür folgte, klang durchaus zustimmend.

Windell hastete durch die verlassene Brooklyn Bar. Er war, nachdem er Sporting losgeschickt hatte, noch ein bisschen am Tresen im Olde Cologne hängengeblieben, hatte sich mit Suzie verquatscht, die unter ihrer leicht rauen Schale und mal abgesehen von ihrer Angewohnheit, mit halboffenem Mund Kaugummi zu kauen, ein ganz nettes Mädchen zu sein schien, mit einer ausgesprochenen und in diesem Umfang völlig unerwarteten Schwäche für wohlhabende Literaten.

Na also. Da hatte er sie wieder vor der Linse. Celeb Hunter lachte leise in sich hinein. Kopftuch, Sonnenbrille, *Regenmantel*. Ein Euro, nur ein einziger Euro für jedes Mal, das ihn ein Promi mit dieser plumpesten aller Verkleidungen zu täuschen versucht hatte, und er bräuchte nicht mehr zu arbeiten.

Nur, wen hatte sie denn heute im Schlepptau? Irgendein Exot, so viel war sicher. Glitzer-Anzug mit Röhrenhose, Strass an der Brille. Bisschen wie ein früher Sammy Davis Jr., wenn auch mit Rasta-Locken. Stoppte vor dem Headshop, drückte sich die Nase am Schaufenster platt, als hätte er so was noch nie gesehen. Und zack!, schon war er drin, zog Pussy Cat – Pseudonym, natürlich, doch wofür? Celeb wusste es immer noch nicht, das Einzige, was er wusste, war, dass sie ihm bisher schon ein fettes Bündel eingebracht hatte –, zog Pussy, die nicht wirklich begeistert wirkte, sondern eher so, als ob sie lieber weitergewollt hätte, einfach hinter sich her.

Celeb parkte in der zweiten Reihe, Nikon im Anschlag.

Kaufte den Laden leer, wie es aussah, der Typ. Zog sich um, und zwar komplett. Da kamen sie wieder raus. Rein als Sammy Davis Jr., raus als Rastaman vom Allergemeinsten, bis hin zu einer von diesen grauenhaften Häkelmützen. Und im Arm – in dem, den er nicht um Pussy geschlungen hielt – ein echtes Monstrum von einer Wasserpfeife.

Windell eilte die Straße hinunter. Er musste an seinen Rechner, und zwar pronto, musste zur Stelle sein, sobald Sporting Pussy im Roman ablieferte.

Und dann, sagte er sich mit grimmiger Vorfreude, reiße ich ein Melodram herunter, das sich gewaschen hat. Wem wird sie erliegen, wen wird sie – oh, das Bimmeln, das süße, das triumphale Bimmeln am Schluss –, wen wird sie wohl ehelichen, unsere geplagte, unsere hin- und hergerissene Heldin? Rob ‚Sporting' Harley, den geleckten, exotischen, wortgewandten, leider nur dem Anschein nach geläuterten, vorgeblichen Exzuhälter, der sich in Wahrheit doch nur mit ihrer Eroberung brüsten will? Oder doch lieber Geoff ‚Brains' Baker, den an der Oberfläche möglicherweise etwas schlichten Muskelmann mit dem goldenen Herzen in der breiten, vertrauenerweckenden Brust?

Eijeij, wir dürfen ja so was von gespannt sein, dachte Windell und wollte gerade seine Haustür aufschließen, als Meckenheim sie von innen aufriss. Er war, mal wieder, außer sich.

„Sabrina!", stieß er hervor. „Ein Anruf! Polizeiobermeisterin Sabrina Zahn ist verschwunden! Im Dienst!"

Windell fühlte, wie ihn ob dieser Nachricht eine beträchtliche emotionale Kühle überkam.

„Ach, ja?", fragte er und musste sich zusammenreißen, seine Fingernägel nicht einer näheren Betrachtung zu unterziehen.

„Und ich vermute stark, dass …", Meckenheim senkte die Stimme, „dass Ihre verdammte Pussy Cat etwas damit zu tun hat. Hat sie? Und wenn, wohin könnte sie meine Kollegin verschleppt haben? Antworten Sie!"

„Es tut mir so leid", log Windell kalten Herzens, „aber ich habe nicht die geringste Ahnung. Und wenn Sie mich jetzt entschuldigen wollen? Ich muss Pussy Cat und Geoff ‚Brains' Baker vor den Altar und in ein gemeinsames Happy End scheuchen."

Doch so leicht war der Kommissar nicht abzuwimmeln. Mit einem Griff hatte er Windell am Kragen.

„Denken Sie nach! Ich will eine Antwort! Eher lasse ich Sie nicht gehen!“

Geoff ‚Brains‘ Baker kam leise pfeifend in die Olde Cologne Bar. Er liebte die ruhigen Stunden, in denen ein Mann sich noch besinnen kann, ohne gegen das ganze Geschrei andenken zu müssen.

Keeper Eddy warf ihm einen ausgesprochen fischigen Blick zu.

„Wo warst du gestern Abend?“

„Madison Square Garden. Hatte da ein paar Sachen zu regeln.“

„Du hättest mir wenigstens vorher Bescheid geben können! So musste ich selber an der Tür stehen, und ich habe nebenher wirklich noch was anderes zu tun! Ich hätte keine üble Lust, dich zu feuern, Brains.“

„Spar dir die Mühe, Eddy. Ich hau in'n Sack.“

„Du machst *was*?“

„Ich arbeite nicht mehr für dich, Eddy. Ich arbeite ab sofort für niemanden mehr.“

„Was? Und wovon willst du leben? Hast du in der Lotterie gewonnen?“

„So was in der Art. Haste mal 'n bisschen Kleingeld, fürs Telefon?“

Eddy warf ihm mürrisch ein paar Münzen hin und Brains verzog sich in die kleine Zelle, hinten, neben den Toiletten. Warf das Geld ein, wählte eine Nummer aus dem Gedächtnis. Lächelte, als Mary Reilly sich meldete.

„Mary? Ich bin's, Geoff.“

„Oh, Geoff, ich hatte dir doch verboten, mich noch mal anzurufen!“

Mary war Irin, die schwarzhaarige Sorte, und sie hatte ein Temperament und starke … Ansichten, die Mary.

„Mary, ich will, dass du mich heiratest."

Geoff dagegen war walisischer Abstammung. Dickköpfig, sagt man.

„Was? Machst du Witze? Geoff, hast du getrunken?"

„Du weißt, ich trinke nicht, Mary. Und ich mache keine Witze, wenn es um uns geht. Also, wirst du mich heiraten, ja oder nein?"

Da war ein Schweigen, am anderen Ende.

Sie hatten den einen oder anderen Anlauf gehabt, Mary und er, und wenn es bisher nicht geklappt hatte, dann lag das zumeist an ihm und seiner ewigen Unstetigkeit. Doch das würde sich jetzt ändern. Sicher.

„Heute noch", fügte er hinzu, mitten in das Schweigen hinein. „Ich hab Father Franklyn schon gefragt. Er sagt, er macht's."

„Soll das heißen, du hast einen Job? Einen richtigen Job?"

„So was in der Art."

„‚So was in der Art' ist nicht gut genug, Geoff Baker!"

„Lass mich dir erkl…"

„Ich habe es dir schon hundert Mal gesagt, Geoff! Wenn ich heirate, dann will ich Kinder, und wenn ich Kinder habe, dann will ich einen Vater dazu und nicht einen, der ‚so was in der Art' von einem Job hat, und auch keinen, der sich Nacht für Nacht mit Rabauken herumschlägt oder öfter im Knast übernachtet als zuhause."

Ansichten, die Mary. Immer schon gehabt.

„Kommt beides nicht mehr vor, Baby, versprochen. Und ich werde genug für uns alle verdienen, sei unbesorgt. Für uns alle und ein hübsches Häuschen am East River."

„Ach ja, so plötzlich? Und womit genau?"

Brains holte tief Luft. Dies war eine heikle Klippe, die er hier umschiffen musste. Doch es ging nicht anders. Mary jetzt anzulügen würde alles versauen, für immer. Also. Raus damit.

„Mit Wetten."

„Geoff Baker, ich beende jetzt dieses Gespräch und ich möchte niemals jemals wieder ein Wort mit dir …"

„Mary, warte! Ich hab da dieses Buch gekauft …"

„Ein Buch? Was soll denn ein Buch daran ändern?"

„Es heißt ‚Die Goldene Ära des Profiboxsports'."

„Ja und? Viel Spaß bei der Lektüre. Ich hänge jetzt ein."

„Warte, Mary! Du verstehst nicht. Da stehen alle großen Kämpfe drin. Von 1939 bis …", Brains senkte die Stimme zu einem Wispern, „… 1999."

Sporting war gut, das sagten alle Frauen. Und jeder wusste, was sie damit meinten. Richtig gut, hieß es. Deshalb wollten sie ihn dann auch, logischerweise. Alle. Und Cynthia, die Neue in Sportings Stall, die ganz besonders.

So was kann einen Mann erschöpfen. In, tja, vielerlei, in, seien wir ehrlich, *jeder* Hinsicht. Doch er hatte da seine kleinen Tricks, mit denen sich das Zuckerrohr und auch seine Kokosnüsse wieder in Form bringen ließen. Tricks und Mittelchen …

Sporting sah überrascht auf, als Pussy schon aus dem Bad kam, noch leicht dampfend, ihre Wespentaillenfigur in ein Badelaken gewickelt, und ihre platinblonde Lockenpracht aus dem Handtuchturban schüttelte. Überrascht deshalb, weil er gerade erst die Wasserpfeife fertig vorbereitet hatte.

„Soll ich?", fragte Pussy mit einigem Timbre und

fasste das Badelaken um ihre fantastische Oberweite spielerisch mit spitzen Fingern.

„Augenblick noch", meinte Sporting, am Mundstück des Pfeifenschlauchs vorbei, und paffte hastig die Füllung in Glut. „Fass dich noch ein ganz klein bisschen in Geduld, Baby."

Zärtlich schlug der Klöppel gegen die Glocke der St. Patrick's Church im Herzen von Queens, als Geoff Baker, stattlich, feierlich, wenn auch vielleicht das kleinste bisschen steif in seinem besten Anzug, mit Augen, die strahlten vor Glück, seiner Mary, seiner Braut entgegensah, wie sie am Arm ihres stolzen Vaters gemessenen Schrittes den langen Mittelgang hinunter auf ihn zukam, um endlich die Seine zu werden. Und nichts, nicht die Anzahl der im Kirchenschiff versammelten Freunde und Verwandten, nicht das wundervolle weiße Kleid mit den kunstvollen Stickereien und der meterlangen Schleppe, gehalten von zwei bezaubernden Nichten der Braut mit den hübschesten Schleifchen und Blümchen in den goldenen Löckchen, ließ darauf schließen, in welcher Eile …

„Ja, Himmelarsch!" Windell hieb mit der Faust auf seinen Schreibtisch, dass der Monitor einen Satz in die Höhe machte. Meckenheim hatte ihn unten vor der Tür noch endlos aufgehalten und jetzt das! „Schleifchen und Blümchen und goldene Löckchen in *meinem Text*?!" Ihm war danach, sämtliche Kabel aus Rechner und Wand zu rupfen und sowohl den PC als auch den verfluchten Monitor in die nächste Ecke zu feuern, minutenlang darauf herumzuspringen und die Trümmer anschließend in hohem Bogen aus dem Fenster …

Die kleine Uhr im rechten oberen Bildschirmrand sprang um. Auf eine glatte Zahl. 12:00.

Es klingelte an der Tür. Windell ging, öffnete. Er war die Ruhe selbst, plötzlich.

„Ich habe noch zwölf Stunden“, sagte er zu Meckenheim, präzise artikuliert wie die Anweisung eines Navigationsgerätes.

„Genau wie ich“, entgegnete der Kommissar. Exakt diese Frist trennte ihn von der Entlassung aus dem Polizeidienst, wie man ihm gerade erst unmissverständlich mitgeteilt hatte. Aus Gründen mangelnder psychischer Belastbarkeit, wie es hieß. Zwölf Stunden, den Fall des ‚Platinblonden Dynamits‘ zu lösen. Oder – tschüss.

„Und nicht genug damit, dass meine Protagonistin weiterhin munter in der Weltgeschichte herumhüpft, hat mir diese … *diese Teufelin* jetzt auch noch mein geplantes Happy End vermasselt. Ich weiß mir keinen Rat mehr.“

„Genauso wenig wie ich“, entgegnete Meckenheim. „Ich muss Sie jetzt zurück in U-Haft bringen.“

„Wie? Was?“ Windell blickte verwundert, wenn auch ein wenig starr.

„Sie müssen das verstehen. Sabrina Zahn ist weiterhin wie vom Erdboden verschluckt, und ich sag's nicht gern, aber wir haben schon wieder einen Toten im City-Hotel, wieder unter mysteriösen Umständen umgekommen und wieder, wie es scheint, im Beisein einer auffallend kräftigen, blonden Frau.“

„Wie? Wer? Doch nicht …“

„Ich hab noch keinen Namen, keine Beschreibung, nichts. Der Ruf kam gerade erst durch“, antwortete Meckenheim und klang müde dabei. „Also, kommen Sie mit. Sie sehen ja selbst, ich habe zumindest in den nächsten zwölf Stunden einfach keine Zeit mehr, mich um Sie zu kümmern."

„Aber ich muss doch …"

„Nein, Windell, Sie müssen gar nichts mehr. Sehen Sie's ein. Die Zeit der Fantastereien ist vorbei. Die polizeilichen Ermittlungen laufen, die Dinge lassen sich jetzt nicht mehr aufhalten, Sie wandern zurück in den Knast und alles wird seinen gewohnten, geordneten Gang gehen. Kommen Sie."

Er öffnete die Tür, und Mattka Wolanski, die gerade erst ihr Ohr an das Türblatt geschmiegt hatte, stolperte in den Raum.

„Sie!", schrie Windell, dass es im Hausflur von allen Wänden widerhallte. „Sie sind an allem schuld, an der ganzen Misere, Sie und Ihre verfluchten Würgereien!" Die Hände zu Krallen geformt, die Zähne entblößt, ging er, wie von Krämpfen und Widerwillen geschüttelt, in zeitlupenartiger Langsamkeit auf seine Vermieterin los. „Ich werde Sie in Stücke hacken, ich werde Sie in Streifen schneiden, ich werde Ihnen Ihre Miete …", er lachte manisch, „dahin schieben, wo …"

„Okay", meinte Meckenheim sachlich und nahm Windell in den Polizeigriff. „Dann eben nach Dollendorf."

Pussy kam in den Laden gestürmt, dass es beinahe die Türklingel abgerissen hätte.

Clive ließ das Fashion-Magazin sinken und sprang auf die Beine. „Aber", meinte er entgeistert, „was ist denn mit dir passiert, Schätzchen?"

„Nichts", blaffte Pussy und strich sich eine triefende Haarsträhne aus den Augen.

Das war es ja. Das war der Grund, das war die eigentliche Ursache für ihren Zustand. Weil nichts passieren wollte, darum und nur darum, war sie jetzt mal wieder durchweicht wie eine ersäufte Katze.

„Aber du bist ja ganz nass“, stellte Clive fest. „Komm mit nach hinten. Du musst sofort aus diesen Sachen raus, oder sie passen dir nie wieder!“

Dabei hatte sie Sporting doch nur einen kleinen, einen aufmunternden – sicher, sie war ein großes Mädchen und auch ihre Hände waren nicht eben schmächtig –, aber wirklich nur einen wohlmeinenden – na ja, eine gewisse Ungeduld mag ihr ein wenig die Hand geführt haben, aber trotzdem –, nur einen einzigen, neckischen Klaps verpasst, mehr nicht! Auf sein hochgelobtes, dabei alles andere als hochaufragendes Zuckerrohr und auf die beiden Kokosnüsse auch. Konnte sie ahnen, dass er daraufhin die komplette Wasserpfeife auf einen Zug rauchen würde?

Der Teppich machte schmatzende Geräusche unter Meckenheims Sohlen. Das gesamte Hotelzimmer war triefend nass, männlicher Leichnam eingeschlossen. Meckenheim warf nur einen flüchtigen Blick auf den lang hingestreckten Toten. Er kannte ihn, er war ihm, tja, begegnet, doch das brauchte nun wirklich niemand zu wissen.

„Todesursache vermutlich Kreislaufkollaps“, meinte der Gerichtsmediziner. „Oder Rauchvergiftung. Wenn nicht beides in Wechselwirkung. Hier, sehen Sie sich das an.“ Er hielt dem Kommissar einen etwa mandarinengroßen, bis zur Unkenntlichkeit verschmolzenen Metallklumpen hin. „Das war der Pfeifenkopf. Um diese Art von Legierung zu schmelzen, brauchte es über elfhundert Grad. Ich würde mal sagen, unser Kunde hier hat einen wirklich gewaltigen Zug an der Pfeife gemacht. Und beim Exhalieren dann den Feueralarm ausgelöst. Samt Sprinkleranlage."

„War er allein?", fragte Meckenheim, trat ins Bad, kam wieder heraus und beantwortete sich die eigene Frage. „Nein." Missmutig betrachtete er den von seiner Hand baumelnden Büstenhalter, der auch als eine Art Zwillingsschleuder für Basketbälle Verwendung finden könnte. „Wär ja auch zu schön gewesen." Der Kommissar machte auf der Hacke kehrt und wandte sich an den im Bereich der Tür herumlungernden Tagportier.

„Hat außer Ihnen und uns noch jemand das Zimmer betreten?", fragte er in scharfem Tonfall.

„Wie? Wer? Nein", sagte der Empfangschef unschuldig und wollte gar nicht mehr aufhören mit Kopfschütteln. Bis Meckenheim ihm unsanft in die Brusttasche griff und einen mehrfach gefalteten Hunderter hervorzog, zusammen mit einer Visitenkarte des bekanntesten Paparazzo der Stadt.

„Natürlich nicht", sagte der Kommissar. Und seufzte.

„Es ist Sporting. Kein Zweifel." Windell, Elmo und Kilius/Bäumler hockten im Gemeinschaftsraum im Keller der Anstalt und starrten auf den Fernsehbildschirm. Der lokale TV-Sender war der erste, der Celeb Hunters Foto des feuchten Toten neben der verschmurgelten Wasserpfeife veröffentlichte, zusammen mit einem vorher in der Altstadt von Köln gemachten Bild des noch lebenden Sporting – in Rastafari-Aufmachung – am Arm einer mit Kopftuch und Sonnenbrille und hochaufgeschlagenem Regenmantelkragen eher schlecht als recht getarnten Pussy Cat. „Wer ist die Männer gleich reihenweise verschleißende platinblonde Sexbombe?", rätselte der Sprecher. Es folgten Fotos des blaugesichtig hingestreckten Howard Heffener und das vom in den Teppich gewickelten Brains.

„Mach aus“, sagte Windell zu Elmo und sprang auf die Beine, lief ruhelos hin und her. Weiber! Während die eine ihm die zu ihrer Rückführung geschickten Männer unter die Erde brachte, traktierte ihn die ANDERE mit …

„Schleifchen! Blümchen! Löckchen!“

Elmo und Kilius/Bäumler starrten den plötzlich losgeifernden Windell entgeistert an.

„In meinem Text! Doch … SIE … kriegt mich nicht! Eher schmeiße ich alles hin! Und wenn ich für immer hierbleiben muss!“

„Das Essen ist gar nicht so übel“, warf Elmo ein.

„Mal langsam“, mahnte Kilius/Bäumler. „Damit schadest du nur dir selbst. Sieh mich an.“

„Uns“, korrigierte ihn die Puppe. „Unsere neue Kür wird eine Sensation werden.“

„Und die Therapiesitzungen bringen echt was“, hing Elmo seinen Gedanken nach.

„Du willst doch jetzt nicht aufgeben, oder? Sieh es mal so: Immerhin war … SIE … ja fair genug, den Wettbewerb auf deinem eigenen Spezialgebiet auszutragen.“

„Fair? Mir die Protagonistin zu entführen und mit Schleifchen, Blümchen und Löckchen in meinem Roman herumzupfuschen und mein mögliches Happy End zu vermasseln und *fair*? Brains sollte Pussy heiraten, verflucht noch mal!“

„Und das willst du jetzt so einfach auf dir sitzenlassen? Wo bleibt dein Stolz? Du weißt, was passiert, wenn … SIE … gewinnt. Du kennst die beiden Alternativen. Schreibsklave, oder …“

„Er müsste mindestens zwanzig Kilo abnehmen", fand die Puppe. „Und eine geeignete Partnerin finden, natürlich."

Windell sah sie lange und nachdenklich an.

„Reiß dich zusammen", riet Kilius/Bäumler eindringlich. „Noch ist Zeit."

Windell blickte auf die Uhr, nickte grimmig.

„Okay", meinte er dann. „Drei Männer haben wir schon verschlissen. Was jetzt?"

„Analyse", meinte Kilius/Bäumler nüchtern. „Bis auf den Fehler zu Beginn, es mit Gewalt zu versuchen, ist der Ansatz gar nicht mal schlecht. Deine Protagonistin ist ja, wie du wahrscheinlich am besten weißt, im Grunde ihres Herzens einsam."

„Bei ihrem Lebenswandel kein Wunder", warf die Puppe ein.

„Pech war nur, ihr nacheinander gleich zwei Kerle zu schicken, die bei Pussys Anblick augenblicklich ihre eigentlichen Aufträge vergessen haben und nur noch an das Eine denken konnten."

„Das liegt nur an diesen Eutern", meinte die Puppe. „Männer sind auf dem Gebiet ja so was von infantil."

Kilius/Bäumler stieß sich ab und drehte eine nachdenkliche Runde den Flur hinunter. „Bleibt eigentlich nur eins ...", meinte er.

„Ja?", fragte Windell. „Ja? Was?"

„Du musst jemand losschicken, den Pussys Schönheit nicht blenden kann. Also jemanden von hier."

Wie von allein trafen sich die Blicke von Kilius/Bäumler und Windell auf der Gestalt von Elmo Jock.

„Oh, hoppla", stieß der hervor, von der Entwicklung überrollt. „Ihr glaubt doch nicht etwa, dass ich losziehe und mich diesem Monster an den Hals schmeiße?"

„Es soll Frauen geben, die stehen auf so was“, meinte die Puppe mit kritischem Blick. „Kleine Männer rackern sich ja ganz anders ab, sagt man.“

„Wieso bist du überhaupt noch hier?“, wunderte sich Windell.

„Ich habe gleich einen Gesprächstermin“, antwortete Elmo eilig. „Und ihr solltet nicht vergessen, dass Pussy absolut nicht mein Typ ist.“

„Perfekt“, fand Kilius/Bäumler.

„Und dann kennt sie mich ja. Als …“ Es fiel schwer, es auszusprechen. Ohne Groll, heißt das. „Als Said Wainda.“

„Stimmt“, gab Windell zu. Doch ganz abgesehen von Elmos Verweigerungshaltung wurde die Zeit eh zu knapp zum Experimentieren. Was immer er anstellte, dies war der letzte mögliche Versuch.

Er lehnte seine Stirn gegen das kühle Glas der Feuertür.

Resümierte: Gewalt scheiterte an Pussys Wehrhaftigkeit, Romanfiguren loszuschicken scheiterte an ihrem überwältigenden erotischen Magnetismus. Und die ganze Zeit pfuschte ihm die … GEGENSEITE … im Text herum. Es musste eine einfache Lösung geben, Pussy in den Roman zurückzulotsen und gleichzeitig die Kontrolle über die Weiterentwicklung der Geschichte zu behalten. Er musste jemanden schicken, der sowohl Pussy als auch den textlichen Manipulationsversuchen widerstehen konnte. Und da gab es, nüchtern betrachtet, nur einen.

„Mir bleibt nur noch eine Möglichkeit“, sagte Windell und drehte sich um. „Ich gehe selbst.“

Kilius/Bäumler nickte anerkennend, doch Elmo blickte skeptisch. Einmal an Windell rauf und runter, heißt das.

„Du?“, fragte er dann. „Und Pussy becircen? Nimm’s

mir nicht übel, aber als Frauenheld hast du bisher noch nicht wirklich überzeugen können."

Windell überhörte die Kritik.

„Nun, ich schlüpfe einfach in die Rolle von Jarvis Chevalier." Ja, das war eine Bombenidee, musste Windell sich eingestehen. Bombig. Löste alle seine Probleme auf einen Schlag. Möchte wissen, dachte er amüsiert und herausfordernd, wie ... SIE ... das wohl parieren will.

Die kleine Kapelle des Friedhofs von Red Hook, Brooklyn, war leer bis auf Pussy Cats offenen, wenn auch verwaisten Sarg. Grabesstille herrschte, trotz der Nähe der großen Stadt. Doch der vermeintliche, bröckelige Friede wurde jäh gestört, als urplötzlich die von kaum jemandem je wahrgenommene schmale Tür an der Längsseite der Kapelle mit solcher Wucht aufflog, dass sie gegen die Wand krachte. Hustend und spuckend trat eine imposante Gestalt ins blasse Licht und begann, sich mit ungeduldigen, ja wütenden Bewegungen den Staub von der Kleidung zu klopfen. Es war kein Geringerer als – Jack Knife.

Direkt nach dem Wachwerden war der berühmte Detektiv nie besonders umgänglich. Schon gar nicht, wenn er die Augen zu einem Kopfschmerz wie diesem aufschlug. Dazu noch die jüngsten Geschehnisse, und seine Laune schrappte hart am Rand des Berserkertums entlang.

In eine Rumpelkammer hatte man ihn gesperrt! In eine winzige, staubige, stickige Rumpelkammer! Ihn, den letzten Kämpfer gegen das Übel, das die Stadt zu ersticken drohte wie giftige Lianen einen stolzen Baum, ihn, das letzte Bollwerk gegen den schmierigen Strom aus Korruption und Perversion und die Machtergreifung der Hinterhältigkeit des weiblichen Geschlechts.

Jack hob seinen Hut vom Boden, bekam ihn aber irgendwie nicht aufgesetzt, warf ihn fluchend von sich, stapfte durch die Tür ins Freie, flankte über die Friedhofsmauer, stoppte ein Taxi und schwang sich hinein.

„Langsam, langsam", mahnte Kilius/Bäumler. „Bevor du jetzt einfach losstürmst, lass mich dir rasch noch etwas mit auf den Weg geben. Eine Vorstellung davon, was dich erwarten könnte."

Er drehte sich einmal um die Drehstuhlachse, stoppte und sah Windell direkt in die Augen.

„Welche Eigenschaft", fragte er eindringlich, „geht ... IHM ... da oben in seiner Güte wie in seiner Strenge komplett ab? Hm? Richtig, der Humor. Keiner hat IHN je lachen sehen, oder? Könnte wahrscheinlich keinen Witz erzählen, wenn sein ewiges Leben davon abhinge. Doch ich drifte ab."

Kilius/Bäumler legte eine weitere Pirouette hin, während Windell vor Ungeduld mit den Hufen scharrte.

„SIE ... da unten dagegen hat reichlich davon. Und du kannst dir wahrscheinlich ausmalen, welche Sorte von Humor das ist. Also, denk an deinen Maurer, an deine Schleifchen und Löckchen und sei gewarnt. Du wirst weitere Kostproben zu spüren kriegen, und zwar schon bald. Sieh dich vor, ist alles, was ich sage."

„Ja, ja", sagte Windell, leichthin. „Doch was soll schon passieren? Wenn ich erstmal selbst in den Text einsteige, kann niemand mehr meine Handlungen umschreiben. Ich selbst bin es ja, der agiert! Ich bin es, der Pussys Geschichte mit fester Hand dem Happy End zuführt. Nein, jetzt gleich schon übernehme ich die *hundertprozentige* Kontrolle."

„Oh, Mann, Jack!" Eddy erbleichte bei diesem Anblick. Doch er fing sich wieder. Der Keeper der Olde Cologne Bar stand nicht umsonst in dem Ruf, ein Mann der starken Nerven zu sein. Der starken Nerven wie der klaren Worte. Diskret nahm er den Detektiv beiseite, zog ihn ins Hinterzimmer. „Jack, versteh mich nicht falsch, du warst immer ein Kumpel und ganz sicher einer meiner Helden, aber … Jack, lass uns den Dingen ins Auge blicken: Du bist tot."

„Blödsinn, Eddy. Ich fühl mich nur ein bisschen schlapp. Leichtes Kopfweh, aber das gibt sich wieder."

„Doch, Jack, glaub mir, du bist hinüber. Finished. Tot und beerdigt. McIntyme selber hat deine Grabrede gehalten. Ergreifend, du hättest dabei sein … Na ja, wie auch immer, Jack. Pussy Cat hat jetzt deinen Part übernommen, macht deinen Job, fährt deinen Wagen, alles."

„Sag das noch mal."

„… macht deinen Job, fährt deinen …"

„Nein, ich meine den Namen."

„Pussy Cat."

„Pussy? Pussy Cat? Eine *Frau*?"

„Ja, Jack, was will man machen. Dies sind die Vierziger. Moderne Zeiten und alles."

„Wo …", Jack klopfte routiniert seine linke Brust ab, fühlte die treue 45er, die sich warm unter seine Achsel schmiegte, „wo genau finde ich diese … Pussy Cat?"

„Clive, soll ich dir mal ein intimes Geständnis machen?" Pussy, in einen flauschigen Bademantel gehüllt und mit angezogenen Beinen in einen Frisierstuhl geschmiegt, wartete Clives Antwort gar nicht erst ab. Intime Geständnisse sind der Zuckerguss auf dem Kuchen des Friseurdaseins. „Ich tauge nicht zur Nonne", bekannte

sie. „Ich bin eine Frau mit Wünschen, mit Sehnsüchten, mit – jawohl, ich schäme mich nicht, es zu gestehen, mit regelrechten Gelüsten. Und wenn die nicht befriedigt werden, dann …“ Sie brach ab. Manche Dinge kommen einem nur schwer über die Lippen.

„Dann“, nahm Clive den Faden auf und seine Augen begegneten ihren in dem großen Spiegel, „dann wirst du so kribbelig, dass du fürchtest, du könntest den Verstand verlieren?“

„Genau. Mir ist dann, als ob ich im Begriff stünde, wahnsinnig zu werden. Clive, soll ich dir mal was sagen?“

Wieder wartete sie die Antwort nicht ab. Kein Friseur der Welt hat auf diese Frage je mit ‚Nein‘ reagiert. „Der nächste Kerl, der mir über den Weg läuft, sollte besser ein Ausdauersportler sein.“

Und die zwei beiden steckten die Köpfe zusammen und kicherten wie verrückt.

„Und was machst du, wenn sie keinen Bock auf dich hat? Wenn sie dich vor die Pumpe laufen lässt? Was machst du, wenn sie es einfach toll findet, hier und heute, und ums Verrecken nicht zurück will?“ Elmo schien von Windells Plan nicht halb so überzeugt wie Windell selber.

„Ihr alle dürft eins nicht vergessen: Pussy Cat ist *mein* Geschöpf. Ich kenne ihre sämtlichen Schwachstellen. Und wenn mein männlicher Charme …“ Windell unterbrach sich, um Elmo auf den Rücken zu klopfen, den ein plötzlicher Hustenanfall plagte. „Falls mein männlicher Charme tatsächlich versagen sollte, habe ich immer noch das ultimative Lockmittel.“ Windell griff in seine Hosentasche und zog es hervor, präsentierte es auf seinem Handteller.

„Das, was ihr hier seht, ist er, der legendäre, einzigartige, der unbezahlbare Roosveldt-Diamant."

Weder Elmo noch Klilius/Bäumler wirkten beeindruckt. Selbst die Puppe murmelte etwas von ‚Modeschmuck'.

„Aber das ist doch bloß der Stöpsel von der rosa Karaffe, die ich mal auf diesem Basar gekauft habe."

„War es immer schon, Elmo, mein Junge. Hier, schau, man muss nur den Schaft geschickt mit dem Daumenballen verdecken, und das Ding sieht exakt so aus wie der Roosveldt-Diamant. Glaub's mir. Schließlich habe ich ihn erfunden. Und jetzt los!"

„Moment!" Elmo entwickelte sich so langsam zum ewigen Bremser. „Wie genau willst du eigentlich diesmal hier raus? Ich meine, ohne den Alarm auszulösen?"

Bollo der Blindfisch lungerte an der Ecke von Lexington Avenue und der 86sten Straße herum. An der Ecke, von der jeder wusste, dass er da rumlungern würde. Wichtig, das. Denn mal abgesehen von seiner Existenz als blinder Bettler machte Bollo auch noch den einen oder anderen hübschen Dollar als einer der gefragtesten Informanten der Stadt.

Bollo, sagte man, hat seine Augen überall.

Sie weiteten sich, unmerklich, hinter den schwarzen Gläsern, als eine bekannte Gestalt neben ihn trat.

„Hallo, Bollo", knurrte Jack Knife und zog einen flachen Clip mit Dollarnoten aus seiner Hosentasche. „Du hast nicht zufällig eine gewisse Pussy Cat hier vorbeikommen gesehen?"

„Gesehen, ha! Der war gut", entgegnete Bollo. Bollo machte auf blind, und das ging nur, wenn man dabei eine gewisse Konsequenz an den Tag legte. „Jack, lass mich dir mal was sagen", fügte er dann vorsichtig hinzu. „Aber du

… du siehst nicht gut aus." Und er biss sich auf die Zunge. Bei aller Konsequenz rutschten einem dann doch immer wieder mal solche Sachen raus. „Ist das ein Bügeleisen, das da seitlich aus deinem Kopf ragt?" Ist es dann einmal passiert, kann man auch schnell noch einen Nachgedanken dranhängen.

„Ach, Unsinn. Das ist nur 'ne kleine, fiebrige Erkältung. Doch verrat mir eins, Bollo …" Jack ließ ein paar gefaltete Scheine in Bollos Brusttasche gleiten. „Angenommen, ich müsste diese Pussy dringend sprechen. Heute noch. Am besten sofort. Wo hätte ich die größten Chancen?"

Bollo fischte die Scheine aus der Tasche und befühlte sie sorgfältig. Hielt sie sich ans Ohr dabei. Ganz zurück in der Rolle. Profi halt.

„Zufällig", sagte er dann halblaut, „habe ich vorhin erst mit Said Wainda und einem Maurer ein Bierchen gezischt. Der war ein bisschen durcheinander, der Maurer, und Said wollte ihn eigentlich zum Schweigen bringen, doch er hat angedeutet, dass verdammt komische Sachen in deinem Appartement ablaufen, Jack. Irgendwas mit Türen, hat er gesagt."

„Ach, nein, völlig unmöglich, das wird nie etwas", urteilte die Puppe. „Das ist *Eis,* Herr Windell, da unter unseren Kufen. Darauf muss man *gleiten.* Schwingen. Tanzen. Aber Sie haben ja nicht den Deut eines Rhythmusgefühls. Beine wie aus Holz. Und dazu auch noch, *urrghs,* total schwitzige Hände."

„Schnauze", schnarrte Meckenheim, gegen den inneren Widerstand, damit in Dialog mit einer aufgeblasenen Sexpuppe zu treten.

„Das ist entwürdigend", murmelte Windell. Das

Schlimmste war noch nicht mal dieses Toupet. Das eigentlich Schlimmste war, er hatte tatsächlich schwitzige Hände. Vor Nervosität. „Das ist das Peinlichste, das mir je …“ Er brach ab, als Erinnerungen auf ihn einzustürmen begannen, die allesamt das gerade Gesagte in Frage stellten.

„Schnauze“, schnarrte Meckenheim, der den Schundliteraten mitsamt Puppe auf Kilius/Bäumlers Drehstuhl den langen Gang hinunterschob. „Sie halten die Schnauze, oder Sie können alleine zusehen, wie Sie hier rauskommen.“

Seine Vorgesetzten hatten sich nicht entblödet, ihn der Presse als den den ‚Fall Pussy Cat' bearbeitenden Beamten zum Fraß vorzuwerfen, und die verdammten Bluthunde waren natürlich fast augenblicklich mit dem alten ‚Polizist Saufnase'-Kaffee um die Ecke gekommen.

An der Pförtnerloge drehte er Windell so, dass der zur gegenüberliegenden Wand blickte, während ihm die Puppe über die Schulter sah.

„Kilius/Bäumler, Freigänger. Ich nehm den mal mit raus zum Lüften“, bellte er den Pförtner an, der sich beeilte, die Türverriegelung freizuschalten.

Der Autor, hatte Meckenheim entschieden, muss diesen Schlamassel wieder bereinigen. Es gab keine Lösung in diesem Fall, und eine Verhaftung von Pussy Cat war undenkbar. Punkt, aus. Entsprungene Romanfiguren müssen zurück in die Fiktion, in den Roman. Sie haben nichts, aber auch gar nichts in realen Zellen und noch weniger in realen Polizeiberichten verloren.

Nicht, wenn der Verfasser des Berichts nicht ebenfalls in Dollendorf landen möchte.

Deshalb musste diese ganze Geschichte vom Verursacher beendet werden. Jetzt, heute noch. Und wenn es nötig wurde, dafür Windell aus der Psychiatrie zu entführen, dann war das eben so. Er, Emil Meckenheim, Kriminalkommissar, hatte nichts mehr zu verlieren.

„Wissen Sie, meine Mutter hatte immer schon eine Art, mich herunterzuputzen, die mich, wie soll ich sagen, in gewisser Weise, äh, stimu…"

„Nein, nein, Elmo", fiel ihm die Psychiaterin ins Wort. „Das war fürs Erste nun wirklich mehr als genug über deine Mutter."

„Dann wissen Sie also, dass ich nicht Folkmar Windell bin?"

„Aber natürlich."

„Toll. Dann kann ich ja wohl gehen, oder? Die Sache ist nämlich die, Folkmar hat mich mit einer total wichtigen Aufgabe betraut, und dazu muss ich schleunigst …"

„Erst möchte ich mit dir über etwas ganz anderes reden. Ich möchte, dass du dir dieses Bild hier anschaust."

Frau Dr. Störzenich schob Elmo einen großformatigen Hochglanzabzug über den Tisch.

Elmo schluckte. Er kannte das Foto. Aus der Zeitung.

„Sieh dir diese Brüste an. Sieh sie dir genau an."

Elmo tat wie geheißen und spürte einen Schauder. Und zwar keineswegs einen von der wohligen Sorte, wie sie ihn gewöhnlich beim Anblick nackter Titten überkamen.

„Was fällt dir an diesen Brüsten auf?", fragte die Psychiaterin in ihrem üblichen, klinisch unterkühlten Tonfall.

Nun ja, groß wie Melonen, also gar nicht mal übel, wenn man vergessen konnte, dass der dazugehörende Kopf der von seinem besten Kumpel Folkmar war.

„Sie sind *echt*", beantwortete die Ärztin ihre eigene

Frage. „Ein außerordentlich pralles, voll entwickeltes, weibliches Gesäuge, ohne auch nur die Andeutung einer Operationsnaht, vollkommen natürlich mit dem Brustkorb verwachsen. Was schließen wir daraus?“

Elmo kapierte nicht ganz, wohin die Reise ging, und schloss deshalb erstmal gar nichts.

„Die abgebildete Person ist nicht mein Patient Folkmar Windell.“

„Nein“, bestätigte Elmo, was er schon lange wusste.

„Was wiederum nur eine Schlussfolgerung zulässt.“ Störzenich beugte sich weit zu Elmo hinüber. Ihr Blick flackerte. „Es handelt sich um Pussy Cat. Und sie lebt.“

„Genau“, bestätigte Elmo mit rauem Hals. Kam es ihm nur so vor oder hatte die Ärztin einen oder gar zwei Blusenknöpfe mehr offen als gewöhnlich? Sie atmete tief durch, lehnte sich wieder zurück, blickte zur Decke, einen ungewohnten, verträumten Ausdruck im Gesicht.

„Könnte ich dann mal los?“, fragte Elmo, der sich seiner dringlichen Aufgabe erinnerte. Doch die Ärztin hörte nicht zu.

„Pussy Cat, eine Figur aus einem billigen Heftroman, lebt. *Lebt*! Hast du auch nur eine Ahnung, was das bedeutet?“

Die blassblauen Augen flackerten vor Leidenschaft oder Fanatismus, eh zwei Verwandte in Erbfolge, mit Irrsinn in der Keimzelle.

„Ich müsste dann mal ...“

„Wir reden hier über die erste nachweisbare, die erste tatsächlich *lebende* manifestierte Projektion des manischen menschlichen Hirns.“

Elmo kam nicht mehr ganz mit. Sprach sie von sich oder wem?

„Wir reden hier über Material für den *Nobelpreis der Medizin!*“ Ihre Stimme zitterte vor Erregung und ihre Brustwarzen hatten sich, wohl aus demselben Grund, aufgerichtet, wie Elmo nicht umhinkam zu bemerken. „Eine psychiatrische Weltsensation! Ich muss augenblicklich mit weiteren Studien beginnen, muss ganz nah an diese manifestierte Projektion heran. Was ist das für eine Aufgabe, mit der Folkmar Windell dich betraut hat?“

„Hä?“ Der plötzliche Themenwechsel riss Elmo hoch wie aus einer Trance. „Oh das“, sagte er. Und es traf ihn wie ein Blitz. „Nun das“, sagte er gedehnt, „führt mich zufällig ganz nah heran, äh, geradezu hautnah ran an die, äh, die Manifestation. Möchten Sie …“ Er räusperte sich mühsam, den Hals wie mit Löschpapier ausgelegt: „Möchten Sie mich vielleicht begl…“

„Ja!“

Jack Knife hechtete durch die Tür in sein Appartement, rollte sich ab, sprang auf die Beine und hatte auf die drei Frauen angelegt, bevor die auch nur ihre Karten abwerfen konnten. Da saßen sie und starrten ihn an: Sabie Tooth, Wanda Molanski und Ida Shyst. Erklärte Todfeindinnen, eine wie die andere.

„Ach, guck mal, wer da ist“, meinte Wanda schwach amüsiert.

„Von den Toten auferstanden?“, fragte Sabie. „Vom reinen Anblick her würde ich sagen, eher nicht.“

„Das heutige Strychnin ist auch nicht mehr das, was es mal war“, beschwerte sich Ida. „Früher sind meine Kunden liegengeblieben, da konntest du Gift drauf nehmen.“

„Hände, wo ich sie sehen kann“, bellte Jack. „Eine falsche

Bewegung von einer von euch, und ich schicke euch alle drei zur Hölle!“

„Von uns hast du nichts mehr zu befürchten, Jack. Wir sind, buchstäblich, fertig mit dir.“ Kichern.

„Ich sollte euch alle drei …“

„Nu, jetzt sei mal nicht so nachtragend.“

„Dann sagt mir, warum ich euch am Leben lassen sollte.“

„Weil nur wir dir sagen können, wo die wirkliche Bedrohung für dich hin ist.“

„Jawohl. Deine Nachfolgerin.“

„Pussy.“

Jack zuckte bei der Erwähnung des Namens unmerklich zusammen. Verkrampfte regelrecht. Nur seiner übermenschlichen Selbstbeherrschung war es zu verdanken, dass sich dabei kein Schuss aus seiner Waffe löste.

„Die überaus *beliebte* Pussy Cat.“

Jack spürte seine Selbstbeherrschung schwinden. Vielleicht sollte er eine von den dreien umpusten, nur um seine Laune zu verbessern. Blieben immer noch zwei, ihm zu verraten, was er wissen wollte. Nur ein Rest von Ritterlichkeit ließ ihn den Abzugsfinger zügeln.

„Also, raus mit der Sprache: Wo finde ich diese Pussy?“

Wanda Molanski deutete mit dem Daumen hinter sich: „Die ist durch diese Tür gegangen. Und nicht wieder aufgetaucht.“

Die Zellentür stand weit offen.

„Ihr wollt mich wohl verarschen!“

„Nein“, sagte Sabie mit unschuldigem Augenaufschlag. „Das würden wir niemals zu versuchen wagen.“

„Wieso müssen Sie denn hier durch?“, wunderte sich Meckenheim und blickte durch den goldenen Türrahmen

in die Zelle wie eine Beutelratte in das offene Maul eines Krokodils. „Pussy läuft doch in Köln herum.“

„Um glaubhaft und überzeugend auf Pussy einwirken zu können, muss ich erst einen Persönlichkeitswandel vollziehen“, erklärte Windell wichtig.

Persönlichkeitswandel, oh ja. Der Kommissar erinnerte sich. Schaudernd.

„Aha. Nun, ich kann Sie nicht begleiten. Ich habe hier schon genug am Hals. Deshalb, bevor Sie gehen, noch eine Frage: Sie wissen wirklich nicht, wo ich Polizeiobermeisterin Zahn finden könnte?“

Windell runzelte kurz die Stirn in gemimter Nachdenklichkeit. In Wahrheit erinnerte er sich an den Gummihandschuh. Und wie sie lachten.

„Nein“, antwortete er dann und stapfte die lange, schmale Zelle hinunter. Ging durch die Tür und zog sie hinter sich ins Schloss. Mit einem Knall.

Jarvis Chevalier schnitt eine frische Rose aus dem üppig blühenden Strauch, steckte sie sich sorgfältig ans Revers. Seufzend betrachtete er noch einmal das Panorama der großen Stadt, dann trat er von der Terrasse zurück in sein luxuriöses Penthouse, rief den Lift und glitt hinab ins Foyer.

Wenn alles Delegieren scheitert, muss ein Mann eben selber das Heft in die Hand nehmen und eigenhändig die Initiative ergreifen.

Livrierte verbeugten sich vor ihm, nur zu bereit, ihm jeden Wunsch zu erfüllen, der Rezeptionist wedelte mit dem dicken Packen Morgenpost, doch Chevalier winkte nur ab. Die Freuden wie die Pflichten, sie hatten zu warten. Er trat hinaus auf die Straße und ging langen, athletischen Schrittes die zwei Blocks bis zu Pussy Cats Appartement, nahm die Stufen hinauf zwei auf einmal. Die Zeit drängte. Ohne zu klopfen, ließ er sich ein.

„Hey, hoppla", meinte Wanda. „Der Schreiberling." Respektlos wie immer, die Würgerin. „Na, endlich mal ein Wandel zum Besseren", fand sie und schnalzte anerkennend mit der Zunge. „Zweireiher mit Weste, Schuhe mit Gamaschen. Hals- und Einstecktuch, Rose im Knopfloch. Sehr elegant. Viel besser als diese schlabberigen Cordhosen und die fürchterlichen Hemden."

„Aber ausgerechnet in Weiß?", rümpfte Ida die Nase. „Sieht man doch jeden Flecken drauf. Da war dieser graubraune Strickpullunder viel praktischer. Wenn auch eine Beleidigung fürs Auge."

„Ich war inkognito unterwegs", verteidigte sich der berühmte Dandy. „Und der Stil, den ich dazu verwendet habe, nennt sich ‚Intellektuelle Indifferenz'."

„So sah es auch aus", grunzte Wanda. „Ich sag nur eins: Wenn meine Tochter mit so einem Schluffi ginge, ich würd sie erwürgen."

„Und ich meine vergiften", stimmte Ida ihr zu.

„Ach, ich weiß nicht", widersprach Sabie. „Das hatte was. Männer, die sich so kleiden, haben was Latentes an sich, wie tickende Zeitbomben, sehr interessant. Ich mochte vor allem die Sandalen. Männer in Sandalen strahlen etwas aus, finde ich."

„Oh ja, vor allem Fußgeruch", sagte Ida, und alle drei giggelten wie die Schulmädchen, während Chevalier grußlos durch die Zelle davonstapfte. Und, kurz vor dem Türeknallen, ruckartig stoppte.

Die drei Frauen sahen ihn an, als er ins Appartement zurückkam.

„Sagen Sie mal, worauf warten Sie hier eigentlich?“, fragte Chevalier, ganz höfliches Interesse.

„Na, auf Pussy“, antwortete Ida, als müsse man einen Schaden haben, das nicht zu wissen.

„Und sobald sie erscheint?“

„Nimmt die Geschichte ihren Lauf“, knurrte Wanda.

„Und Sie sind sicher, adäquat vorbereitet zu sein?“

„Nun ja“, machte Wanda, ausweichend. Sicher sein konnte man sich bei einer wie Pussy Cat nie so ganz.

„Worauf wollen Sie hinaus?“, fragte Sabie, ganz die vorsichtige, misstrauische Polizistin, ob falsch oder nicht.

„Worauf ich hinauswill, ist, dass es durchaus in meinem Interesse liegt, wenn Pussy der Zugang zu dieser Zelle hier dauerhaft verwehrt bleibt. Und worauf ich auch hinauswill, ist dieses Geheimversteck, das Jack Knife einst selber in den Fußboden eingelassen hat. So geheim, dass bisher noch niemand je etwas davon gewusst hat“, fügte der Schriftsteller erläuternd hinzu, bückte sich, zog einen clever versteckten Splint und hob eine bis dahin unsichtbare Luke an.

Die drei Frauen sprangen auf, warfen ihre Karten ab, traten heran. Und Wanda war es, die anerkennend durch die Zähne pfiff beim Anblick des außerordentlich variantenreichen Waffenlagers.

„Ja!“ Windell schloss die Türe hinter sich, leise, ganz ohne Knall, schaltete das Deckenlicht an, betrachtete sich zufrieden im großen Spiegel der Damentoilette der Brooklyn Bar. Er fühlte sich großartig. Zurück am Schalthebel, am Steuerknüppel, endlich wieder in Kontrolle über seine Geschichte und seine Figuren. Aah, Autor zu sein! Und noch dazu so ein überaus erfolgreicher … Zufrieden richtete er sein Halstuch, zupfte das farblich

identische Einstecktuch zurecht, schnupperte an der Rose. Okay, er war unter Umständen ein wenig overdressed – vor allem die Gamaschen waren etwas, tja, laut –, doch galt es hier und jetzt nur eine Person zu beeindrucken, nur eine Frau, und deren Reaktion war voraussehbar. Pussy würde schmelzen beim Anblick dieses makellos weißen Maßgeschneiderten. Er, ihr Schöpfer, wusste es.

Alles ließ sich einfach perfekt an. Ein Geniestreich von ihm, das mit dem Waffenversteck. Hatte er Pussy erstmal wieder im Roman, war ihr damit eine Rückkehr in die Realität zumindest sehr, sehr schwer gemacht. „Ja!"

Das Einzige, was ihm Sorge machte, war, dass er bis zu dem Moment seiner eigenen Rückkehr an die Tasten keinen – oder wenn dann nur marginalen – Einfluss auf Pussys tatsächliches Verhalten hatte.

Deshalb hatte er Kilius/Bäumler gebeten, sich an seinen Rechner zu setzen, die textliche Entwicklung zu verfolgen und gegebenenfalls entsprechend einzugreifen, aber nein. Der hatte sich rundheraus geweigert, sich auch nur in geringster Weise noch mal mit ... IHR ... anzulegen.

„Es ist der Humor", hatte er geraunt. „Grausam."

Blieb nur einer: Elmo. Ein Mann, dessen Aufmerksamkeitsspanne bekanntermaßen regelmäßig von Triebschüben überlagert wurde, sicher. Also, wenn man bedachte, was für ihn, Windell, auf dem Spiel stand, schon ein Anlass zur Sorge. Doch er hatte Elmo gebrieft, in die Pflicht genommen, mit dem Ernst der Lage vertraut gemacht und, ganz zum Schluss, noch das ISDN-Kabel durchgeschnitten.

Nun denn. Elmo würde es schon machen. Doch, bestimmt. Ganz sicher.

Trotzdem schien eine kleine Stärkung des Nervenkostüms angebracht und so begab sich Windell forschen Schrittes hinter Eds verwaisten Tresen und strich mit den Fingern über das Flaschensortiment.

Als ihn ein Geräusch zusammenfahren ließ.

Ein halbersticktes Geräusch.

Wie wenn sich jemand bemerkbar machen möchte, aber, tja, nicht kann.

Es kam aus dem Hinterzimmer. Ein wütendes Wimmern. Wenn es so was gab.

Wie von alleine schlossen sich Windells Finger um Eds ständig griffbereit gehaltenen Baseballschläger. Vorsichtig zog er die Tür ein Stück weit auf. Ließ den Schläger sinken, stellte ihn achtlos beiseite, trat unverblümt ins Hinterzimmer. Nahm eine braune Flasche auf, unterzog das Etikett einer wohlwollend prüfenden Betrachtung und wünschte dann erst der in einer wirklich interessanten Position auf den Billardtisch gefesselten Polizeiobermeisterin Zahn einen wunderschönen guten Tag.

„Es funktioniert nun mal nur auf Folkmars Rechner", erklärte Elmo und klammerte sich am Beifahrersitz fest. Frau Doktor Störzenich fuhr wie eine Blinde. Wie eine Taubblinde. Niemand zieht den ersten Gang bis achttausend. Nicht bei einem Diesel.

„Und dazu müssen wir in eure Wohnung? Und da bleiben?"

Ja, dachte Elmo und vermisste den eigentlich zu erwarten gewesenen Lustschub bei dem Gedanken. Erst müssten sie ankommen. Heil ankommen.

„Können wir das Ding nicht mitnehmen und im Institut aufstellen? Das würde uns Gelegenheit zu einer lückenlosen Dokumentation geben."

Wie eine Taubblinde fuhr die Ärztin. Wie eine Taubblinde auf Droge. Mit suizidalen Absichten. Niemand umrundet einen Müllwagen, während der Gegenverkehr mehrspurig auf einen zubrandet.

„Nein. Dazu bleibt keine Zeit."

„Ich kann auch schneller fahren."

„Vielleicht besser nicht."

Ankommen. Nur heil ankommen.

Wie lange kann man sich eigentlich die Haare machen lassen?

Celeb Hunter wartete. Doch er langweilte sich nicht.

Elektrisch verstellbare Sitze? Check. Heizbar? Check. Mit Massagefunktion? Check. Mit Memory-Funktion? Check. Mit Ventilation? Check. Leder? Sowieso.

Er war im Begriff, sich einen flatschneuen Jaguar zu bestellen, und jemand wie er, der so viel Zeit im Sitzen verbrachte, legte selbstverständlich Wert auf größtmöglichen Komfort.

Ein Passant blieb vor dem Friseurladen stehen, linste durch das Fenster.

Celeb Hunter hob den Blick von der Zubehörliste, schenkte ihn dem Neuankömmling. Pfiff durch die Zähne. Legte die Liste beiseite und die Hand auf seine treue Nikon.

Ein Stutzer, ein echter Geck, dieser Typ. Weißer Anzug. Mit Gamaschen. Weia. Doch sehr fotogen.

Celeb ließ die Seitenscheibe heruntersurren. Legte sich die Kamera mit dem langen Bazooka-Objektiv quer über die Schenkel.

Irgendetwas an dem Typen kam ihm mächtig vertraut vor.

Stand jetzt einfach rum und wartete, der Kerl. Soviel Celeb wusste, befand sich nur eine einzige Kundin im Laden. Was bedeutete, Pussy hatte offenbar schon wieder einen neuen Verehrer.

Er würde den Zwölfzylinder nehmen, entschied Celeb in diesem Moment. Acht waren einfach nicht genug.

Woher nur kam ihm der Typ so bekannt vor? Diese runden Züge? Er sah aus wie – wie Pussy ohne Locken, durchfuhr es Celeb. Und er kannte ihn! Er kannte den Typen im Anzug! Er hatte ihn vor Jahren schon mal fotografiert. Folkmar Dingens – Folkmar Windell! Der ‚Schwanzwedler vom Dom'!

Doch was hatte das zu bedeuten? Dass die beiden sich glichen wie, tja, ein Ei dem anderen?

Erst schießen, dann fragen.

Und konnte man sich die Schlagzeilen vorstellen? Zu dem Foto? ‚Der Schwanzwedler und die Sexbombe'?

Ich nehme das Cabrio, entschied Celeb, hob die Kamera ans Auge, just als Pussy aus dem Laden trat, legte den Zeigefinger sachte auf den Auslöser und schrak fürchterlich zusammen, weil ihm ein viel zu dicht vorbeirasendes Auto die Bazooka glatt von der Kamera fetzte.

„Mr. Chevalier! Na, so ein Zufall! Was machen Sie denn hier?" Pussy Cat nahm die Knie zusammen, blickte in schüchterner Verzückung zu Boden und das Flattern ihrer Wimpern ließ eine Böe durch die Altstadtgasse fegen.

Mag sein, es lag an dem Windstoß, mag aber auch sein, es war schiere Überwältigung beim Anblick der lebenden Pussy, auf alle Fälle kam Windell nahe daran, sich auf den

Arsch zu setzen. Mit kolossaler Anstrengung zwang er sich zu einem Lächeln.

„Nun, Pussy, lass mich offen sein: Ich habe dich gesucht."

Und gefunden. Das war der vergleichsweise leichte Part gewesen. Wohin ging eine Frau wie Pussy als Erstes, nachdem ihr eine wassersprühende Feuerlöschanlage überm lockigen Haupt losgegangen war? In direkter Linie zum nächsten Haarkünstler. Und keine Minute vor dem Schaufenster von ‚Pirate Cuts' und wer kam herausstolziert? Eben. In Kopftuch, Regenmantel, Stöckelschuhen. Unglaublich. Die Dinge liefen, wenn man so will, wie sie sollten. Und Zeit wurde es. Aber echt.

„Mich gesucht? Aber warum das denn?" Ganz das unschuldige kleine Mädchen. Einhundertzehn Kilo davon. Und so *geschmeichelt*. Furchtbar. Und trotzdem natürlich von Vorteil. Alles was er jetzt noch zu tun hatte, war, ebenso taktvoll wie kalt entschlossen mit der Tür ins Haus zu fallen.

„Nun, Pussy, ich will ehrlich mit dir sein ..."

„Warten Sie! Sie haben da etwas am Kinn kleben. Und am Kragen auch."

„Was? Oh, da muss ich wohl ein wenig mit, äh, Cremelikör herum-, äh, herumgeschlabbert haben, fürchte ich."

„Doch das haben wir gleich." Pussy schnappte ihre enorme Handtasche auf, holte ein Taschentuch heraus und – bei Windell sträubte sich alles, bis runter zu den Härchen auf seinen Zehen – spuckte drauf. „Soo, jetzt schön stillhalten!"

Im Grunde, dachte Meckenheim, hatte er den Streifenpolizisten in sich nie wirklich abgestriffen. Nach wie vor dachte er am besten mit den Füßen, in ruhigem, eine ganze Schicht lang mühelos beizubehaltendem Schritt das Trottoir entlang.

Er war im Begriff, das zu tun, worauf von den ganzen Klugscheißern des gesamten Präsidiums noch keiner gekommen war, nämlich Sabrina Zahns Dienstroute abzulaufen, ihren Spuren zu folgen wie der Spürhund, der er war. Eine Art von Schnitzeljagd, wobei die zu verfolgenden Papierchen hier samt und sonders hinter Scheibenwischern klemmten.

Bis irgendwann in der Altstadt plötzlich Schluss war.

Meckenheim machte kehrt. Der letzte von Polizeiobermeisterin Zahn vor ihrem Verschwinden ausgestellte, auffindbare Strafzettel hing hinter der Scheibe eines uralten, nur zu bekannten VW-Käfers. Windells Auto. Mit dem jedoch nicht der Eigner unterwegs war, sondern eine gewisse Pussy Cat. Die wiederum in Sabrina Zahn eine als Polizistin verkleidete Verbrecherin zu erkennen glaubte.

Ruhig, ohne Hast, sah Meckenheim sich um. Das Auto parkte direkt vor der behördlich dichtgemachten Brooklyn Bar.

Der Gedanke, Verstärkung anzufordern, kam und ging.

Meckenheim trat an die Eingangstür der Bar, legte eine Hand dagegen, drückte. Die Tür schwang auf.

„So. Schon fertig.“ Männer lieben es ja, ein wenig betüttelt zu werden. Pussy ließ ihr Taschentuch wieder in ihrer Handtasche verschwinden. Besah sich ihr Gegenüber noch mal. Jarvis Chevalier! Der berühmteste und sicherlich auch erfolgreichste und damit einhergehend höchstwahrscheinlich auch reichste Schriftsteller aller Zeiten!

Und so ein eleganter Mann! Und er war tatsächlich ihretwegen hergekommen?

„Doch Sie haben mir immer noch nicht verraten, warum Sie mich gesucht haben."

Der Schriftsteller sah auf seine Uhr, leckte sich nervös die Lippen.

„Pussy, es fällt mir schwer, das einzugestehen, aber meine Inspiration droht zu versiegen, ja regelrecht zu verkümmern."

Pussy seufzte mitfühlend auf.

„Eine Katastrophe für meine Leserschaft. Was ich brauche – und nichts anderes wird mir helfen können –, was ich brauche, ist eine Muse. Und nicht irgendeine. Nein, Pussy, auch wenn ich damit etwas mit der Tür ins Haus falle, aber ich brauche dich."

„Aber Mr. Chevalier, von all den vielen Mädchen da draußen ausgerechnet mich?"

„Ja, Pussy. Von all den, den ... Dich. Und nenn mich Jarvis."

Eijei, was war ihm das alles peinlich, dem Herrn Kommissar. Sabrina Zahn musste sich das Lachen verbeißen. Hatte den Kopf weggedreht gehalten, während er sie losschnitt, der niedliche Stoffel.

„Wir sollten einen Polizeipsychologen oder vielleicht besser eine Psycholog*in* hinzuziehen", schlug er vor.

„Nicht nötig." Sabrina Zahn setzte die Flasche an, nahm einen kleinen, vorsichtigen Schluck. Aha. So also schmeckte das Zeugs. Gar nicht mal übel.

„Wenn Sie sich fit genug fühlen, mir eine Personenbeschreibung des oder der Täter zu geben, lasse ich sofort die Fahndung anlaufen."

Sabrina nahm noch einen Schluck. Sie fühlte einen unerklärlichen inneren Jubel.

„Nein", sagte sie dann, nach einem kleinen, weiblichen Rülpser. „Da kann ich Ihnen nicht weiterhelfen, fürchte ich." Sie sprang vom Billardtisch, ging rüber in den Schankraum, fand unter der Theke einen Stapel unbenutzter Frottee-Bierfilze, feuchtete einen davon im Spülbecken an und hielt ihn dann unter den Dampfstrahl der Kaffeemaschine.

„Natürlich wird sich die Spurensicherung das ganze Hinterzimmer gründlichst vorknöpfen", meinte Meckenheim und sah woanders hin, als Sabrina ein Bein auf die Theke schwang und begann, sich den Schenkel mit dem Frotteefilz abzuwischen.

„Das wird nicht nötig werden", sagte sie, leichthin. „Ich habe keinesfalls vor, Anzeige zu erstatten."

Meckenheim gaffte, komplett entgeistert.

„Aber man hat Sie in Ausübung Ihres Dienstes entführt, auf entwürdigende Art gefesselt und ..." Dem Kommissar gingen die Worte aus.

„Ach was, papperlapapp. Das war nur ein Streich, völlig harmlos." Sabrina nahm das eine Bein runter, das andere hoch. „Igittigitt", kicherte sie, „ist das vielleicht klebrig."

„Ja – und jetzt?"

„Und jetzt?" Fertig mit der Reinigung ihrer Schenkel, strich Sabrina Zahn ihre Uniform zurecht und warf sich den Riemen ihres Strafzettelcomputers über die Schulter. „Jetzt mache ich meinen Dienst weiter", sagte sie, fröhlich und entschlossen.

Meckenheim stolperte ungläubig hinter ihr her. Durch die Tür, raus in die Gasse und zurück auf ihre Route, als wäre nichts gewesen.

Ein Wölkchen Papierfetzen stieg über ihrer Schulter auf, rieselte zu Boden, und als Meckenheim sich noch einmal umdrehte, bemerkte er, dass der Strafzettel von Windells Windschutzscheibe verschwunden war.

„Komm mit mir, Pussy. Nach New York geht's hier lang. Nur zwei Blocks weiter, die Treppen hoch und durch das Appartement eines, äh, Freundes."

„Jarvis, auch auf die Gefahr hin, deinen Hoffnungen einen Dämpfer zu verpassen, aber ich bin in solchen Dingen für klare Verhältnisse. Deshalb sollst du es gleich wissen: Ich bin nicht so eine."

„Hä?" Wie? Was für eine? War es möglich, dass diese strohköpfige Blonde nicht zwischen einer Künstlermuse und einer Straßenhure unterscheiden konnte? Dabei hatte er ihr noch nicht mal Geld geboten.

„Nun, ich bin kein Mädchen, das sich mit Männern abgibt, die unter Umständen ... gebunden sind."

„Hä?" Endlich fiel der Groschen. Windell lachte auf vor Erleichterung. Wurde dann wieder ernst. Geradezu feierlich.

„Ich weiß nicht, wie du darauf kommst, dass ich so etwas von dir denken könnte", hörte er sich selber sagen. Es war zum schwindelig werden. „Denn ich bin selbstverständlich – tragischerweise – immer noch unverheiratet, ein Junggeselle, der schon manches Mal die Hoffnung aufgegeben hat, noch jemanden zu finden, mit dem er die, äh, Annehmlichkeiten seines Lebens teilen kann."

Weia, und jetzt ab mit uns durch die Mitte.

„Aber, Jarvis, könnten wir die Annehmlichkeiten nicht hier teilen? Ich meine, es ist doch alles so schön bunt hier. Und im Vergleich zu New York, wo man mir ständig nach dem Leben trachtet, ist es hier auch so viel sicherer."

Dieser Ort war einerseits vertraut, aber andererseits befremdlich. Jack Knife begann sich zu fragen, ob er möglicherweise in New Orleans gelandet war.

Das Schaufenster des Headshops – was immer das sein mochte – war auf alle Fälle schon mal voll mit Krimskrams, wie man ihn mit Voodoo in Verbindung bringen würde. Und dann kam auch noch dieser Typ aus dem Laden, starrte ihn an, hielt sich den Kopf, zeigte auf seinen, ja, zeigte mit dem Finger auf Jacks Kopf, rief „Ey, Alter, der Karneval ist vorbei!" und wollte sich gar nicht mehr einkriegen vor Lachen.

Hielt sich den Fuß, jetzt, nachdem Jack ihm draufgetreten war, und das alberne Gelächter hatte er auch eingestellt. Na, wo man sich schon mal nähergekommen war, konnte er ihn auch gleich befragen.

„Ich bin", sagte Jack, halblaut und versöhnlich, „auf der Suche nach Pussy. Kannst du mir da irgendwie weiterhelfen?"

Und der Typ lief davon wie ein Hase, schmerzender Fuß hin oder her.

Alle ein bisschen bekloppt in Louisiana, das hatte er schon öfter gehört. Es ist die Hitze, sagt man.

Nicht, dass ihm besonders warm gewesen wäre. Oder kalt, so gesehen. Was Temperaturen anging, fühlte er wenig, eigentlich nichts. Alles, was er fühlte, war der dringende Wunsch, die Frau, die ihm die Existenz gestohlen hatte, unter der Erde zu sehen.

Pussy trippelte – *trippelte*! – hinter der Theke herum und mixte Drinks. Irgendwie waren sie im Vorbeigehen in die verlassene Brooklyn Bar gesogen worden, und falls Alkohol dabei helfen sollte, die kindisch verstockte Pussy umzustimmen, dann musste man es eben probieren.

Windell wagte es nicht mehr, auf die Uhr zu blicken. Seine Stirn war feucht, sein Hals trocken.

Er hätte es gegen Kilius/Bäumlers dringende Warnung sehr gerne mit Gewalt versucht, doch plagten ihn ernsthafte Zweifel, ob er mit dem Echo klarkäme.

Pussy stellte die Getränke vor sie hin, rückte dicht an seine Seite. Windell kippte den halben Drink auf einen Zug. Keuchte.

„Ich verstehe immer noch nicht, warum wir nicht bleiben können, Jarvis. Ich könnte doch auch hier deine Muse sein, oder?" Keck und neckisch. „Und ich möchte so ein kleines, aufklappbares Telefon und mit einer Karte statt mit Geld bezahlen und …"

„Weil Pussy, die Sache ist die …" War er wirklich drauf und dran, das auszusprechen? War er? „Hier bin ich … niemand." Da, es war raus. Niemand. Nur ein verlachter und herumgeschubster Schundliterat. „Und ich habe nichts, hier." Wie wahr, wie wahr. „Kein Penthouse auf dem höchsten Hotel der Stadt, keine Millionenauflagen, keine Aussicht auf Ehrenbürgerschaft, nichts." Selbst wenn er eines Tages die Verdienste vorzuweisen hätte, bliebe eine Ehrenbürgerschaft doch eher unwahrscheinlich, brachte man sich nur flüchtig in Erinnerung, welchen Spitznamen ihm die Revolverpresse einst verpasst hatte.

„Aber Jarvis, du musst auch mich verstehen. Ein Mädchen muss sehen, wo es bleibt. Und einfach nur so …" Pussy ordnete ihre Auslage vermeintlich unauffällig mit den Ellenbogen. „… nur auf ein bloßes Versprechen hin, hier alles aufzugeben …“

Windell brauchte einen Augenblick, um zu begreifen. Um das ganze Ausmaß dessen zu erfassen, auf das er sich hier eingelassen hatte.

Sein Blick fiel auf die Uhr hinter der Bar.

Ach, scheiß drauf, dachte er, kippte sich die zweite Hälfte seines Drinks rein, keuchte, holte tief Luft.

„Pussy, ich weiß, es ist ein bisschen früh dafür und es kommt sicherlich auch ein bisschen plötzlich, aber – willst du mich hei…“

„Ja!“ Und schon hatte sie ihn sich geschnappt und an ihren Busen gedrückt, dass ihm die Augen kreiselten. Und nicht nur wegen ihres überwältigenden Parfüms.

Elmo stieg aus, hielt sich ein bisschen an der Beifahrertür fest – nur bis das Zittern seiner Knie nachließ – und betrachtete den Stern im rechten Rand der Windschutzscheibe.

„Das war ein Objektiv, ein Teleobjektiv, das wir da mitgenommen haben“, sagte er, immer noch nicht wieder hundertprozentig Herr seiner Stimme.

„Was hält dieser dumme Mann das auch in den fließenden Verkehr? Er kann von Glück sagen, dass wir in Eile waren, oder ich hätte gestoppt und ihn angezeigt.“

Sie gingen zusammen die Treppe hoch, Elmo schloss auf und ließ Frau Doktor Störzenich den Vortritt. Sie sah sich kritisch um.

„Hier also wohnt ihr, Folkmar und du, in gleichgeschlechtlicher Lebensgemeinschaft?“

„Nein, nein. Es ist andersherum. Wir *leben* hier in *Wohn*gemeinschaft.“

„Was riecht das denn so stark nach Parfüm?“

„Kann ich auch nicht sagen.“ Elmo hatte es eilig, an den Rechner zu kommen.

„Ist das hier rechts dein Zimmer?“

„Äh, gehen Sie da nicht rein, es ist, äh, ein bisschen unordentlich.“

„Stimmt. Nicht mal die Zeitschriften sind weggeräumt. Liegen einfach so auf dem Boden herum.“

Elmo hieb mit der Faust auf den Schreibtisch, der Monitor sprang an, doch irgendetwas an Frau Doktor Störzenichs letzter Bemerkung ließ ihn rasch noch mal aufstehen und nachsehen gehen.

Sie hatte ein Magazin aufgehoben. Das nicht aufblätterte, ja, das sich selbst mit Gewalt nicht aufschlagen lassen wollte. Irritiert besah sie sich das Titelblatt. Verdrehte angewidert die Augen und ließ das Heft fallen wie etwas Ansteckendes.

Elmo ging rasch und kommentarlos zurück an den Rechner. Las. Pfiff durch die Zähne.

„Ey, das ist geil“, fand er.

„Was ist *geil*?“, fragte Störzenich und sah ihm über die Schulter.

„Folkmar hat die drei Verbrecherinnen, die auf Pussy warten, bis an die Zähne bewaffnet. Dadurch kann er zwar wieder zurück in die Realität, aber Pussy wohl kaum.“

„Hm“, machte Frau Doktor auf eine nachdenkliche, missbilligende Art und Weise.

Erst Bloomingdales – für einen gewagten, regelrecht hingehauchten Traum von einem Brautkleid – und nun Tiffany's! Ihr Verlobter scheute wirklich keine Kosten und Mühen, sie glücklich zu sehen.

Mit unendlicher Sorgfalt steckte ihr die Verkäuferin die Brillanten-Korona so ins Haar, dass sie auch wirklich am besten zur Geltung kam. Pussy stand auf, betrachtete sich in dem großen Spiegel und wurde nahezu geblendet vom Funkeln der kostbaren Steine. Mit ein, zwei federleichten Tanzschritten war sie direkt vor ihrem in einen Sessel hingegossenen Verlobten, nahm die Arme hoch, drehte sich grazil auf Zehenspitzen.

„Und, wie gefalle ich dir?"

„Irgendwie hatte ich insgeheim gehofft, der Umzug würde etwas an meiner Optik ändern", seufzte Jarvis, selbstvergessen.

„Aber was ist denn mit deiner Optik? Brauchst du eine Brille? Sie würde dir sicher wundervoll stehen." Pussy ging auf die Knie hinunter, sah Jarvis mitfühlend in die Augen und spürte diesen Schauder wieder, diesen Wonneschauder. Da war Seelenverwandtschaft spürbar, wenn sie diese Blicke tauschten. Und noch etwas wurde überdeutlich: Pussy fühlte sich schwach werden.

„Oh, Jarvis, ich weiß, wir haben beschlossen, bis nach der Hochzeit zu warten, doch immerhin sind wir ja offiziell verlobt, also könnten wir …"

Plötzlich saß Jarvis kerzengerade, räusperte sich heftig.

„Pussy", er rang sichtlich um Worte, wahrscheinlich gepackt von einem ganz ähnlichen Verlangen, „das ist eine bezaubernde Idee, doch bin ich in dieser Hinsicht altmodisch und, ich fürchte, fast auch ein wenig abergläubisch. So verlockend der Gedanke auch ist, aber glaub mir, das bringt kein Glück."

Wie rührend! Endlich mal ein Mann, der nicht die erstbeste Gelegenheit beim Schopf ergriff, mit ihr intim zu werden. Und trotzdem, da blieb dieses Sehnen nach Erfüllung, nach Selbstvergessenheit und Glück …

„Hör mal", meinte Jarvis und sah auf seine Uhr, „wenn du dich hier noch ein wenig umschauen möchtest, dann springe ich inzwischen mal kurz – ganz kurz nur – rüber zu Eddy auf einen kleinen Drink."

„Was denn? Ohne mich?" Pussy lachte neckisch. „Nein, nein, nein", meinte sie, mütterlich streng. „Von nun an lasse ich dich nie mehr allein losziehen."

Schließlich war sie von jetzt ab seine Muse. Und Verlobte.

„Von nun an, Liebster, folge ich dir auf Schritt und Tritt."

Es war eine sternenklare, wundervolle Nacht für eine Kutschfahrt durch den Central Park. Wenn auch ein wenig kühl.

Pussy kuschelte sich eng an ihren Galan.

„Jarvis", hauchte sie in sein Ohr, „ich habe da eine Idee. Damit wir, du weißt schon, nicht mehr so lange mit der Hochzeitsnacht warten müssen."

Jarvis entgegnete nichts. Er wartete. Gespannt. Sein ganzer Körper wurde regelrecht steif vor gespannter Erwartung.

„Father Franklyn von der St. Patrick's Church in Queens ist eigentlich immer bereit, auch Kurzentschlossenen zur, tja, Legalität ihrer Vereinigung zu verhelfen." Sie kicherte.

„Ist das so? Doch wir haben für eine ganze Stunde bezahlt, da wäre es doch schade … Wie wäre es, ja, wie wäre es mit einem Nickerchen?"

„Oh, ja!" Pussy warf Jarvis einen sehr, sehr schrägen Blick zu. „Wir könnten den Kutscher wegschicken und das Verdeck schließen und …"

„Nein, nein! Nicht wir! Ich dachte, *du* solltest vielleicht ein **Nickerchen** machen."

Das Kutschpferd scheute kurz, so laut sprach Jarvis das Wort aus, so ernsthaft war er um das Wohlergehen seiner Braut bemüht.

„Du wirkst mir etwas überspannt, also könntest du dich hier an meine Schulter lehnen, die Augen schließen und …“

„Aber ich bin doch gar nicht müde, Liebster. Ich wäre nicht in der Lage, die Augen zu schließen, sie von dir zu lassen, nicht in einer Nacht wie dieser!“

„Da fällt mir etwas ein!“ Jarvis schlug sich die Hand vor die Stirn. „Ich habe ja ganz vergessen, den Roosveldt-Diamanten bei Tiffany's zu lassen! Also wenn du in der Kutsche wartest, renn ich schnell rüber und gebe ihn ab.“

„Ach was.“ Pussy lachte. „Dafür ist doch auch morgen noch Zeit. Ein Tag mehr oder weniger spielt doch keine Rolle. Ich kann das Kollier schließlich noch ein ganzes Leben lang tragen.“

„Aber ich wollte es dir zur Hochzeit schenken!“

„Zur Hochzeit“, raunte Pussy, „kannst du mir etwas anderes schenken.“ Sie beugte sich zu ihm und flüsterte es ihm ins Ohr.

Jarvis machte einen Satz zur Seite, dass er fast aus der Kutsche gefallen wäre.

Wahrscheinlich war dem ehedem so eingefleischten Junggesellen noch gar nicht bewusst geworden, dass er als künftiger Ehemann auch Vaterfreuden entgegensehen könnte!

Elmo kam mit langer Miene und leeren Händen vom Kühlschrank zurück, warf einen Blick auf den Text und hieb sich die Faust gegen die Stirn.

„Ah, verdammt! Nur eine Sekunde nicht aufgepasst und schon ist eine weitere Gelegenheit flöten. Verdammt!“

„Wovon sprichst du?“, fragte Störzenich, die sich für das Geschehen zu interessieren begann. Frauenschicksale lassen einen ja nie wirklich kalt.

„Hier, lies: ‚Nickerchen' war ein Schlüsselwort. Verdammt."

„Aber was denn für ein Schlüsselwort?"

„Ich hätte Pussy in einen tiefen Schlummer sinken lassen sollen. Folkmar kann das ja nicht, er sitzt ja nicht an der Tastatur."

„Und dann?"

„Da sie so klammert, wäre das die beste Gelegenheit für ihn, aus dem Roman zu verduften und das Ding hier in aller Hast zu Ende zu schreiben. Ohne dass Pussy sich an sein Bein hängt. Denn dann wären wir ja wieder da, wo wir angefangen haben."

„Das würde bedeuten, dass ihr Verlobter sich davonstiehlt und Pussy allein in der Romanwelt zurücklässt, wo sie, wenn ich das recht verstehe, von gleich drei Verbrecherinnen zum Bleiben gezwungen werden soll." Die Psychiaterin klang vorwurfsvoll.

„Wo sie ja streng genommen auch hingehört, unsere Pussy. Und Folkmar wird sie dann schon mit jemand anderem verheiraten, seien Sie unbesorgt. Er braucht schließlich ein Happy End."

Dieses Denken, dieses Herumgeschubse von Frauen wie Marionetten in einer von Männern beherrschten Welt kämmte Jekatherina Störzenich gewaltig gegen den Strich. Und noch etwas nagte an ihr.

„Und wenn das gelingt, bleibt sie für immer im Roman?"

„Genau. Und Folkmar ist frei, weiterzuleben wie bisher."

So, wie Elmo es aussprach, musste das ein Traumleben gewesen sein, bisher, für Folkmar Windell.

Davon unabhängig hörte Frau Dr. Jekatherina Störzenich eine innere Seifenblase ‚plopp' machen.

„Wie wäre es, wenn du uns eine Pizza holen gehst?“, fragte sie unvermittelt.

Eine Seifenblase namens ‚Nobelpreis‘.

„Nein, das geht nicht“, meinte Elmo. „Wie ich gerade erklärt habe: Ich kann hier nicht weg. Warum lassen wir nicht eine kommen?“

„Weil sie dann erst stundenlang durch die Stadt geschaukelt wird und in den meisten Fällen lappig und ungenießbar ankommt.“ Da war Schärfe in diesem Tonfall.

„Trotzdem, ich muss …“

„Elmo, bitte beleidige nicht meine Intelligenz!“ Mehr Schärfe. Und einiges an Kälte auch. „Glaub mir, ich habe sehr gut verstanden, worum es hier geht. Ich bin des Schreibens mächtig und obendrein von meiner Doktorarbeit her vertrauter mit Windells Texten, als es irgendjemand lieb sein könnte. Du kannst versichert sein, dass ich den Bildschirm keine Sekunde aus den Augen lassen und dich nach bestem Wissen und Gewissen vertreten werde. Und nun, huschhusch. Ich nehme eine Margherita. Ah, und denk bitte daran: kein Oregano für mich.“

Da zog er ab. Und Frau Doktor Störzenich rückte sich die Tastatur bequem zurecht. Und zuckte zusammen.

Denn da stand er schon wieder neben ihr.

„Äh, ich bräuchte noch Geld.“

So, Schein in die Hand gedrückt, ‚kein Oregano‘ wiederholt, und tschüss und Tür zu.

„Ida, was ist daran so schwer zu verstehen?“ Wanda Molanski ließ nicht mit sich reden. „Du hast kein Geld mehr, um es zu setzen, und da wir hier nun mal um Geld spielen, bist du nicht mehr dabei.“

„Warum wollt ihr mir denn nichts leihen? Ich stelle euch auch einen Schuldschein aus."

„Ida, der Letzte, dem du einen Schuldschein ausgestellt hast, war Fat Mo, richtig? Und keine zwei Tage später war er hin. Todesursache, Frau Polizistin?"

„Vergiftet", antwortete Sabie Tooth. „So ein Zufall."

Ida Shyst sprang wütend auf.

„Wenigstens bescheiße ich nicht beim Kartenspiel", spie sie in die Runde.

„Wer bescheißt?", fragte Wanda grollend.

„Ida, du kannst bloß nicht verlieren", versuchte Sabie zu beschwichtigen.

„Ha! Es gibt einen Unterschied zwischen verlieren und beschissen werden, und ich lasse mich nicht von zwei psychisch Gestörten wie euch beim Kartenspiel über den Tisch ziehen und um meine gesamten Ersparnisse bringen!"

„Wer ist hier gestört?"

„Wie sonst willst du das nennen, Wanda, wenn du dir mittels einer paranoiden Rechtfertigungsstrategie erlaubst, völlig ohne Schuldempfinden herumzulaufen und mit bloßen Händen Menschen umzubringen? Und du, Sabie, hast deine unterdrückten sexuellen Dominanzfantasien doch so lange durch das Tragen von Uniformen zu sublimieren versucht, bis du zu der krankhaften Überzeugung gelangt bist, tatsächlich Polizistin zu sein."

Ein mehr als nur leicht verblüfftes Schweigen entstand.

Wanda brach es schließlich.

„Sag mal, Ida, wie quatschst du denn plötzlich?"

„Ja", fand auch Sabie, „was redest du auf einmal so geschwollen?"

„Wieso?" Ida Shyst nahm das Kinn hoch und verschränkte die Arme abwehrend vor der Brust. „Wieso geschwollen?

Pharmakologie und Psychiatrie sind eng verwandte Felder, und, wie jeder weiß, obendrein feste Bestandteile des Grundstudiums der Medizin."

„Was? Farmakokologie?" Wanda traute ihren Ohren nicht. „Solange ich dich kenne, Ida, hast du nichts anderes gemacht, als Leute mit Rattengift übern Jordan zu schicken, und plötzlich willst du das *studiert* haben?"

„Ach, Schluss jetzt! Was ich will, ist mein Geld zurück!"

Und mit einem Ruck hatte Ida eine Tommy Gun unter ihrem Stuhl hervorgezogen und ließ die Maschinenpistole mit dem markanten Hutschachtelmagazin ohne jede weitere Vorwarnung losrattern.

Sabie schaffte es noch, reaktionsschnell den Tisch umzuwerfen, kauerte sich dahinter und erwiderte das Feuer mit einem schweren Army Colt, während Wanda, als passionierte Würgerin nie wirklich zielsicher geworden im Umgang mit Schusswaffen, sich beim Durchforsten von Jack Knifes geheimem Waffenlager für eine abgesägte Schrotflinte entschieden hatte, deren beide Läufe sie augenblicklich in Idas generelle Richtung abfeuerte.

Binnen Sekunden nebelte dichter Pulverdampf die gesamte Szene ein.

Elmo war mehr als nur ein bisschen außer Atem, als er, Pizzakartons unterm Arm und Bierflaschen in einer Plastiktüte an der Hand, durch die Wohnungstür gestolpert kam. Nagendes Misstrauen hatte ihn zu höchster Eile angestachelt und wurde nicht eben besänftigt durch den Ausdruck katzenhafter Zufriedenheit, den Frau Doktor, Arme im Genick verschränkt, an den Tag legte.

Mit ein paar Schritten war er beim Monitor, las die letzten Zeilen und die Einkäufe fielen ihm aus den Händen.

„Ja scheiße, Jekatherina, was soll das denn?"

„Seit wann duzen wir uns?"

Diese Arroganz!

„Du duzt mich schon die ganze Zeit. Und jetzt sieh dir diesen Mist an, den du produziert hast! Damit wird Pussy Tür und Tor geöffnet, wieder aus dem Roman zu verduften, und ohne Pussy Cat kann Folkmar die angefangene Geschichte nicht zu Ende schreiben und wird …"

***„Eine Frau"*, fiel ihm Jekatherina ins Wort, „sollte gefälligst selbst und frei entscheiden können, wo und wie sie leben möchte, und *kein Mann* hat das Recht, ihr diese Freiheit der Entscheidung in irgendeiner Weise zu beschneiden. Oder siehst du das anders?"**

Elmo entgegnete nichts, denn er hörte gar nicht zu. Er starrte weiter auf den Schirm und langsam, Stück für Stück, stahl sich ein erleichtertes Grinsen in seine Züge.

Klick-klick-klick. Die Trommel von Sabies schwerem Army Colt drehte sich, doch der Hammer traf nur noch leere Hülsen.

Wanda schnackte den Doppellauf ihrer Schrotflinte auf, zog eine rauchende Patrone heraus und betrachtete sie kritisch, während Ida noch frenetisch am ungewohnten Verschluss des Hutschachtelmagazins ihrer Tommy Gun herumfummelte.

„Entspann dich, Ida", meinte Wanda. „Solltest vielleicht doch besser bei Rattengift bleiben."

„Sagt mal", rätselte Sabie Tooth, „was für ein komisches Spiel spielt denn dieser Chevalier mit uns?"

„Von was für einem Spiel redet ihr?" Ida hatte das leergeschossene Magazin endlich von der Waffe getrennt und kramte nun hastig nach einem vollen.

„Na, uns mit Platzpatronen zu verarschen“, knurrte Wanda. „Ein Glück nur, dass wir das gemerkt haben, bevor Pussy hier aufgekreuzt ist. Denn die hat garantiert echtes Blei in ihrer 45er.“

„Platzpatronen?“, fragte Ida entgeistert. Deshalb also waren die beiden immer noch am Leben, gottverdammmich.

„Ja, Ida. Und meiner Ansicht nach hat er dafür eine satte Revanche verdient, unser feiner Herr Chevalier.“

„Unbedingt“, stimmte Ida zu. „Soll ja steinreich sein, der Typ“, dachte sie laut.

„Wer gibt?“, fragte Sabie, die den Tisch wieder aufgestellt hatte.

„Du. Und du, Ida, mach mal ein Fenster auf. Das ist ja vielleicht ’ne Luft hier drin …“

Meckenheim erkannte den Kerl, der sich da durch die Tür seines Büros zwängte, auch ohne ihm je vorher begegnet zu sein. Er sah aus wie Windell, nur, tja, in einer anderen Körnung. Wenn Windell feine Leberwurst war, dann war er hier die grobe Sorte. Im Naturdarm. Ein ziemlich ungelenker Vergleich, musste Meckenheim selber zugeben, aber etwas Besseres wollte ihm im Moment nicht einfallen. Wie Windell also, nur gröber, mit einem mächtigen Schnäuzer und einem wie eingeschraubt wirkenden Zigarrenstumpen im Mundwinkel.

Ah, und einem aus dem Schädeldach ragenden Bügeleisen, nicht zu vergessen.

„Hallo, Jack“, sagte der Kommissar.

„Hallo, Evil“, erwiderte der Detektiv. Zog sich einen Stuhl ran, ließ sich gewichtig darauf nieder. „Schon gehört, dass man mich ersetzen will?“

„Ersetzt *hat*, Jack. Zwangsweise.“

„Durch eine *Frau,* Evil."

„Zwangsweise deshalb, weil du tot bist, Jack."

„Durch eine Frau, Evil! Du hörst nicht zu!"

„Und was willst du jetzt machen?"

Jack Knife klopfte vielsagend auf sein Schulterholster.

„Ich stell die alten Verhältnisse wieder her", antwortete er. „Ohne wenn und aber."

Aber wenn, dann nicht in meinem Wachbezirk, dachte Meckenheim und griff zum Telefon, sprach kurz mit Elmo Jock.

„Pussy ist nicht mehr hier", sagte er, nachdem er aufgelegt hatte. „Du musst zurück, Jack. Komm, ich zeig dir den Weg."

Die Bankreihen der altehrwürdigen St. Patrick's Church im Herzen von Queens waren bis auf den letzten Platz belegt. Wie ein Lauffeuer hatte sich in der Stadt verbreitet, dass die schönste Frau und der begehrteste Junggeselle New Yorks spontan beschlossen hatten, den Bund fürs Leben einzugehen.

Ein kleiner Zwischenfall verhinderte, dass Bürgermeister Asslicks Gattin Genoveva, die der Braut ganz unglücklich unter die Füße geraten war, an der Zeremonie teilnehmen konnte, doch ansonsten war, was in der Stadt Rang und Namen hatte, erschienen, dieses Traumpaar zu sehen, zu beglückwünschen und auf die Reise ins Eheglück zu schicken.

Der immer schon ein wenig kamerascheue Bestsellerautor lächelte, wie manche Beobachter fanden, hier und da ein wenig gezwungen, was man von seiner strahlend schönen Braut nicht behaupten konnte. Unmöglich zu zählen, wie viele Männerherzen sie heute mit ihrem Treuegelübde wohl in schwärzeste Verzweiflung stürzte, doch das Vergnügen daran war ganz offensichtlich auf ihrer Seite!

Father Franklyn hielt eine tiefschürfende, mitreißende Ansprache, der Chor der Metropolitan Opera sang ‚Love and Marriage', bezaubernde Brautjungfern mit Schleifchen in den goldenen Löckchen streuten Rosenblätter, und es waren beileibe nicht nur Frauen, die ergriffen von der Schönheit des Ganzen Gebrauch von ihren Taschentüchern machen mussten!

Nach der Zeremonie fanden sich gleich Hunderte von New Yorks Jungfrauen vor der Kirche ein, als Pussy Cat ihren Brautstrauß hinter sich warf, doch, wie das so ist – nur eine konnte ihn fangen. Und es war Suzie, die charmante Bedienung aus der bekannten Olde Cologne Bar, die sich nun Hoffnungen machen durfte, als Nächste vor Father Franklyn zu treten.

Bevor das vom weltberühmten Entrepreneur Howard Heffener bestellte Feuerwerk in den New Yorker Nachthimmel stieg, trat das Paar noch kurz vor die wartende Presse.

„Ich dachte, Howard Heffener wäre tot?", fragte Jekatherina.

Elmo zuckte die Achseln. „In Wirklichkeit zählt nur das, was in der Fiktion passiert. Die Realität hat keine existentielle Bedeutung. Und umgekehrt", erklärte er ominös.

„Haben Sie keine Sorge, von nun an mit der Eifersucht von Millionen leben zu müssen?", fragte ein besonders kecker Reporter.

„Meine einzige Sorge ist, meine Braut könnte **ohnmächtig**

werden“, scherzte der Bräutigam. Und sah mit gespannter Erwartung der nächsten Frage entgegen.

„Wird Ihnen die Ehe über Ihre Schreibkrise hinweghelfen?“

„Aber sicher. Ich habe sowieso den Eindruck, es war mehr eine Krise der Kontrolle. Deshalb denke ich ernsthaft darüber nach, selbst eine Hauptrolle zu übernehmen, in meinen nächsten Romanen. Denn nur so kann ich mir sicher sein, dass die Geschichten kein, wie soll ich sagen, Eigenleben entwickeln.“

„Ah, verdammt.“ Elmo war ein Bissen Pizza aufs T-Shirt gefallen. Ungeduldig wischte er mit der Hand an dem entstandenen Flecken herum, was es noch nie besser gemacht hat. Sobald die Einsicht eingesunken war, widmete er seine Aufmerksamkeit wieder dem Text. „Nein! Nur eine Sekunde weggeschaut und schon wieder ein Schlüsselwort übersehen!“

„Wenn du in Ruhe essen willst, könnte ich ja so lange für dich übernehmen.“

„Nein! Nichts wird mich hier noch mal wegbewegen. Nicht, bis Folkmar sicher zurück ist.“

Im selben Augenblick glomm hinter seinem Rücken, an einem praktisch nie benutzten, elektrischen Zusatzheizkörper unter dem Fenster zur Straße, ein Lämpchen rot auf. Sehr, sehr rot glomm es auf.

„Hast du das gerade auch gehört?“, fragte Jekatherina irritiert.

„Was? Nein.“ Elmo starrte hochkonzentriert auf den Monitor, ließ ihn keine Sekunde mehr aus den Augen.

Wen die dralle Suzie wohl vor den Altar schleifen würde?, fragte er sich. Said Wainda wäre noch ungebunden, fiel ihm auf.

„Ein ausgesprochen unangenehmes, biestiges, schrilles Lachen. Von irgendwo unter uns."

„Nein. Nichts von mitgekriegt."

Die Lichter im Raum dimmten kurz ab, so viel Strom zog der Heizkörper, vor dem, sicher Zufall, Folkmars rollendes Flaschenregal geparkt war. Leer, natürlich. Leergefegt, geradezu. Leergefegt bis auf diese eine schnörkelige rosa Karaffe, heißt das. Der der Kristallstöpsel fehlte.

Unter dem Einfluss der nahen Heizung begannen sich Blubberbläschen in der Flüssigkeit im Innern der Karaffe zu bilden, stiegen zur Oberfläche, platzten, füllten den Hals der Flasche mit einem feinen Nebel, der nun seinen Weg ins Freie suchte.

Und fand. Als ein federleichter, blassrosa Hauch schwebte er durch das Appartement, stahl sich in Atemwege, geriet in Blutbahnen, ließ Drüsen anspringen und Knospen knospen, blähte Nüstern, befeuchtete Schleimhäute und verlieh Netzhäuten einen tiefrosa Schimmer, wob unmerklich das magische Netz der Gravitas Erotica und setzte es – ***Bzzzzz*** **– unter Spannung.**

Kurz: Elmo und Jekatherina sahen einander wie unter innerem Zwang, wie unter Hypnose, in die Augen.

Die Kraft des augenblicklich hochschießenden beiderseitigen Verlangens ließ die Bodendielen unter ihren Füßen erzittern.

In einer weißen Hochzeitskutsche, gezogen von einem Dutzend Schimmeln, verabschiedeten sich Braut und Bräutigam von den Hunderten von jubelnden Hochzeitsgästen, winkten und winkten. Dann lehnten sie sich zurück.

„Es war eine wundervolle Zeremonie", seufzte Pussy. „Dies ist der glücklichste Tag in meinem Leben."

„Lehne dich an meine Schulter", bot Jarvis an. „Schließe die Augen. Nur für einen Augenblick. Ein winziges Minütchen **Schlummer** wird dir guttun. Wir haben noch so viel vor heute."

„Stimmt", gurrte Pussy und kuschelte sich an ihren Angetrauten. „Und was wir noch alles vorhaben ..."

Doch sie hatte die Augen noch nicht geschlossen, da stoppte die Kutsche schon vor der imposanten Fassade des Plaza, auf dessen Dach hoch über der Stadt Pussys feudales neues Heim auf sie wartete.

„Oh, Schatz, ich kann es kaum erwarten."

„Die Parade!", schrie Jarvis, unvermittelt, mit wildem Blick.

Pussy verstand nicht ganz.

„Oh Mann, Pussy! Über unserer Hochzeit habe ich ja komplett vergessen, dass zu Ehren meiner morgigen Ernennung zum Ehrenbürger der Stadt New York jetzt gleich noch eine Konfettiparade für mich – nein, für uns, natürlich – veranstaltet wird! Da kommt auch schon der Wagen!"

Finger und Zungen suchten und fanden, Knöpfe sprangen, Stoffe rissen, Haut rieb Haut in Hitze, Keuchen füllte die Luft, ein Taumel riss die Liebenden quer durch das Appartement auf das wartende Bett, wo sie in lustvoller Selbstvergessenheit Ankunft, Transit und Abgang eines vierschrötigen Mannes mit einem Bügeleisen im Schädeldach komplett verpassten.

Langsam glitt das mächtige Lincoln-Cabriolet mit dem gefeierten Paar in seinem üppig gepolsterten Fond durch die hellerleuchtete City.

New Yorks Prachtstraße, die elegante Fifth Avenue, befand sich in Aufruhr. Überall hingen Menschen winkend aus den Fenstern, drängten sich jubelnd auf allen Balkonen. Flaggen wehten, Fanfaren tönten und die Luft war gefüllt mit tanzendem Konfetti. Die Bürger der Stadt ließen nichts unversucht, den angehenden Ehrenbürger und seine glamouröse frischvermählte Gattin hochleben zu lassen.

„Würde mich gar nicht wundern", rief Jarvis seiner Pussy über den vieltausendfachen Jubel hinweg zu, „wenn eine Braut an so einem Tag mit solch überwältigenden Eindrücken – und sei es nur ganz kurz – **ohnmächtig** würde. Vor Glück."

Heilige Mutter Gottes, die du bist im Himmel – Jekatherina Störzenich hatte ja nie geahnt, nie registriert, nie realisiert, sich nie wirklich bewusst gemacht, dass sie im Grunde auf kleine Männer abfuhr und was für einen absolut überwältigenden Sex-Appeal diese Kurzärsche doch haben.

Wie so viele Spätberufene entdeckte sie nun an sich einen schier unglaublichen, ja, bisher komplett unvorstellbar gewesenen Nachholbedarf.

„Jack. Komm mit ins Hinterzimmer."

Eddy zog Jack Knife aus dem Verkehr, ehe die ersten Betrunkenen den Mut fanden für ach so witzige Anspielungen auf Köpfe und Bügeleisen. Waren nicht so Jacks Fall, witzige Anspielungen. Egal ob tot oder nicht.

„Setz dich hin. Ich hol dir einen Drink."

Doch Jack Knife war nicht nach sitzen. Der Detektiv war unruhig, wie immer auf der Jagd. Er ging rüber ans Radio, das auch den Vorderteil der Bar mit den atemlosen Worten der Übertragung des Großereignisses des Jahres versorgte. Er lauschte.

„... wir sind in New York, es ist der 5.12.1941, der Vorabend der Verleihung der Ehrenbürgerwürde an einen der prominentesten Söhne der Stadt, nämlich keinen Geringeren als den Romancier Jarvis Chevalier, der just zu dieser Stunde, Seite an Seite mit seiner heute erst geehelichten Braut, der strahlend schönen Pussy Cat ..." Ein Ruck ging durch Jack Knife, und seine Rechte umklammerte instinktiv den Griff seiner 45er.

Mitten in einer verdammten Konfettiparade, die verdammte Schlampe, die sich sein Leben unter den Nagel gerissen hatte!

„... von wo sie schon morgen, direkt nach der Verleihungszeremonie im Rathaus der Stadt aufbrechen werden in die Flitterwochen, dem Vernehmen nach mit einem Flugzeug nach Hawaii."

„Nach Pearl Harbor!", freute sich Suzie, die Jack seinen Drink brachte. „Jarvis hat für sie eine ganze Suite gemietet in einem Luxushotel direkt am Hafen!"

Doch Jack schenkte ihr keine Beachtung. Sein Ohr klebte geradezu am Empfänger.

„... das Paar kommt an, vor dem hellerleuchteten Plaza. Verabschiedet sich winkend von den jubelnden New Yorkern. Geht durch das Spalier der Bediensteten ..."

„Eddy sagt, falls du noch etwas brauchst ..." Suzie drehte sich in der Tür noch mal um – und verstummte. Sie war allein.

„Aber sieh doch mal auf die Uhr! Die Zeit läuft ab! Ich muss an den Rechner."

„Vergiss die Uhr. Vergiss die Zeit. Vergiss den Rechner.

Du musst gar nichts. Einmal noch, mein Lover! Mein Stecher! Mein Hengst! Einmal noch!"

Überall riesige Blumenbouquets, Präsentkörbe, ganze Stapel von Glückwunschtelegrammen – das wirklich großzügig geschnittene Penthouse erschien fast zu klein für all diese Gesten der Freude und Verbundenheit!

Kam es Pussy nur so vor oder ächzte ihr Gatte ein ganz klein wenig, als er sie über die Schwelle trug? Geistesarbeiter! Na, sie würde schon ihren Teil dazu beitragen, ihn in Form zu bringen …

Elegant und grazil glitt Pussy aus Jarvis' Arm, sah sich um. Mitten im Raum thronte das große, mit Seidenschleiern verhangene Himmelbett. Hier würde es geschehen, jetzt gleich, jetzt, jeden Augenblick.

„Stell dir vor", meinte Jarvis und goss Champagner in Gläser, „ich hab von Bräuten gehört, denen die Torte nicht bekommen ist und die anschließend **Stunden im Bad** zugebracht haben."

Er reichte ihr ihr Glas und blickte abwartend, ja regelrecht ungeduldig. Konnte es wohl genauso wenig erwarten wie sie …

„Da sei unbesorgt, Liebster. Ich muss nur eben ganz kurz mein Näschen pudern."

Und es dauerte wirklich nicht mal ein Minütchen und sie war zurück im großen Wohnschlafzimmer, wo ihr Gatte energisch, ja geradezu frenetisch am Türgriff rappelte. Wollte wohl sicherstellen, dass sie auch tatsächlich ungestört waren und blieben. Rührend, doch wozu hatte er nun eine Frau?

„Suchst du den hier?", fragte Pussy neckisch und zog den Wohnungsschlüssel aus ihrem üppigen Dekolleté.

„Äh, ich dachte, ich hätte gehört, als ob jemand an …

an der Tür geklopft hätte“, stammelte Jarvis, aufgeregt wie ein Schuljunge vor dem großen Ereignis. „Geklopft. An der Tür.“

„Entspann dich, Liebster. Die Welt ist ausgesperrt, für uns. Diese Tür wird sich vor dem Morgen nicht mehr öffnen, das schwör ich dir, du mein gottgleicher Gatte und Geliebter.“

Pussy warf die Seidenvorhänge in dramatischer Geste zur Seite, ließ sich geschmeidig auf dem sündig groß bemessenen Bett nieder, breitete die Arme aus und lag da wie hingegossen.

„Komm her“, befahl sie, die Stimme getränkt mit dunklem Verlangen, „komm her, nimm mich, gebiete über mich, ich bin dein, mit Haut und Haar, von jetzt an und ab da für immer und ewig.“

„Sekunde nur.“ Jarvis stürzte ins Bad. „Der Champagner“, entschuldigte er sich. **„Schlaf mir bloß nicht ein,** inzwischen!“, rief er noch, und schloss die Tür.

Nun, da sorgte er sich völlig umsonst, ihr bezaubernder Gatte. Weder sie noch er würden in dieser Nacht, ihrer Hochzeitsnacht, ihrer allerersten Liebesnacht ein Auge schließen, bevor nicht völlige, süße, unwiderstehliche Erschöpfung …

Das Geräusch klirrenden Glases schreckte sie aus Pose und Träumereien hoch.

Sofort eilte sie ins Bad, wo sie ihren Ehemann, Beine strampelnd, mit dem Oberkörper halb im Freien, fest verklemmt im Fensterrahmen vorfand.

Ängstlich besorgt und doch energisch zog sie ihn zurück.

Ein Manschettenknopf sei ihm ganz unglücklich davon und durch das offene Fenster nach draußen gesprungen, erklärte er, ganz aufgelöst.

Dies, entschied Pussy, war einer dieser Momente, in denen eine Frau, mit dem ganzen Wissen, ja, der Weisheit aller Frauen seit Eva, die Initiative ergreifen musste.

„Jarvis, mein Mann", sagte sie feierlich, nahm ihn sachte und doch entschlossen bei der Hand, führte ihn zum gemeinsamen Lager, Ort ihrer nun nur noch Momente der Verzückung entfernten Vereinigung, „du bist von nun an mein, mein ganz allein. Wenn ich dich anschaue, sehe ich unsere Kinder in deinen Augen. Jetzt bricht sich Bahn, was wir beide schon viel zu lange unterdrückt haben. Sträube dich nicht gegen die Leidenschaft, auch wenn sie dir unheimlich erscheint, sondern gib dich ihr hin. Ihr und mir. Komm!"

Und sie sank aufs Bett, Jarvis, fest an beiden Händen gehalten, sicher geführt, mit sich ziehend, auf sich ziehend, und sie spürte die Matratze erzittern, als die Lust sich zwischen ihnen beiden auftürmte wie die machtvolle Woge eines Tsunamis, unaufhaltsam im Begriff, alles mit sich fortzureißen in einem gewaltigen Strudel aus …

Als mit einem plötzlichen Krachen die Eingangstür der Länge nach ins Zimmer fiel. Jarvis sprang augenblicklich auf, um sich dem Eindringling zu stellen, der düster und bewaffnet in den Raum geschritten kam.

Düster und bewaffnet und mit einem Bügeleisen im Schädeldach, nicht zu vergessen.

„Jack", rief Jarvis, erstaunt, erschreckt, perplex, „Jack Knife!"

„Aus dem Weg", forderte der Kerl und hob seine 45er Smith & Wesson. „Mach Platz und dir passiert nichts." Jarvis widersetzte sich, doch der Hüne schob den Dichter einfach beiseite und richtete seine Waffe auf Pussy, die das Bettzeug um ihre Figur drapiert hatte, als ob es ihr auch nur den geringsten Schutz bieten könnte.

„Was hast du vor?", fragte Jarvis mannhaft, unbeeindruckt.

„Ich stelle die alte Ordnung wieder her", erklärte der Kerl. „Pussy Cat stirbt – Jack Knife lebt."

„Ganz so simpel ist das nicht", meinte Jarvis sachlich, im Bemühen, den Unhold zu beschwichtigen. „Denn die Sache ist die: Ich brauche sie, unbedingt!"

Sein Geständnis stieß auf taube Ohren. Jack zielte. Pussy blickte auf die kreisrunde Mündung der Waffe, sah, wie sich das Korn in die Nute der Kimme schmiegte, sah den blauen Feuerschein, als der Hammer das Zündplättchen traf, das die Pulverladung detonieren ließ, die die Bleikugel erst durch den Lauf speien würde und dann …

Ein Schatten warf sich zwischen sie und ihren Mörder, fing die für Pussy bestimmte Kugel auf, mit seinem Körper.

Tödlich getroffen sank Jarvis Chevalier zu Boden, Hände gegen die Brust gepresst, aus der nun das Blut quoll.

„Jack", stieß er hervor, „du kannst, du darfst mich nicht töten, Jack, oder du vergehst selber. Denn Jack, sieh doch, erinnere dich – du und ich, wir sind eins!"

Pussy brach aus ihrer Schreckstarre, um Jarvis zu Hilfe zu kommen, und beobachtete mit vor Entsetzen weiten Augen, wie die Körper von Jack Knife und Jarvis Chevalier erst aufeinander zu sanken und dann miteinander verschmolzen zu einem einzigen, dem noch warmen und doch toten Leib ihres Gatten Jarvis.

Und mit einem tiefen, rauen Schluchzen taumelte sie hinab in das schwarze Nichts der Gnade, die man Ohnmacht nennt.

Jarvis Chevalier stürzte durch die Tür in Pussy Cats Appartement und erstarrte.

„Immer hübsch langsam", knurrte Wanda über den Doppellauf ihrer Schrotflinte hinweg. Der Schriftsteller, vollkommen außer Atem, nassgeschwitzt, einen großen roten Fleck auf der Anzugbrust, sah sie verständnislos an.

„Wa-a?“, stieß er hervor.

„Hände hoch“, befahl Sabie, die mit einem schweren Army Colt auf ihn zielte. „Und Beine auseinander.“

„Und die Taschen leer“, forderte Ida, Tommy Gun im Anschlag.

„Ja, seid ihr denn bescheuert?“, entrüstete sich Jarvis Chevalier und tippte hektisch auf seine Armbanduhr. „Ich habe gerade mal noch zwanzig Minuten!“

„Und wir haben inzwischen die scharfe Munition gefunden“, konterte Wanda zufrieden. „Also gehorch lieber.“

„Taschen leer“, wiederholte Ida. „Wir wollen alles, was du bei dir hast.“

„Oh nein“, entfuhr es dem Schriftsteller. „Nicht …“ Er griff in die Tasche seiner Anzugjacke, schloss die Faust um etwas. „Nicht den Roosveldt-Diamanten, den nicht.“

„Den Roosveldt-Diamanten???“, fragten alle drei Frauen auf einmal.

„Was wollt ihr denn damit?“, fragte Jarvis Chevalier anklagend. „Ihr könnt ihn ja nicht alle drei tragen. Und teilen lässt er sich auch nicht.“

„Wer hat hier denn irgendwas von teilen gesagt?“, knurrte Wanda und ließ den Lauf ihrer Waffe unmerklich wandern.

Resigniert legte Jarvis das weltberühmte Kleinod auf den Tisch, betrachtete noch einmal betrübt das magische rosa Funkeln und war mit einem Satz durch die Zellentür verschwunden, noch bevor die wilde Schießerei auch nur halbwegs in Gang gekommen war.

Die Treppe hoch und durch die Tür und in den Sitz und

mit der Faust auf den Tisch und – wo verdammt noch mal war eigentlich Elmo? – und …

… taumelte sie hinab in das schwarze Nichts der Gnade, die man Ohnmacht nennt.

En…

Oh, Mann! Gerade noch rechtzeitig. Zack, markiert und gelöscht, die letzten beiden Buchstaben.

„Es ist immer noch der Autor, der bestimmt, wann Schluss ist!", rief Windell unter pfeifendem Keuchen, an wen auch immer gerichtet.

00:14 zeigte das kleine Fenster rechts oben im Monitor. Kurz entschlossen klebte er ein Post-it drüber. Lockerte die Finger. Und legte los.

Die Glocke der kleinen Kapelle des Friedhofs von Red Hook, Brooklyn, schwang ein letztes Mal und verstummte. Schluchzen war alles, was noch blieb. Die ganze Stadt schien wie gelähmt.

„Liebe Freunde. Wir nehmen heute Abschied von Jarvis Chevalier …"

Father Franklyns Worte verhallten ungehört für Pussy Cat, die in sich gesunken dastand, verloren in ihrem tiefen Schmerz.

Howard Heffener, das Gesicht eine steinerne Maske, führte die anderen Sargträger hinaus, gefolgt von einer riesigen Schar von Trauernden, in ihrer Mitte Pussy, tief verschleiert und ganz in Schwarz.

Mit leichtem Quietschen öffnete sich die Tür zu Elmos Zimmer und Elmo kam heraus, auf allen vieren, mit

hängender Zunge, die Miene die eines Mannes am Rande lebensbedrohlicher Erschöpfung.

„Es, es tut mir leid, Folkmar“, keuchte er, „ich wollte dich wirklich unterstützen, aber …“

Jemand packte seinen linken Knöchel, straffte das dazugehörende Bein, zerrte Elmo zurück ins Zimmer und schloss die Tür. Zurück blieb nichts als Fingernagelspuren im Parkett.

Neun Monate würde sie Schwarz tragen, entschied Pussy. Neun Monate ununterbrochen, das stand ihrem verstorbenen Gatten zu, doch länger nicht. Ihr Kind, das Jarvis ihr mit einem letzten Aufbäumen geschenkt hatte und das sie nun unter ihrem Herzen trug, sollte nicht in einem Haus der Trauer aufwachsen, sondern …

„Soll das heißen …?“

Windell fuhr herum zu Elmo, der sich schwer auf die Rückenlehne von Windells Schreibtischstuhl stützte.

„Sie schläft“, erklärte er mit matter Stimme. „Okay, ich musste ihr eins mit der Handkante vor die Schläfe verpassen, aber jetzt schläft sie. Doch, mal ganz im Ernst, das mit dem Kind unterm Herzen – soll das etwa heißen, du hast tatsächlich …?“

„Fiktion“, knurrte Windell mit einem geradezu gemeingefährlichen Unterton und wandte sich wieder um zu seiner Tastatur. „Schon mal was davon gehört?“

… sondern in einem von Wärme und Zuversicht. In neun Monaten, entschied sie und richtete sich mit einem tiefen Atemzug auf, trat entschlossen hinaus aus der Kapelle in einen strahlend neuen Tag, schon in neun Monaten würde sie den Kampf wieder aufnehmen, den Kampf für das Recht einer jeden Frau auf … Glück …

Ende

Augenblicklich ließ ein schrill quietschendes Geräusch das gesamte Haus vibrieren. Der Bildschirm wurde mit einem Schlag schwarz, und die schon bekannte Flammenschrift bildete die Worte:

Contract tritt in Kraft.
Denn:
Das ist kein Happy End!

Sofort spreizte Windell die Finger und hackte

Ist es wohl

darunter. Die Antwort kam rasant.

Ist es nicht!

Windell schnaubte.

Ein bittersüßes Ende ist trotzdem ein Happy End.

Ist es nicht.

Windell bemerkte das fehlende Ausrufezeichen. Er schürzte die Lippen. Wog das Haupt. Schnalzte die Zunge. Lockerte seine Finger, bevor er sie erneut auf die Tasten legte.

Okay, vielleicht nicht *einhundert Prozent* happy ...

Einen Moment lang tat sich gar nichts auf dem schwarzen Schirm. Dann kam, langsam, tastend, misstrauisch, aber auch neugierig:

... Sondern?

„‚Pussy Cat riss das dreihundertfünfundsechzigste Kalenderblatt ab, stieg aus ihrem schwarzen Kleid, trug es zusammen mit der anderen Trauergarderobe feierlich in den Garten und verbrannte alles zusammen in einer Tonne.

Dann schlüpfte sie in ein weites, luftiges Kleid mit leuchtendem Blumenmuster, trat vor ihr Haus und hinein in einen strahlend neuen Tag. Sie war bereit. Bereit, den Kampf erneut aufzunehmen, den Kampf um das Recht einer jeden Frau auf ... Liebe ...‘“

Und klapp, zu das Buch. Bescheidenes Lächeln, während sich der Veranstalter ans Mikrofon drängelte.

„Das, meine Damen und Herren, waren Auszüge aus ‚Amor Mortis‘, dem erfolgreichsten Romandebüt aller Zeiten, übersetzt in mehr als vierzig Sprachen, eine weltweite Millionenauflage, bald ein Hollywoodfilm und heute, live hier bei uns, die Person, der wir dieses epochale Werk verdanken, und deshalb bitte einen Riesenapplaus für ... *Hermine Inaway*!“

Ah, das verfluchte Kleingedruckte! Windell biss die Zähne zusammen und lächelte huldvoll unter seiner blonden Lockenperücke hervor, während der Applaus brandete.

Gleichzeitig wäre alles Sträuben eh zwecklos gewesen, war der fantastische Verkaufsstart von ‚Amor Mortis' doch einzig und allein dem Umstand zu verdanken, dass es Hermine Inaway war, die hinter der Identität des mittlerweile zum Mythos hochgejubelten ‚Platinblonden Dynamits' steckte. Und die Fiasken mit ihren diversen Männern waren angeblich nichts als das Ergebnis allzu intensiver Recherche für das Buch gewesen.

Man konnte von … IHR … halten, was man wollte, in Sachen PR machte seiner Vertragspartnerin so schnell keiner was vor.

Windell signierte noch die vereinbarte Stunde lang und sah auf, als ihm tatsächlich mal ein Mann ein Buch hinhielt.

„Elmo!"

„Es ist für Jekatherina", erklärte Elmo, fast schon entschuldigend.

„Du bist schmaler geworden. Ist alles in Ordnung?"

Elmos Augen blickten müde, saßen tief in ihren Höhlen, seine Wangen wirkten eingefallen.

„Oh ja", antwortete er mit gekünstelt wirkendem Enthusiasmus. „Alles bestens!"

Windell stand auf, überließ es dem Veranstalter, die verbliebene Schlange der Wartenden auf den nächsten Lesungstermin zu vertrösten.

Sie gingen ein paar Schritte, Windell unter Schmerzen in den viel zu engen Pumps und in Eile, aus dem verdammten Kostüm und der verfluchten Perücke herauszukommen.

„Es ist nur … sie will unbedingt Fünflinge", stieß Elmo plötzlich hervor. „Und ihre bescheuerte Frauenärztin verpasst ihr pfundweise Hormone und behauptet, die beste Methode wäre, es wieder und wieder zu versuchen.“ Er seufzte. „Wieder und wieder“, echote er matt. „Wieder und wieder.“

„Na ja“, meinte Windell, dem dazu nicht mehr einfiel. „Hör zu, Elmo, ich muss jetzt dringend nach Hause, aus diesen Plörren raus, und …“

„Kein Problem. Ich kann dich fahren.“

„Du hast ein Auto?“

„Nicht direkt. Ich fahre Taxi.“

„Du hast einen *Job?*“ Selbst Windell fiel auf, wie verwundert er klang.

„Jekatherina hat sehr traditionelle, geradezu klassische Ansichten, was die Rollenverteilung von Mann und Frau in einer Beziehung angeht. Und, nebenbei, irgendwann muss ich ja auch mal schlafen. Die Kollegen am Bahnhof kennen das schon und schieben mich die Warteschlange entlang, doch glaub mir, es bleibt peinlich, wenn dann ein Fahrgast zusteigt und ich mit ‚Nein, nicht schon wieder!‘ aus meinem Sitz hochfahre.“

Sie kamen am Taxi an und Windell sah sich suchend um.

„Du hast nicht zufällig Sabrina gesehen, oder?“

„Oh, die sitzt schon im Wagen.“

Windell öffnete die hintere Tür und schreckte damit Sabrina Zahn auf, die gerade dabei war, sich ein Schlückchen Cremelikör einzuflößen. Sie hustete leicht und ein fetter Tropfen des milchigen Getränks rann ihr das Kinn hinab, fiel in den tiefen Ausschnitt ihrer maßgeschneiderten Uniformjacke, unter der sie offensichtlich nichts weiter trug. Sabrina senkte den Blick, verfolgte den Tropfen, der ihren Brustkorb, ihren Bauchnabel passierte und von da einen unbeirrbar südwärts gerichteten Kurs hielt, sah wieder auf, direkt in Folkmars Augen, und gab ein träges, kokettes „Uuups!“ von sich.

„Wohin geht's?", fragte Elmo und startete den Motor.

„Zum City-Hotel!"

Ja, er hatte sein Penthouse bekommen. Teure Angelegenheit, vor allem die Baugenehmigung. Doch fünfzig Prozent des Nettoerlöses eines Millionensellers war immer noch ganz gutes Geld, und davon abgesehen hatte Celldoor Anticrisis ja schon mit der Produktion des nächsten Bandes begonnen, also würde daran auch in Zukunft kaum Mangel herrschen.

Er warf die Perücke in den Fußraum, ließ sich in den Sitz neben der ehemaligen Polizistin und heutigen Privatsekretärin fallen, die schon wieder mit dem Cremelikör zugange war.

„Und tritt ruhig ein bisschen drauf", rief er Elmo zu. Und er und Sabrina teilten sich einen Schluck, wie nur sie es konnten.

„Was soll das sein, Meckenheim, ein Bericht? *‚Um das Unerreichbare zu erklären und das Unerklärliche zu erreichen, braucht es manchmal nicht mehr als den Mut, durch die richtige Tür zu gehen'?* Sind Sie jetzt vollkommen durchgedreht? Schade nur, dass Sie mir den nicht ein bisschen früher geschickt haben. Sonst hätte der Justizminister unser Gesuch um Ihre Entlassung aus dem Polizeidienst sicherlich nicht abgelehnt. So aber können Sie sich freuen. Auf viele weitere, ruhige Jahre in Ihrem fensterlosen Kabuff unter der Erde. Und damit es Ihnen dabei nicht zu langweilig wird, schreiben Sie mir als Erstes diesen Bericht neu. Und zwar so, dass ihn auch ein normaler Mensch versteht. Habe ich mich klar genug ausgedrückt? Meckenheim? ... *Meckenheim?!*"

„McIntyme! Komm her, lass dich drücken!“ Keeper Eddy warf sich halb über den Tresen, um den Chief Inspector zu umarmen. „Danke, danke nochmals für den Tipp. Das FBI hat nichts, aber auch gar nichts gefunden.“

„Ach, hör auf. Diese arroganten Schnösel vom Bureau sind doch nicht imstande ihren eigenen Arsch zu finden, ohne dass ihnen einer vorher eine Karte malt.“

Gelächter schwappte durch die Olde Cologne Bar. Alle Welt hing nur so an McIntymes Lippen, wann immer er auftauchte.

„Das Übliche?“, fragte Suzie und spielte an einem Knopf ihrer offenherzigen Bluse herum. „Warme Milch mit Honig?“

„Willst du mich vergiften, oder willst du mich verarschen?“, entgegnete McIntyme gutmütig zu mehr Gelächter und bekam sein Bier und seinen Bourbon.

„Übrigens, meine Schicht endet in einer halben Stunde“, ließ Suzie ihn halblaut wissen.

„Na so ein Zufall! Meine auch!“ Noch mehr Gelächter. Alle Welt wusste, dass der Starermittler der New Yorker Polizei nur arbeitete, wenn es ihm passte. McIntyme lieferte Ergebnisse, keine Berichte.

Er winkte Suzie ein bisschen näher zu sich heran. Sie gehorchte nur zu gern. „Was hältst du davon, wenn wir beide nachher nach Coney Island übersetzen und es uns ein bisschen gutgehen lassen? Geoff und Mary kommen auch.“

„Ach, ich weiß nicht“, zierte sich Suzie ein wenig, doch ihre Augen blitzten vor Freude.

„Und wenn wir in Queens vorbeikommen …“

„Aber von hier nach Coney Island muss man doch nicht durch Queens!“ Ein bisschen ein Plappermaul, die Suzie, allerdings eins mit Kurven.

„Und wenn wir in Queens vorbeikommen“, wiederholte McIntyme geduldig, „könnten wir kurz bei Father Franklyn anklingeln, mit dem ich ein paar ziemlich wichtige Dinge zu besprechen habe.“

„Oh, Evil!“ Suzie dachte an den Brautstrauß, den sie gefangen hatte, und ihr schoss die Röte in die Wangen.

Doch McIntyme blickte kritisch, schüttelte kurz den Kopf.

„Die Zeiten von ‚Evil‘ sind vorbei, Suzie. Nenn mich Ellroy, oder, nein, besser noch: Nenn mich Emil.“

„Emil? Das klingt aber hübsch.“

„Ja“, meinte McIntyme mit schmalem Grinsen, „das finde ich auch.“

Epilog

„… and the winner is …“

„So, jetzt wird es spannend, meine Damen und Herren, denn die Sparte ‚Drehbuch‘ ist eine der wenigen mit deutschen Nominees.“

„… no, sorry – *the winners are … Yes, they are,* because there's two of them …“

„So, ohne Ihnen die Spannung nehmen zu wollen, aber das macht es eindeutig, denn unter allen Nominierten in dieser Sparte gibt es nur ein Duo, und das, wird Sie freuen zu hören, kommt tatsächlich aus Deutschland.“

„… the winners of this year's Academy Award for Best Screenplay are the creative minds behind …“

„Ja, es war zugegebenermaßen ein bisschen zu erwarten gewesen, haben die beiden doch das Drehbuch geliefert für ‚Platinum Blonde Dynamite‘, einen der erfolgreichsten Filme der letzten Jahre, der übrigens auch bald bei uns in die Kinos kommen wird.“

„… and so, the Oscar goes to …“

„Wir alle halten jetzt ein bisschen den Atem an, kennt man doch bisher weder Bilder noch die bürgerlichen Namen von diesem geheimnisumwitterten Autoren-Duo.“

„… Marika Kilius and Hans-Jurgen Baumler! Applause, Ladies and Gentlemen! And here … here they … ahemm … here they … good Lord … come …“

Ende

Pendragon Verlag
gegründet 1981
www.pendragon.de

Gedruckt auf holzfreiem und alterungsbeständigem Papier

Veröffentlicht im Pendragon Verlag
Günther Butkus, Bielefeld 2012

Lektorat: Eike Birck und Vanessa Vogt
Umschlag und Herstellung: Uta Zeißler (www.muito.de)
Umschlagfoto: Uta Zeißler
Satz: Pendragon Verlag auf Macintosh
Gesetzt aus der Adobe Garamond und der Gill Sans
Druck: Aalexx Buchproduktion, Großburgwedel
ISBN 978-3-86532-309-5
Gedruckt in Deutschland